クリスティー文庫
46

スリーピング・マーダー

アガサ・クリスティー
綾川　梓訳

Agatha Christie

SLEEPING MURDER
by
Agatha Christie

Translated by
Azusa Ayakawa
Published 2022 in Japan by
HAYAKAWA PUBLISHING, INC.
This book is published in Japan by
arrangement with
AGATHA CHRISTIE LIMITED
through TIMO ASSOCIATES, INC.

目次

1 家 7
2 壁紙 19
3 「女の顔をおおえ……」 35
4 ヘレン？ 46
5 回想の中の殺人 55
6 発見の実習 75
7 ドクター・ケネディ 90
8 ケルヴィン・ハリデイの妄想 108
9 未知の下手人？ 118
10 ある患者の記録 132
11 彼女の生涯における男たち 143
12 リリー・キンブル 166

13 ウォルター・フェーン 171
14 イーディス・パジェット 181
15 住　所 199
16 お母さん子 204
17 リチャード・アースキン 217
18 蔓　草 246
19 ミスター・キンブル語る 254
20 少女ヘレン 260
21 J・J・アフリック 274
22 リリー、約束をまもる 296
23 彼らのうちの誰か？ 316
24 猿の前肢 340
25 トーキイでのあとがき 362
解説／恩田　陸 379

スリーピング・マーダー

登場人物

ジェーン・マープル……………………探偵好きの老婦人
レイモンド・ウェスト…………………ジェーンの甥。小説家
ジョーン……………………………………レイモンドの妻。画家
ヘイドック…………………………………ジェーンの主治医
グエンダ・リード…………………………ニュージーランドから来た新妻
ジャイルズ…………………………………グエンダの夫
コッカー夫人………………………………家政婦
フォスター…………………………………庭師
ケルヴィン・ハリデイ……………………グエンダの父
ヘレン………………………………………ケルヴィンの後妻
ジェイムズ・ケネディ……………………ヘレンの兄。医師
ペンローズ…………………………………精神科医
ウォルター・フェーン……………………弁護士
エリノア……………………………………ウォルターの母
イーディス・パジェット…………………ハリデイ家の元料理人
リリー・キンブル…………………………小間使い
レオニー……………………………………スイス人の子守り
リチャード・アースキン…………………退役少佐
ジャッキー・アフリック…………………観光会社経営者
プライマー…………………………………警部

1　家

グエンダ・リードはかすかにふるえながら岸壁にたたずんでいた。

造船所や税関の建物、目の前のイングランドは静かに上下に揺れていた。

彼女が心をきめたのはその瞬間だった――その決心がのちにあんなにも重大な出来事を引き起こすことになったのである。

汽船連絡列車でロンドンへ行く予定はとりやめよう、と彼女はきめた。

いったい、どうしてロンドンに行かなければならないのか？　誰も彼女を待っているわけではなかったし、来るだろうと思っている人さえいなかった。彼女はいま上下に揺れてキーキーいう船からおりたばかりであり（三日間というものビスケー湾からプリマスにかけていつになく荒れていた）、いちばん気のすすまないことはがたがた揺れる列車に乗りこむことだった。ホテルに行こう、固い大地に立っている立派な、がっしりしたホテルに。そうすればもうきしんだり揺れたりしないすてきなしっかりしたベッドにもぐりこめるし、翌朝になれば——そうだ、ほんとに、なんて素晴らしい思いつきかしら！　車をやとってゆっくりドライブしてみよう。いそがずにイングランドの南部をずっとまわって自分で家をさがすのだ——すてきな家を——ジャイルズと二人で計画していたように彼女が見つけるつもりだった家を。たしかにそれは素晴らしい計画だった。

そうすればイングランドをすこしは見ることができるだろう——ジャイルズが話してくれていたイングランドを。ニュージーランドの多くの人々と同じように彼女はそこを故国とよんではいたが、自分ではまだ見たことがなかったのである。でもいまはイングランドはとくに魅力的とは思えなかった。いまにも降りそうなどんよりした日で、身を切るような強い風が吹いていた。プリマスはたぶんイングランドの最高の場所じゃないんだわ、とグエンダは入国審査課と税関へ向かう列について行きながら考えていた。

しかし、次の朝になると彼女の気持ちはがらっと変わっていた。陽が照っていた。窓からの眺めも魅力的だった。彼女をとりまく世界はもう上下左右に揺れることもなかった。しっかりと安定していた。これこそイングランドだった。そしてここに二十一歳の若い人妻、グエンダ・リードが旅をして来たのだ。ジャイルズがいつイングランドへもどるのかはっきりしていなかった。二、三週間のうちに彼女を追ってくるかもしれないし、六ヵ月先になるかもしれなかった。ジャイルズの提案はグエンダが先にイングランドへ行って適当な家をさがしておくことだった。二人とも、長く落ち着ける家をどこかに見つけることができたらすてきだと思っていた。ジャイルズは仕事上、どうしてもかなりの旅行をしなければならなかった。ときにはグエンダがついて行くこともあれば、それがまずい場合もあった。だが二人とも家庭——自分たちだけの居場所は持ちたいとしきりに考えていた。ジャイルズは最近叔母の一人から遺産としてちょっとした家具を譲り受けていたし、すべてを考えあわせると、家を持つ計画が身近な実際的なものになってきたのである。

グエンダとジャイルズは二人ともかなりの財産があったので、見通しはさしてむずかしいとは思われなかった。

グエンダは最初自分一人で家を選ぶことに反対した。「いっしょに選びましょうよ」と彼女が言うと、ジャイルズは笑いながら言った。「ぼくは家のことではあまり役に立たない男だよ。きみが気に入れば、ぼくも気に入るさ。もちろん、ちょっとした庭があるといいな、新築のピカピカした家なんてごめんだ——それにあまり大きすぎる家も。南海岸のどこかというのがぼくの考えだがね。ともかくあまり海から遠くないところで、ね」

「どこかとくにという場所があるの？」とグエンダは聞いたが、ジャイルズは「べつに」と答えた。彼は幼くして孤児になり（彼らは二人とも孤児だった）、休暇のたびにほうぼうの親戚をたらいまわしにされていたので、特別な思い出につながる特別な場所というのはなかったのである。つまりそれはグエンダの家になるはずだったし――それに二人でいっしょに選ぶことのできるまで待つという案も、ジャイルズが六カ月も来られない場合はどうなるだろう？　そのあいだずっとグエンダは何をしていたらいいのだろう？　ホテルでぶらぶらしているのだろうか？　まさか。やはり家を見つけて身を落ち着けているといい、とジャイルズは言ったのだ。

「つまり、わたしにぜんぶやっておけってことね！」と彼女は答えた。

もっとも彼女は、家を見つけて、必要なものはすべてととのえておいて、ジャイルズが来るときには、気持ちよく住みなれたものにしておく、という彼の考えが気に入らないでもなかった。

彼らは三カ月前に結婚したばかりであり、グエンダはジャイルズを深く愛していた。

朝食をベッドまではこぶように言いつけると、グエンダは起きてプランを練った。その日はプリマスを見物して楽しくすごし、翌日は乗りごこちのよいダイムラーを運転手付きで借り、イングランドをまわる彼女の旅が始まった。

天気はよく、旅はたいへん楽しいものだった。デボンシャーでよさそうな家をいくつか見たが、これこそ理想的と思うようなものはなかった。いそぐことはないのだ。グエンダはさらに見てまわった。そのうちに不動産屋の大げさな広告文句の裏の意味を読みとることをおぼえたので、グエンダはむだな物件をいくつも見て時間を浪費するようなことはしなくなった。

一週間後の火曜日の夕方のことである。彼女は曲がりくねった坂道をディルマスのほうへ車でゆっくりとおりて行った。その、まだまだ魅力に富んだ海辺の避暑地のはずれに出たとき、〈売家〉の札が目に入った。木々のあいだから白い小さなヴィクトリア朝風の別荘がちらっと見えた。

そのとたんにグエンダはほとんど確信に近い胸さわぎをおぼえた。これがわたしの家だ！　もう彼女はきめこんでしまった。見ないうちから庭も細長い窓も想像できた――わたしの望んでいたとおりの家だわ、と彼女は思った。

その日はもうおそかったのでロイヤル・クラレンス・ホテルに泊まり、翌朝彼女は立札に名前の書いてあった不動産屋へ行った。

まもなく彼女は家を見せてもらう紹介状を手にして、その家の古風な細長い居間に立っていた。その部屋は二つのフレンチ・ウィンドウがあり、石を敷きつめたテラスに面していた。テラスの前には花をつけた灌木をそここに配したロック・ガーデンがあり、それが急に落ちこんで芝生がひろがっていた。庭の奥にある木々のあいだからは海が見えた。

これこそわたしの家、と彼女は思った。これこそわが家、もうすみからすみまで知っているような気がするわ。

ドアがあいて背の高い陰気な女が入ってきた。鼻風邪をひいているらしく、鼻をくすくすいわせていた。

「ミセス・ヘングレーブですね？　わたし、ガルブレース・アンド・ペンダリー商会から紹介状をもらってきましたの。ごめんなさい、朝早くから――」

ヘングレーブ夫人は鼻をかむと悲しそうに、「ちっともかまいません」と言った。家の中を見せてもらうことになった。

まさにうってつけだった。あまり大きすぎず、ちょっぴり古風であった。だが新しいバスルームを一つ二つ付けられるだろうし、台所はもっとモダンになおせるだろう。さいわい、〈アガ・ストーブ〉はもう付いている。あとは流しを新しくして最新式の備品をとり付ければ――グエンダの頭がいろいろな計画で一杯になっているあいだに、ヘングレーブ夫人はぼそぼそと死んだヘングレーブ少佐の最期の病状をくわしく話しつづけていた。グエンダは半分うわの空で、それでも必要なところではおくやみをのべたり、同情や理解を示すことばをはさんだ。ヘングレーブ夫人の身寄りはみんなケント州に住んでいて、彼女にも近くに来て住むよう望んでいた……亡くなった少佐はとてもディルマスが気に入っていて、長いあいだここのゴルフ・クラブの幹事でもあった、でも彼女自身は……

「ええ……もちろん……ほんとにたいへんでしたのね……あたりまえですわ……ええ、療養所ってどこでもそんなふうですから……そうですとも……奥さまはさぞかし……」

そう言いながらもグエンダの頭の残りの半分は次から次へ考えをめぐらしていた。ここはリネン用の戸棚ね……やっぱり。このダブルルームは——海がよく見えるし——ジャイルズもきっと気に入るわ。ここはほんとに役に立つ小部屋になりそう——ジャイルズは化粧室にするかもしれない……バスルームはと——浴槽のふちにマホガニーを使ってあるといいけど——ああ、やっ、やっぱりそう！　なんてきれい——床の中央にあって！これだけは変えないでおこう——この年代物だけは！

なんて大きな浴槽だこと！

ふちに腰かけてりんごもたべられそう。ほかけ舟を浮かべたり——色のついたアヒルも泳がせたりして、まるで海にいるように思えるだろう……そうだ、あの奥の暗いあき部屋を最新流行のグリーンとクロムのバスルーム二部屋に改造できるわ――配管は台所の上を通せばだいじょうぶ――ここはこのままにしておいて……

「肋膜炎でした」とヘングレーブ夫人は言った。「三日目に肺炎を併発しましてね」

「たいへんでしたわね」とグエンダは言った。「この廊下の端にもう一つ寝室がありますの？」

寝室はあった――グエンダがそういう部屋がありそうだと思っていたとおり――ほとんど円形で、大きな弓形の張り出し窓《ボウ・ウインドウ》のある部屋が。もちろん、グエンダが手を入れなくてはならないだろう。べつにいたんではいなかったが。どうしてヘングレーブ夫人のような人はマスタード入りビスケット色の壁をいいと思うのだろう？

二人は廊下を引き返した。グエンダは真剣につぶやいた。「寝室が六つ、いえ七つね、あの小部屋と屋根裏部屋をいれると」

彼女の足の下で床板がかすかにきしんだ。グエンダはもうここに住んでいるのがヘングレーブ夫人ではなく自分であるように思っていた！ ヘングレーブ夫人はでしゃばりなのだ――マスタード入りビスケットの色で部屋の模様替えをしてしまったり、居間の小壁に籐の彫刻が施してあったりするのが好きな女なのだ。グエンダは手にした書類にタイプされているこの物件の詳細と価格をちらっと見た。

この数日のあいだに、グエンダは家の価値というものにかなりくわしくなっていた。その家の総額はそう高くはなかった——たしかにかなりの改修が必要ではあったが——それをふくめても……それにグエンダは〈ご相談に応じます〉と書かれていたことをおぼえていた。ヘングレーブ夫人はケントに行って〝身うちの人たち〟のそばに住みたがっているにちがいないし……

二人が階段をおりかけたとき、グエンダは、まったく突然、言いようのない恐怖の波が頭上をかすめていくのを感じた。それは胸が悪くなるような感じであり、訪れたときと同じようにあっという間《ま》に去って行った。しかし、あとである考えが浮かびあがった。

「この家にはまさか——幽霊が出るんじゃないでしょうね？」とグエンダは聞いた。

ヘングレーブ夫人は一段下にいて、ちょうどヘングレーブ少佐が急速に弱っていった様子を話していたところだったが、キッとなって見上げた。

「わたしは知りませんよ、ミセス・リード。どうしてそんな——誰か——何かそんなことを言ってましたの？」

「ご自分で何か感じたり見たりなさったことはありませんか？　この家で亡くなった方はいませんでした？」

とっさにひどくまずいことをたずねてしまったと思ったがもうおそかった。だってヘングレーブ少佐はたぶん――

「主人はセント・モニカ病院で亡くなりました」ヘングレーブ夫人はむっとして言った。

「ああ、そうでしたわね。さっきうかがいました」

ヘングレーブ夫人はあいかわらずひややかな調子でことばをつづけた。

「建って百年にもなるような家では、そのあいだに死ぬ人が出るのはあたりまえでしょう。七年前にうちの人がこの家を買ったのはミス・エルワージイからでしたが、そりゃお丈夫な人でしたよ。たしか外国へ行って伝道の仕事をするってことでしたが、その家族にその頃死んだ人がいるなんて言ってませんでしたね」

グエンダはあわてて憂い顔のヘングレーブ夫人をなだめた。二人はふたたび居間にもどった。ここは心の休まる魅力的な部屋で、ちょうどグエンダがあこがれていた雰囲気をもっていた。いまはもう彼女の一時的な恐怖心がまったくうそのように思われた。さっきのはなんだったのだろう？　家に不審な所は何もなかった。

グエンダは庭を見せてもらいたいとたのんで、フレンチ・ウィンドウからテラスに出た。

「ここに芝生におりる段々があってもいいのに」とグエンダは思った。

そこには階段のかわりに巨大なレンギョウの木が立っていた。それはとくにそこにあるがために、思いがけぬ大きさに育ったように見え、海の見晴らしをかくしていた。

グエンダはひとりうなずいた。ここはすっかり変えてしまおう。

彼女はヘングレーブ夫人のあとからついて行き、向こう端にある段々から芝生におりた。石の庭は手入れされずに雑草がはびこっていた。花をつけた灌木には刈りこみが必要だった。

ヘングレーブ夫人は、庭まではなかなか手がまわりませんでね、とすまなそうにつぶやいた。週に二度人をたのむのがせいいっぱいで、その男もしょっちゅう休むんです。

二人はこぢんまりとはしているが充分な広さの裏庭までまわってから家の中にもどった。グエンダはほかの家も見なければならないし、自分はヒルサイド荘（なんて平凡な名前！）がとても気に入ったが、すぐにはきめられないと説明した。

ヘングレーブ夫人は別れるときに、いくぶんなごりおしげにグエンダを見て長く鼻をすすった。

グエンダは不動産屋にもどり、いま見てきた結果にもとづいて彼女なりの価格を書きこんだ。あとは昼までディルマスをひとまわり歩いてすごした。ディルマスは魅力的で古風で小さい海辺の町だった。向こうのほうの現代的な町はずれに新式のホテルが二つと、生木で作ったように見えるバンガローがいくつか建っていた。海岸のうしろがすぐ丘になっている地形のおかげで、ディルマスの町はやたらに拡がるのをまぬがれていた。
昼食後、不動産屋から電話があって、グエンダはヘングレーブ夫人が彼女の申込み価格に応じたことを聞いた。グエンダは口もとにいたずらっぽい微笑を浮かべ、郵便局に行ってジャイルズに電報を打った。

家を買った。あなたのグエンダ。

「あの人きっとよろこぶわ」とグエンダはひとりごとを言った。「けっしてなまけてはいないってことを見せてやらなくちゃ」

2 壁紙

I

一カ月たち、グエンダはすでにヒルサイド荘に引っ越していた。ジャイルズの叔母からもらった家具は、保管倉庫からはこばれてきて、家を飾った。それは上質で古風な品品であった。グエンダは大きすぎる衣裳だんすを一つ二つ売ってしまったが、あとはうまくおさまってその家によく似合った。居間には青貝がちりばめられ、城やバラが描かれている小さいはなやかなテーブルがいくつかあった。底に暗褐色の絹地をあてた、ひだのある袋がついている、上品な小さな裁縫台もあった。紫檀《したん》の机やマホガニーのソファ用テーブルもあった。

グエンダは安楽椅子とよべるものをぜんぶ、諸々の寝室にもっていってしまったので、ジャイルズと自分のために二つのふかふかした柔らかいゆったりした椅子を買って暖炉の両側においた。大きいチェスターフィールドのソファは窓ぎわにおいた。グエンダがカーテンのために選んだ布地は、ととのった形の壺のバラの花瓶に黄色い鳥がとまっている柄で、ごく淡いブルーの古風なさらさ木綿であった。この部屋はこれでよし、と彼女は思った。

家にはまだ職人が入っていたので、グエンダはなかなか落ち着けなかった。ほんとうならいま頃はもういなくなってもいいはずであったが、グエンダ自身がこの家の住人になるまで彼らは出ていかないだろう。

台所の改造は終わっていたし、新しいバスルームもほとんどできあがっていた。それ以上のペンキぬりや壁紙選びはしばらく待つつもりだった。自分の新しい家を吟味し、寝室をのぞみどおりのピッタリした色にきめる時間がほしかった。家のことはまったく順調にはこんでいたし、なにもかも一度にやってしまう必要もなかった。

台所のことはコッカー夫人という人が面倒をみることになった。つつしみ深い上品な婦人で、グエンダのまったく分けへだてをしない親しさに反発するようなところがあった。だが、いったんグエンダが自分の立場を納得してからは、進んでうちとけるようになった。

この日の朝、グエンダがベッドで起きあがっていると、コッカー夫人が朝食のお盆をもってきて彼女のひざにおいた。

「男の方がいらっしゃらないときは」とコッカー夫人はきっぱり言った。「ご婦人はベッドで朝食をとるものです」

そしてグエンダはこのいかにもイギリス的なきまりに従った。

「けさはいり卵ですよ」とコッカー夫人は言った。「奥さまは鱈のくんせいを召しあがりたいとおっしゃいましたが、ベッドではおいやでしょう。においが残りますしね。夕食のときにおつくりします。トーストにのせてクリームをかけたのを」

「まあ、ありがとう、コッカーさん」

コッカー夫人は優雅にほほえんで引きさがろうとした。

グエンダは広いダブルルームを使ってはいなかった。そこはジャイルズが来るまであけておくことにして、かわりに一番端の部屋を使っていた。円形の壁にかこまれ、弓形の張り出し窓のある部屋である。そこにいると彼女はすっかりくつろいで、幸福な気分になるのだった。

いまもまわりを見まわして、彼女は衝動にかられたように叫んだ。

「大好きよ、この部屋」

コッカー夫人は鷹揚にまわりを見た。

「ほんとにいいお部屋です、奥さま、せまいですけれどね。窓に手すりがありますから きっと子供部屋だったことがあるのでしょう」

「そんなこと思ってもみなかったわ。たぶんそうね」

「ええ、そうですとも」とコッカー夫人は何か意味ありげな声で言うと、出て行った。

「家に男の方がいらっしゃることになれば」と彼女は言っているように思われた。「子供部屋が必要になるかもしれないでしょう？」

グエンダは赤くなった。彼女は部屋を見まわした。子供部屋？　たしかにすてきな子供部屋になるだろう。彼女は心の中で部屋の飾りつけをはじめた。壁ぎわに大きな人形の家、おもちゃの入った低い戸棚。気持ちよく火がもえている暖炉。横木に干し物などがかけてある高い炉格子。でもこのどぎついマスタード色の壁はだめよ。これはいや。はなやかな色の壁紙にしなくては。明るくて楽しい色に。小さいヒナゲシと矢車菊がかわるがわる並んでいるの……そう、それならすてきだわ、きっと。そういう壁紙をさがしましょう。彼女は前にどこかでたしかにそんな壁紙を見たような気がした。

その部屋には家具はたいして必要でなかった。つくりつけの戸棚が二つあったが、隅にある一つは錠がかかっていて鍵がなくなっていた。全体をペンキでぬりこめてあって、長いあいだあけた様子がなかった。職人が行ってしまう前にたのんであけてもらわなければならない。このままでは自分の服をぜんぶはしまいきれなかった。

日に日にグエンダはヒルサイド荘になじんでいくように思った。開いている窓から重重しい咳払いと短い空咳の音がきこえたので、グエンダはいそいで朝食をすませた。フォスターが来ている。気まぐれな仕事をする庭師で、約束してもいつもあてにならなかったが、今日は約束どおり庭に来ているにちがいない。

グエンダは入浴して服を着た。ツィードのスカートとセーターを着ていそいで庭に出た。フォスターは居間の窓の外で仕事をしていた。グエンダが最初にたのんだのは、石の庭のこの場所に小さな通路をつくってもらうことだった。フォスターははじめ、レンギョウの木やウツギとリラの木もどかさなくてはならないからと言って反対した。だが、グエンダがどうしてもゆずらないので、いま彼は熱心にこの仕事にとりくんでいた。

彼はふくみ笑いをしてグエンダに挨拶した。

「昔にもどるみたいだよ、お嬢さん」（彼はグエンダをお嬢さんとよぶのを、どうしてもやめなかった）

「昔？　どうして？」

フォスターはシャベルでコツコツたたいて言った。

「古い階段が出てきたんだ――ほら、ここんところ――ちょうどあんたがつくってほしいと言ったところにね。そのあと誰かがその上にこいつを植えてすっかりかくしちまったってわけだ」

「まあ、つまらないことをしたものね」とグエンダは言った。「居間の窓から芝生の先にひらける海を見えなくするなんて」

フォスターは見晴らしについてはあまり関心がないようだった——だが慎重にしぶしぶ同意した。

「あっしだってべつに、いいですかい、よくならないって言ってるんじゃないんだが……見晴らしはよくなるし——この植木が居間を暗くしてたことはたしかなんだから。だけどこれだけの植木ともなりゃあ、人間の目を楽しませてくれるってもんだ——こんなに元気に育ったレンギョウなんて見たこともない。リラはそれほどじゃないが、ウツギは金がかかる——いいですかい——なにしろ植えかえるにはちょっと木が古すぎてね」

「ええ、わかってるわ。でもそうしたほうがずーっとすてきよ」

「まあね」フォスターは頭をかいた。「そうかもしれない」

「ぜったいよ」グエンダはうなずきながら言い、突然聞いた。「ヘングレーブさんの前は誰が住んでいたの？　ヘングレーブさんはここに長くはいなかったのでしょう？」

「六年ぐらいですかね。結局いつかなかったね。その前っていうと、エルワージイ姉妹になる。ロー・チャーチ派で、信仰にこりかたまった人たちでね。未開地派遣伝道師をやってたよ。いつだったか黒人の牧師さんが泊まったこともあった、この家にね。四人姉妹でね、男の兄弟が一人いたが——姉さんたちとうまくいかなかったようだ。その前は——ええと、たしかフィンデイスン夫人だ——ああ！　あの人は本当の名士だったな、この土地の。ここにずっといついた人だ。あっしの生まれる前から住んでいたんだから」

「その方はここで亡くなったの？」グエンダが聞いた。

「死んだのはエジプトかどこかあっちのほうだった。だけど家族が故国につれてかえってな、教会の墓地に埋葬されている。あの人があのモクレンやあっちのキバナフジを植えたんだ。あのトベラも。灌木が好きだったんだな、あの人は」

フォスターは言葉をつづけた。

「その頃は丘にそって並んでいる新しい家はまだ建っていなかった。いかにも田舎らしかったな。映画館もなかった。新しい店も一軒だってなかった。海岸の散歩道路もな」彼の声は、年とった人間の新しく変わってゆくものすべてに対する非難の調子をおびていた。「変わっちまった」と彼は鼻をならして言った。「なにもかも変わっちまったよ」

「物事は必ず変わっていくものじゃないかしら」とグエンダは言った。「よくなったものもたくさんあるでしょう、いまのほうが？」

「みんなはそう言うがね、あっしには見つけられないな。変わっちまったんだよ！」彼は左側のミズキの生垣の向こうに輝いて見えるビルのほうを指した。「もとは療養所だったんだ」彼は言った。「気持ちのいい病院で、便利だったね。それから病院は町から一マイルのところにうつって大きい建物になった。診察日にあそこへ行ってみたけりゃ歩いて二十分で行ける。バスなら三ペンスだ」もう一度彼は生垣の向こうを指した……「いまは女学校になっている。十年前に引っ越して来たんだ。年がら年じゅう変わっている。この頃じゃ誰でも家を買って十年かそこらも住むとまた引っ越してしまう。落ち着かないんだ。そんなことしてどうなるのかね？　将来をちゃんと見通してなけりゃ、りっぱな植木も植えられないってわけだ」

グエンダはいとおしげにモクレンを眺めて言った。

「フィンデイスン夫人のようにね」

「ああ、あの人はりっぱな人だった。ここに花嫁として来なさってな。子供たちを育て、結婚させ、ご主人の最期をみとり、夏には孫たちをあずかっていた。そして結局、八十にちかくなって出て行きなさった」

フォスターの口ぶりはその生き方をあたたかく認めていた。

グエンダはかすかにほほえみを浮かべて家の中に入った。

彼女は職人たちと話してから居間にもどり、机に向かって手紙を何通か書いた。まだ返事のすんでいない手紙の中に、ロンドンに住んでいるジャイルズのいとこ夫妻からのものがあった。彼女がロンドンに行きたくなったらいつでもチェルシーの彼らの家に泊まりに来てほしい、と書いてあった。

レイモンド・ウェストは（人気作家と言うよりは）有名な小説家であり、その妻のジョーンは、グエンダも知っていたが、画家であった。彼らの家に泊まりに行くことは楽しいだろう、もっとも彼らはグエンダのことをミーハー的な俗物と思うかもしれないが。

「ジャイルズもわたしもちっともハイブラウじゃないから」とグエンダは思った。

ホールから重々しい銅鑼《どら》の音がひびいた。その銅鑼は、彫刻されたわめられたたくさんの黒い木でかこわれていて、ジャイルズの叔母の遺品の中でも逸品の一つだった。コッカー夫人はそれを鳴らすことを明らかに楽しんでいるらしく、いつもたっぷりとひびかせた。グエンダは両手を耳にあてて立ちあがった。

彼女はいそいで居間を横ぎり、向こう側の窓のそばの壁に行きあたった。そこで彼女は急停止すると、腹立たしげな声をあげた。これで三度目だ。いつも固い壁を通りぬけて、隣りの食堂へ行けると思っているようだった。

もとへもどり、いったんホールへ出てから居間のかどを曲がって、彼女はやっと食堂に入った。それはひどい回り道だし、冬には厄介だろう。ホールはすきま風が入るし、セントラル・ヒーティングときたら、居間と食堂と二階の二つの寝室にしかきいてないのだから。

「わからないわ」とグエンダは優雅なシェラトンの食卓にすわりながら思った。彼女はこの食卓をラヴェンダー叔母さんの大きなマホガニーの四角い食卓の代りに高い値で買ったばかりだった。「わからないわ、どうして居間から食堂に通じるドアがあってはいけないのかしら？　午後シムズさんが来たら話してみよう」

ミスター・シムズは建築家で室内装飾家だった。ハスキーな声をした口のうまい中年の男で、自分の客が出費のかさむプランを思いついたときすぐ書きとめておけるように、いつでも小さい手帖を持っていた。

ミスター・シムズは相談を受けると肚の中で細かく計算した。

「ごく簡単なことですよ、奥さん——そう、言わせていただければ、それは素晴らしい改善ですね」

「かなりお金がかかるかしら？」グエンダはそろそろミスター・シムズの大仰な賛成の

仕方に疑いを持ちはじめていた。ミスター・シムズの最初の見積りにはふくまれていなかったいろいろの余分な出費のことで、ちょっと不愉快なことがあったのである。

「ほんのわずかです」とミスター・シムズはやさしく、安心させるようにハスキーな声で言った。グエンダはいままでよりもっと疑わしい顔つきをした。ミスター・シムズのいうわずかは信用できないことがわかっていた。彼の率直な見積りはわざとらしいまでに控え目だった。

「こういたしましょう、奥さん」とミスター・シムズはおだてるように言った。「テイラーが午後化粧室の仕事を終えたら見てもらいましょう。それから正確な見当を申しあげます。壁の種類にもよりますが」

グエンダは同意した。彼女はジョーン・ウェストに招待を感謝する手紙を書いた。だが目下のところ職人たちから目をはなしたくないので、ディルマスを離れるわけにはいかないことも。そのあと彼女は海岸通りへ散歩に出かけ、海の微風を楽しんだ。もどって居間に入ると、ミスター・シムズの職人頭、テイラーが隅からすっくと立ちあがり、ニヤッと笑って挨拶した。

「むずかしいことはありませんや、奥さん」彼は言った。「もとはここにドアがあったんです。ないほうがいいと思った人がしっくいでぬりつぶしちまったんでさ」

グエンダには嬉しい驚きだった。「なんて妙なんだろう」と彼女は考えた。「わたしはいつもそこにドアがあるような気がしていたわ」彼女は昼食のときなんのためらいもなくそこへ歩いていったことを思い出した。それに気づくと、突然彼女は不安にかられてかすかに身ぶるいした。どう考えても、奇妙なことだった……なぜあんなにはっきりドアがあると思ったのだろう？　壁の表面にはそんなしるしは何もなかった。どうして推測できたのだろう――どうしてわかったのだろう――まさにそこにドアがあることを？　もちろん、食堂に通じるドアがあれば便利である、だがなぜ彼女はその特別な一カ所にいつも行ってしまうのだろう？　仕切りの壁ならどこでも同じはずなのに。彼女は無意識に、何かほかのことを考えながら、実際にドアがあったその一点に行ってしまったのである。

「まさか」とグエンダは不安になった。「わたしに透視力かなにかがあるとは思えないけど……」

これまで自分に超能力があると思ったことは一度もなかった。彼女はそうした種類の人間ではないのだ。それともそうなのか？　テラスから灌木のしげみを通って芝生へおりるあの庭の通り道、あの特別な場所に通り道をつくってほしいとあれほどつよく言い張ったとき、彼女はそこに道があることをなぜか知っていたのではあるまいか？

「ひょっとしたら、わたしにもちょっと超能力があるのかしら」と彼女は不安になった。「それともこの家に何かかかわりがあることかしら?」

あの日なぜ彼女はヘングレーブ夫人に、ここには幽霊でも出るのじゃないかと聞いたのか?

幽霊など出なかった! お気に入りの家だった! 家に変なところがあるわけがない。そう、ヘングレーブ夫人はその考えにほんとにびっくりしているように見えたもの。

それとも彼女の様子に用心深くかくしているようなところがあったろうか?

「いやだわ、わたし、いろいろなことを想像しはじめて」とグエンダは考えた。

彼女はテイラーとの話し合いにつとめて注意をひきもどそうとした。

「もう一つ仕事があるの」と彼女はつけ加えた。「二階のわたしの部屋にある戸棚が一つ閉まったままなの。あけてほしいんだけど」

テイラーは彼女といっしょに二階に行き、戸棚のドアをしらべた。

「なんべんもぬりなおしてあるね」と彼は言った。「明日でよけりゃ誰かにあけさせましょう」

グエンダはだまってうなずき、テイラーは立ち去った。

その晩グエンダは神経質になってびくびくしていた。居間にすわって本を読もうとしても家具のきしむ音がいちいち気になった。一、二度、彼女は肩ごしにふりむいて身震いした。あのドアと小道のことはなんでもないのだと自分に言いきかせた。偶然の一致にすぎない。どちらの場合も常識で考えれば当然そうなるにきまっていることなのだ。

自分では意識していなかったが、彼女は寝室にあがって行くことに神経質になっていた。だがとうとう立ちあがってあかりを消し、ホールに出るドアをあけたとき、階段をのぼるのを怖れている自分に気づいた。彼女は階段を大いそぎでかけのぼり、廊下を走って行って自分の部屋のドアをあけた。中に入るとすぐ恐怖は鎮まった。グエンダはいとおしそうに部屋を見まわした。ここなら安全だった――安全でしあわせだった。そう、いまはここにいる、もう安全だ。

(でも何から安全なの、おばかさん？　と彼女は自分にたずねた)彼女はベッドの上にひろげられたパジャマと、下にある寝室用スリッパを見つめた。

「ほんとに、グエンダ、おまえは六つの子供みたいよ！　うさぎのついた子供靴をはかなくてはならないわ」

彼女はホッとした気持ちでベッドにもぐりこむとすぐ眠りに落ちた。

翌朝グエンダは町でいろいろな用事を片づけ、帰ったのは昼食時だった。

「職人たちが寝室の戸棚をあけてくれましたよ、奥さま」とコッカー夫人が、上手にフライにした舌びらめとマッシュポテトにニンジンのクリームあえをはこんで来て言った。

「それはよかったわ」とグエンダは言った。

空腹だったので昼食はおいしかった。客間でコーヒーを飲み終えると二階の自分の寝室に行った。彼女は部屋をつっきって隅にある戸棚のドアをひっぱった。

突然グエンダはおびえた小さなさけび声をあげ、立ちすくんだ。

壁のほかの部分はすべてマスタード色がかったペンキでぬりなおされていたのに、戸棚の内側は昔のままの壁紙だった。その部屋は以前は明るい花模様の壁紙が張られていたのだ。まっかな小さいヒナゲシと矢車菊がかわるがわる並んでいる模様の……

II

グエンダは長いあいだじっと見つめて立っていた。それからよろよろとベッドに行き、腰をおろした。

いままで一度も訪れたことのない国の、一度も来たことのない家にいて——たった二日前彼女はこの部屋のために壁紙をベッドの中で思い描いていた——そして自分が思い描いた壁紙はかつてここの壁に張られてあった紙とまったく同じだった。

大ざっぱな断片的な説明が彼女の頭の中でうずまいた。ダンの『時の実験』――過去をでなく将来を見る……

庭の小道とドアのことは偶然の一致と説明することもできた――だが、こんな偶然の一致がありうるだろうか――こんなにはっきりした模様の壁紙を想像で描き、それからそれと同じものを発見するなどということが……まさか、何か彼女にはわからない理由があってそれが――そう、それが彼女をこわがらせていた。なんども彼女は将来ではなく過去を――この家の昔の状態を見ていたのだ。いつなんどき彼女はもっと見るかもしれない――彼女が見たくない何かを……彼女はこの家が恐ろしかった……しかし恐ろしいのは家かそれとも彼女自身なのか？　グエンダはそこにないものが見える人々の仲間にはなりたくなかった……

彼女は大きく息をつくと帽子とコートをつけていそいで外へ出た。郵便局で彼女は返信料つきの電報を打った。

ウェスト様、アドウェイ・スクエア一九　チェルシー、ロンドン。

気が変わった。明日うかがってよいか。グエンダ。

3 「女の顔をおおえ……」

レイモンド・ウェスト夫妻はジャイルズの若い妻が歓迎されていると感じるように、できるだけのことをした。グエンダが彼らに会って内心ちょっとびっくりしたとしても、それは彼らの責任ではなかった。レイモンドは風変わりな様子をしていて、飛びかかろうとしている大ガラスに似ていなくもなかった。ゆるやかにたらした彼の髪や、突然声を強める理解しがたい話し方などに、グエンダは目をまるくして落ち着かなくなるのだった。彼とジョーンは二人とも自分たちだけのことばを話すように思えた。グエンダはまだ一度もハイブラウの雰囲気にひたったことがなかったし、ほんとうにそのことばづかいは変わっていたのだ。

「きみを一つ二つショーにつれて行きたいと考えていたんだ」レイモンドが言った。グエンダが旅のあとでお茶を一杯ほしいなと思いながらジンを飲んでいるときだった。

グエンダの顔はパッと明るくなった。

「今夜はサドラーズ・ウエルズのバレエだ。明日はね、ぼくらの驚異に価いする人、ジェーンおばさんのために、誕生祝いに芝居を観に行く――ギールガッド主演の《マルフィ公爵夫人》をね。金曜日には、ロシアの翻訳劇だが、《幽霊が歩む》を観なくちゃならないよ。――ここ二十年間で最大の収穫と言われる作品なんだ。これはウイットモア劇場でやっている」

グエンダは、二人が彼女をもてなそうとこんな計画をたててくれたことに礼を言った。ジャイルズがもどってくれば、二人でミュージカルやらそういうショーに行けるだろう。彼女は《幽霊が歩む》の観劇にはちょっと鼻白んだが、もしかしたら案外楽しめるかもしれないと思いなおした――〝最大の収穫〟のドラマがふつう楽しめないものだということだけが問題だったが。

「きっとジェーンおばさんが気に入るよ」レイモンドは言った。「彼女をひとことで表現すれば、時代劇から抜け出たような人物ってところかな。芯までヴィクトリア時代の人でね。鏡台の脚にはみんなさらさ木綿を巻いている。田舎に住んでいてね、何事も起こったためしのない、ちょうどよどんだ池のような村だ」

「一度事件があったわ」と彼の妻が皮肉な口調で言った。

レイモンドは手をふった。

「ただの恋愛ドラマさ――それもおそまつで――精巧に仕組まれたものではない」

「あなたはあのとき、とっても面白がってらしたじゃないの」とジョーンがかすかにウィンクして彼に思い出させた。

「ぼくだってときには俗っぽいことをよろこぶこともある」レイモンドはもったいぶって言った。

「ともかく、ジェーンおばさんはあの殺人事件で有名になったのよ」

「ああ、彼女はなかなか抜け目がない人だ。問題が大好きなんだ」

「問題ですって？」グエンダは算数を思いうかべて言った。

レイモンドは手をふった。

「どんな問題でもさ。八百屋のおかみさんが晴れた晩に教会の懇親会に傘をもって行ったのはなぜか。塩づけの海老がなぜその場所で発見されたか。牧師さんの白衣に何が起こったか。ジェーンおばさんときたら、ただじゃ起きないんだから。だからもし何か一身上の問題があったら、ジェーンおばさんのところにもって行きなさい、グエンダ、彼女が解決してくれるよ」

彼は笑い、グエンダも笑ったが、心からではなかった。その翌日、彼女はジェーンおばさん、別称ミス・マープルに紹介された。ミス・マープルは魅力的な老婦人だった。

やせて背が高く、バラ色のほほと青い目をしていて、物腰は上品だが、小うるさそうな様子だった。彼女の青い目はたびたびかすかにきらめいた。

早目の夕食の席でジェーンおばさんの健康のため乾杯してから、彼らはヒズ・マジェスティーズ劇場へ出かけた。ほかに男の客が二人、中年の画家と若い弁護士が一行に加わった。中年の画家はもっぱらグエンダに心をつかい、若い弁護士はジョーンとミス・マープルの二人に気をくばった。彼はミス・マープルの話を非常に面白がっていた。だが劇場では組み合わせが変わった。グエンダがレイモンドと弁護士のあいだの席にすわった。

あかりが消えて芝居がはじまった。

演技が見事だったのでグエンダにも楽しめた。グエンダはこれまで一流の芝居をそう多くは観ていなかった。

芝居が幕に近づいて、恐怖のクライマックスにうつった。俳優の声が舞台をおおい、ゆがみねじれた心理の惨劇と化した。

「女の顔をおおえ、目がくらむ、彼女は若くして死んだ」

グエンダが悲鳴をあげた。

彼女は椅子からとびあがり、ほかの客たちの前を夢中になって通路に突進し、扉を通り、階段をのぼり、やっと外の通りに出た。外に出ても彼女は足を止めず無我夢中でなかば歩き、なかば走るようにしてヘイマーケット通りを通り抜けた。

彼女はピカデリーまで来てやっと流しのタクシーが走っているのに気がついた。タクシーをとめて乗りこむと、チェルシーの家の住所を告げた。手さぐりでお金をとり出し、料金を払い、玄関の段をのぼった。彼女を迎え入れた召使いがびっくりして見つめた。

「お早いお帰りでしたね、お嬢さま、ご気分でも悪いのですか？」

「いいえ――いいえ、そうなの――わたし――気が遠くなってしまって」

「何かお飲みになりますか、お嬢さま？　ブランデーでも？」

「いいえ、結構よ。すぐに寝るから」

彼女はそれ以上何か聞かれるのをさけるように階段をかけあがった。

彼女は服をぬぎ、床にほうり出したままベッドにもぐりこんだ。彼女は横になってふるえていた。心臓はドキドキし、目は天井を見つめたままだった。

あとから帰ってきた人々の階下《した》での物音に彼女は気づかなかった。だが五分もするとドアがあき、ミス・マープルが入って来た。小脇に湯たんぽを二つかかえ、カップを一つ手にしていた。

グエンダはベッドに起きあがってふるえをとめようとした。

「ああ、ミス・マープル、ほんとうにごめんなさい、なにがなんだか自分でもさっぱりわかりませんの――わたしほんとうにばかなことをして、みなさん怒っていらしたでしょう？」

「さあもう心配いらないわ、お嬢さん」ミス・マープルは言った。「この湯たんぽを入れてよくあたたまりなさい」

「湯たんぽはいりません、わたし」

「いいえ、いるわ、あなたには。そう、それでいい。このお茶を召しあがれ」

お茶は濃くて熱く、砂糖が入りすぎていたが、グエンダは素直に飲んだ。ふるえがすこし静まった。

「さあ、横になってお眠りなさい」ミス・マープルは言った。「ショックを受けたのね。朝になったら話せばいいわ。何も心配しないで、ぐっすり眠るのよ」

彼女は毛布をなおし、ほほえみかけ、グエンダを軽くたたいて出て行った。

階下ではレイモンドがいらだたしげにジョーンに言っていた。

「まったくあの子はどうしたんだい？　気分でもわるくなったっていうのかい？」

「レイモンド、わたしにだってわからないわ、いきなり悲鳴をあげるんですもの！　きっと彼女にはあの芝居がちょっと不気味すぎたんでしょう」

「そりゃあ、まあ、ウェブスターにはちょっとぞっとするようなところがある。だがぼくには考えられないな——」彼はミス・マープルが部屋に入って来たので話を中断した。

「だいじょうぶですか、あの子?」

「ええ、もうよさそう。ひどいショックを受けたのよ」

「ショック? ただジェイムズ朝の芝居を観ただけで?」

「それ以上のことが何かあると思うわ」とミス・マープルは考えこみながら言った。

グエンダの朝食は部屋にはこばれた。彼女はすこしコーヒーを飲み、トーストを小さくちぎって口に入れた。彼女が起きて階下へおりると、ジョーンは自分のアトリエに行ってしまっており、レイモンドは仕事部屋にとじこもっていた。ミス・マープルだけが川向こうを見晴らす窓のそばにすわって、せっせと編み物をしていた。

ミス・マープルはグエンダが入って来ると、おだやかな微笑をうかべて見あげた。

「おはよう、ぐあいはよくなって?」

「ええ、すっかりよくなりました。ゆうべはあんなばかみたいなことをして、わたしどうしたんでしょう? あの方たち——とっても怒っていらっしゃるでしょうね?」

「そんなことはないわ。みんなよくわかってますよ」

「何をわかってますの?」

ミス・マープルは、編みものの手を休めずに、見あげた。「あなたがゆうべひどいショックを受けたことを」彼女はやさしくつけ加えた。「そのわけをぜんぶお話ししてくださらない？」

グエンダはそわそわと歩きまわった。

「わたし、精神科医か誰かに診《み》てもらうほうがいいかもしれません」

「もちろん、ロンドンにはいい精神科の専門医がいるわ。でもあなた、ほんとうに必要だと思うの？」

「ええ——わたし、気が狂いそうなんです……気が狂うにちがいありません」

中年の小間使いが盆に一通の電報をのせて部屋に入ってきて、グエンダにわたした。

「配達人が返事をするかどうか聞きたがっていますが？」

グエンダは封を切った。それはディルマスから転送された電報であった。彼女はよくのみこめぬ様子で、ちょっとのあいだそれを見つめてから、くしゃっとまるめた。

「返事はないわ」と彼女は機械的に言った。

小間使いは出て行った。

「わるいニュースじゃなさそうね、グエンダ？」

「ジャイルズからです——主人の。彼は飛行機で帰って来ます。一週間後には来るそう当惑し、みじめな声だった。ミス・マープルが静かに軽い咳払いをしてから言った。

「まあ——ほんとに——すてきな知らせじゃない？」

「そうかしら？　わたしが気が狂っているかもしれないときだっていうのに？　もしわたしが気が狂っているとしたら、ジャイルズと結婚してはならなかったのです。それから家も、何もかも。わたし、あそこにはもどれません。ああ、どうしたらいいかわかりませんわ」

　ミス・マープルは招くようにソファを軽くたたいた。

「さあ、ここへおすわりになったら。そしていままでのことをすっかりお話しなさい」

　グエンダはホッとしたような気持ちでその招きを受けた。彼女はこれまでのことをみんな話した。彼女が最初にヒルサイド荘を見たときにはじまり、つづいて彼女を、初めは当惑させしだいに悩ませるようになった出来事を。

「それでなんだか恐ろしくなったのです」と彼女は話をしめくくった。「そしてわたしはロンドンに行こうと思ったのです——そのすべてから逃げたいと。でも、おわかりでしょ、それから逃げられませんでした。わたしについて来たのです。ゆうべ——」彼女は目をつぶると、思い出したことばをのみこんだ。

「ゆうべ？」ミス・マープルはうながした。

「たぶん、こんなことは信じないでしょう」グエンダは非常に口早にしゃべった。「わたしがヒステリーか頭がおかしいのかそんなふうにお思いでしょう。突然だったのです、ちょうど終わりかけたときに。わたしはそれまでお芝居を楽しんでいました。一度だってあの家のことなど考えつきもしませんでした。ところがいきなり襲いかかってきたのです——青天の霹靂《へきれき》のように——彼があのことばを言ったとき——」

彼女は低いふるえ声でくり返した。「女の顔をおおえ、目がくらむ、彼女は若くして死んだ」

「わたしはあの家にもどっていました——階段の上で手すりのあいだからホールを見おろしていました。わたしには彼女がそこによこたわっているのが見えました。手足をのばして——死んでいたのです。髪は金色で、顔は——青ざめて！　彼女は死んでいました。絞め殺されて、そして誰かがあのことばを、あれと同じような恐ろしい、満足そうな様子で言っていました——わたしはその男の手を見たんです——灰色の、しわのよった——手じゃないわ——猿の前肢《まえあし》……ほんとにこわかった。死んでいたんです……」

ミス・マープルは静かにたずねた。

「誰が死んでいたの？」

答えはすばやく機械的だった。

「ヘレンが……」

4　ヘレン？

一瞬のあいだ、グエンダはミス・マープルをじっと見つめ、それから額の髪をかきあげた。

「なぜわたし、ヘレンなんて言ったのかしら？　ヘレンなんて人知らないのに！」

彼女は絶望的なしぐさで手をおろした。

「やっぱり、気が狂っているんだわ！　まぼろしが浮かぶのです！　実際には存在しないものが見えはじめたのです。はじめはただの壁紙でした——でもいまはそれが死体になった。だんだんひどくなっているのです」

「まあ、そんなに結論をいそいではだめよ——」

「でなければあの家のせいだわ。あの家に幽霊がとりついている——あるいは魔法か何かをかけられている……わたし、あそこで起こったことが見えるのです——でなければ、これから起ころうとしていることが見えるのだわ——そのほうがもっと悪いわ。おそらくヘレンという女の人があそこで殺されようとしている……ただわからないのは、もし幽霊にとりつかれているのがあの家だとしたら、そこから離れていてもこういう恐ろしいものがわたしに見えるのかしら？　変になっているのはわたしにちがいありません。すぐ精神科医に行って診《み》てもらうほうがいいんだわ――今朝にでも」

「でもね、グエンダ、ほかの解決法をぜんぶやってみてからでも、診てもらうことはできるでしょう、いつだって。わたしはね、いつも最初はいちばん簡単でいちばん常識的な解釈にあたってみるのがいいと思うの。まず事実をはっきりさせてちょうだい。あなたの気持ちを混乱させたことがたしか三つあったわね。植木でかくされていたけれどそこにあるような気がした庭の小道、しっくいでふさいであったドア、そして見ないうちから正確に模様まで想像できた壁紙。これであっている？」

「ええ」

「ではいちばん簡単で、いちばん自然な解釈はね、あなたがそういったものを前に見たことがあるということよ」

「つまり、前世で、とおっしゃるのですか？」

「いいえ。この世で。つまりそういったものは現実の記憶かもしれないと言いたいの」

「でもわたしは一ヵ月前まで一度もイングランドに来たことがなかったのですよ、ミス

・マープル」

「たしかに？」

「もちろんたしかですわ。わたしは生まれてからずっとニュージーランドのクライストチャーチの近くに住んでいましたもの」

「生まれたのもそこ？」

「いいえ、インドで生まれました。父はイギリス陸軍の士官でした。母はわたしが生まれて一、二年後に亡くなり、父はわたしをニュージーランドの母の身寄りに送って育ててもらおうとしたのです。それから二、三年後に父も亡くなりました」

「あなたはインドからニュージーランドに行ったことはおぼえていないのでしょう？」

「はっきりとはおぼえていません。ひどくぼんやりとですが、船に乗っていたことをおぼえています。まるい窓のようなもの——舷窓だったのでしょうね。それから白い船長服を着た男の人、赤ら顔で、青い目をしていて、あごに痣《あざ》のようなものがあって——たぶん傷あとだと思います。その人はわたしをよく空中にほうりあげてくれて、わたしは半分こわがりながら半分それが好きだったことをおぼえています。でもみんな断片的で」

「あなたは乳母か——インドでいう女中《アーヤ》をおぼえていない？」

「アーヤではなく――ナニーです。ナニーのことはおぼえています、しばらくいっしょにいたので――わたしが五歳ぐらいのときまでです。紙でアヒルを切りぬいてくれました。そうだわ、彼女は船に乗っていたわ。船長さんがわたしにキスをしたとき、わたしがその頬ひげをいやがって泣いたので、ナニーにしかられたのです」

「まあ、それはたいへん面白いわ。だってあなたは二つの別な航海をごちゃまぜにしているのだから。一つの航海では船長さんが頬ひげをはやしていたし、もう一つでは船長さんが赤ら顔であごに傷があった」

「そうだわ」グエンダは考えこんだ、「きっとわたし、ごちゃまぜにしているのだと思います」

「わたしにはありうることだと思えるのだけど」ミス・マープルは言った。「あなたのお母さまが亡くなったとき、お父さまははじめあなたをイングランドへつれていらしたのではないかしら。そしてあなたは実際にあの家、ヒルサイド荘に住んだのではないかしら。あなたはさっき話してくれたでしょう、あなたがその家の中に入ったとたん、そこがわが家のような気がしたって。そしてあなたが寝室に選んだ部屋、そこはたぶんあなたの子供部屋だった――」

「そこはたしかに子供部屋でした。窓に手すりがあったわ」

「ねえ、わかるでしょ？　その部屋には矢車菊とヒナゲシの模様の明るいかわいい壁紙がはってあった。子供というものは自分の子供部屋の壁紙をよくおぼえているものよ。わたしだって自分の子供の頃の部屋の壁に藤色のアイリスがついていたのを忘れたことがないわ。たしかわたしがまだ三歳のときに張りかえられたはずなのに」

「だからわたし、すぐにおもちゃのことを考えたのかしら。人形の家と小さなおもちゃの戸棚を？」

「そうよ、そしてバスルーム、マホガニーのふちのある浴槽。あなたはそれを見たとたんにアヒルを浮かべることを思いついたと話してくれたわね」

グエンダは考えこんで言った。「何もかもおいてある場所がすぐわかるように思われたのはほんとうです──台所もリネン用の戸棚も、そして居間から食堂に通じるドアがあるといつも考えていたことも。でもわたしがイングランドにやって来て、ずっと昔住んでいたその家を実際に買うなんて、どう考えてもありえないことでしょう？」

「ありえないことではないわ。驚くべき偶然の一致というだけで──そして驚くべき偶然の一致というのはありうることだわ。あなたのご主人が南海岸に家をほしいと思った、あなたはそれをさがしていて、記憶をかきたてられるようなある家の前を通り、それにすっかりひきつけられた、大きさもちょうどよく値段も手頃だったのでその家を買った。

そう、ひょっとしたらありそうなことだわ。もしその家がただ幽霊屋敷と（おそらくは正当に）よばれている家にすぎなかったら、あなたはまったくちがった反応を示しただろうと思うの、でもあなたは恐怖感も嫌悪感ももたなかった、あなたが話してくれたあの決定的な瞬間、ちょうど階段をおりかけ、ホールを見おろしていたときをのぞいては」

　グエンダの目にまたおびえの色が浮かんだ。

「あなたはつまり――あのヘレンも――あのこともほんとうにあったことだとおっしゃるのですか？」

　ミス・マープルはとてもやさしく言った。「ええ、そう思うわ……わたしたちはね、もしほかのことが現実の記憶ならば、あのことも記憶の中の出来事だという事実に目をそむけてはならないと思うの……」

「誰かが殺されて――絞め殺されて――死んでよこたわっているのを実際に見たということ？」

「その人が絞め殺されたということは、あなたにははっきりわかっていなかったのじゃないかしら。それはゆうべの芝居から連想されたもので、大人になったあなたが知っている、まっ青にけいれんした顔の意味とピッタリ合ってしまったのだと思うの。ごく幼い子供が、階段を這っておりながら、暴力と死とひどい仕打ちを感じとり、それをいくつかのことばに結びつけたのだと思うわ――わたしの考えでは、殺人者がほんとうにそのことばを言ったので。それは子供にとって実にひどいショックだったでしょう。子供って不思議なかよわい生き物ですもの。ひどく恐ろしい目にあったら、とくに何かわけのわからないことでそういう目にあったとしたら、子供はそのことを口には出さないでしょう。しっかり封じこめてしまうでしょう。表面的には忘れたように見えるかもしれない。でもその記憶はずっと深いところに残っているのよ」

グエンダは深い息をついた。

「それがわたしに起こったことだとお考えなのですね？　でもどうしていまになってもぜんぶは思い出せないのでしょう？」

「誰でも注文どおりに思い出すことはできないものよ。そうしようとすればするほど記憶は遠のいてしまうわ。でもわたしは、それが現実に起こったことの証拠が一、二あると思うの。たとえば、いまあなたがゆうべの劇場での体験を話してくれたとき、それが言葉のはしばしにあらわれていたわ。あなたは自分が〝階段の手すりのあいだから〟見ていたような気がすると言ったわね――でも普通は、手すりのあいだからホールを見おろすのではなくて、手すりの上から見るでしょう。ただ子供だけよ、あいだから見るのは」

「なんて卓見でしょう」とグエンダは感にたえぬように言った。

「こういうちょっとしたことがたいへん重要なの」

「でもヘレンって誰だったのかしら？」グエンダは当惑した様子で言った。

「ねえあなた、それがヘレンだといまでも確信しているの？」

「ええ……とってもおかしなことですけれど、だってわたし〝ヘレン〟が誰か知らないのに——でもやはり知ってはいるのだわ——つまり倒れていたのが〝ヘレン〟だったということを知っているという意味で……どうしたらもっとくわしくわかるのかしら？」

「そうね、あなたが子供のときほんとうにイングランドに来たのかどうか、少なくともありえることだったかどうか、はっきりさせることが大事だと思うわ。誰かあなたのご親戚の中にでも——」

グエンダはさえぎった。「アリスン叔母さんがいます。あのひとなら、きっと知っていると思います」

「ではその人に航空便で手紙を出すといいわ。あなたがイングランドに来たことがあるかどうか、どうしても緊急に知りたい事情が起こったと書いて。たぶんご主人が到着するまでに航空便で返事が届くでしょう」

「どうもありがとう、ミス・マープル。ほんとうにご親切にしてくださって。あなたのおっしゃったとおりであればいいのですけど。それなら、ほんとうに安心ですわ。つまり、超自然的なことなんかないんですものね」

ミス・マープルは微笑んだ。

「わたしたちの考えるとおりになるといいわね。わたしはあさってからイングランド北部の古い友人たちの家に行ってすごすつもりなの。十日もすれば、帰る途中にロンドンに寄りますよ。もしそのとき、あなたとご主人がここにいらして、あなたのお手紙に返事が来ていれば、その結果をぜひ聞かせていただきたいわ」

「もちろんですわ、ミス・マープル！　とにかくジャイルズには会っていただきたいのです。彼はとってもすてきな人です。わたしたち事件のてんまつを楽しく話しあうことができますわ」

グエンダはもうすっかり元気をとりもどしていた。

しかし、ミス・マープルは何か考えこんでいる様子だった。

5 回想の中の殺人

I

その後十日ほどたって、ミス・マープルはメイフェアの小さなホテルを訪れた。そして若いリード夫妻の心からの歓迎をうけた。

「主人ですの、ミス・マープル。ジャイルズ、ミス・マープルがどんなに親切にしてくださったか口では言えないくらいよ」

「お目にかかれてうれしいですよ、ミス・マープル。グエンダは恐怖のあまり、あやうく精神病院に行くところだったらしいですね」

ミス・マープルのやさしい青い目はジャイルズ・リードを一瞥するなり好意を抱いた。背が高く金髪のたいへん好ましい若者で、生まれつきのはにかみとときどきまばたきする癖が相手の警戒心を解かせる。ミス・マープルは彼の信念の強さをあらわすあごと引きしまった口の形に注目した。

「そこの小さな書斎でお茶をいただきましょう、暗い部屋ですけど」とグエンダは言った。「誰も入って来ませんし、お茶のあとでミス・マープルにアリスン叔母さんの手紙をお見せできるわ。

そうなんです」ミス・マープルが鋭く見あげると彼女はつけ加えて言った。「手紙が来ましたの、あなたがお考えになったとおりでした」

お茶がすみ、航空便がひろげられた。

かわいいグエンダ（とミス・ダンビーは書いていた）

あなたが何か心配ごとにぶつかったと聞いてたいへん案じています。じつのところ、あなたが幼いときに、しばらくのあいだイングランドに住んでいたということは、わたしもいままですっかり忘れていました。

あなたのお母さん、わたしの姉のミーガンは、当時インドに赴任していた友人の家へ遊びに行き、そこであなたのお父さんのハリデイ少佐に会いました。二人は結婚し、あなたが生まれました。あなたが生まれて二年ほどあとにお母さんは亡くなりました。それはわたしたちにとってたいへんなショックで、すぐあなたのお父さんに手紙を書きました。お父さんとはそれまで文通はしていましたが、一度もお会いしたことはなかったのです。わたしたちはあなたをあずかれるだけでたいへん嬉しいし、小さい子をかかえて軍人のつとめはむずかしいだろうから、あなたの世話をまかせてほしいとお父さんにたのみました。でもお父さんはおことわりになりました。軍隊をやめてイングランドにあなたをつれて帰るつもりだからと言って。そうなったら、いずれそのうちに訪ねて来てほしいと書いてありました。

帰国の船上でお父さんは若い婦人に会い、彼女と婚約し、イングランドに着くとすぐ結婚したのだと思います。察するところ、この結婚はしあわせなものではなかったらしく、ほぼ一年後に二人は別れたようです。お父さんがわたしたちに手紙をくださって、まだあなたを育ててくれる気持ちがあるかと聞いてきたのはその頃でした。いうまでもないでしょうね、わたしたちがあなたを引きとることをどんなによろこんだか。あなたはイギリス人の乳母につきそわれてわたしたちのところへ来ました。そのとき、あなたのお父さんは多額の財産をあなたにゆずり、同時にあなたが法的にもわたしたちの籍に入ることを提案してきました。このことは、そう言ってはなんだけど、ちょっと妙なことに思えました。でもわたしたちはそれが親切からだと――つまりあなたがよりいっそうわたしたちの家族の一員になれるようにという意味だと——思いました。しかしわたしたちはこの提案は受け入れませんでした。それから一年ほどしてあなたのお父さんは療養所で亡くなりました。わたしの想像では、たぶんお父さんはあなたをこちらによこしたときすでに自分の健康が思わしくないと告げられていたのだと思います。

あなたがお父さんとイングランドにいたときどこに住んでいたかわからなくてごめんなさい。お父さんの手紙に当然住所が書いてあったはずなのに、なにしろ十八年も前のことなのでそういうこまかいことは残念ながらおぼえていないのです。イングランドの南部であったことはたしかです——そう、ディルマスが正しいような気もします。ダートマスだったようにぼんやり思っていたけれど、この二つはまぎらわしい名前でもあることだし。あなたの二度目のお母さんは再婚したはずです。でも彼女の名前も、その結婚前の名前さえもおぼえていません。お父さんが再婚するとはじめて知らせてきた手紙にその名前が書いてあったのですが。お父さんがそんなにすぐ再婚することにすこし腹をたてていたのだと思います。でも、船旅というものは特別お互いに親近感を持ちやすいことはわかります——そしてお父さんはそれがあなたのためにもいいことだろうと考えたのかもしれません。

あなたがおぼえていなくても、前にイングランドにいたことがあると話してあげなかったのは、わたしが気がきかなかったように思います。でも、くどいようですがわたしはいきさつをぜんぶははっきりとおぼえていないのです。インドであなたのお母さんが亡くなって、その結果あなたがここへ来てわたしたちといっしょに暮らすようになったことだけが、いつも大事なことに思われていました。

これで問題がすっかり解決すればいいのですが。

ジャイルズがすぐそちらに着いてあなたの力になれると信じています。結婚早々別々に暮らしているなんて二人ともつらいことでしょう。

これは、あなたの電報に対するお返事として、いそいで投函します。こちらのことは今度の手紙に書きましょう。

あなたの愛する叔母
アリスン・ダンビー

追伸、どんな心配ごとか教えていただけないのかしら?

「どうです」グエンダは言った。「ほぼあなたがおっしゃったとおりでしょう」

ミス・マープルは薄い便箋の折り目をなでつけた。

「ええ——そうね、ほんとうに。常識的な解釈なのだけど、それが正しかったことがこれまでにもよくありました」

「ほんとうにあなたに感謝します、ミス・マープル」とジャイルズは言った。「かわいそうにグエンダはすっかり動転してしまって、あなたがいらっしゃらなければ、ぼくもグエンダが透視術師か超能力者かと心配になったでしょう」

「夫にとってはありがたくない能力だわね」とグエンダが言った。「あなたがいつもやましい生活を送っていないなら別だけど」

「やましい生活なんてあるわけないさ」

「で、家は？　あの家のことはどう感じているの？」ミス・マープルは聞いた。

「ええ、もうだいじょうぶです。わたしたち明日帰るつもりです。ジャイルズがとっても見たがっていますの」

「気がつかれたかどうか存じませんが、ミス・マープル、結局われわれは第一級の殺人事件の解明をゆだねられたわけです。実際にわが家の玄関先で――いや、より正確に言えばわが家のホールで起こった事件を」

「ええ、わたしもそのことは考えてみましたよ」ミス・マープルはゆっくりと言った。

「ジャイルズは探偵小説がほんとうに好きなのです」とグエンダが言った。

「そう、つまりぼくはこれこそが探偵小説だと言いたいのです。ホールには美人の絞殺死体、彼女のことはクリスチャンネーム以外は何もわからない。もちろん、ぼくはそれが二十年近く昔のことだとはわかっています。いまとなってはなんの手がかりもあるはずがない。だが少なくともあれこれ推理して、筋をたぐってゆくことはできる。ああ！もしかしたら謎をとくことはできないかもしれないが――」

「あなたならとけるかもしれませんよ」ミス・マープルが言った。「十八年前のこととはいえ、そう、あなたならとけるかもしれない」

「とにかく本気でとり組んでみてもかまわないでしょう？」

ジャイルズは顔をかがやかせて息をついた。

ミス・マープルは不安そうに体を動かした。彼女の表情は真剣で――悩んでいるようでさえあった。

「でも、かまわないどころじゃなくなるかもしれないわよ」彼女は言った。「わたしはお二人に忠告したいの――ええ、そう、ぜひとも忠告したいのよ――いっさい手を出さないでおきなさい」

「手を出すなですって？　これはぼくらに関わる殺人事件ですよ――もっともそれが殺人であったならばですけど」

「殺人だった、と思います。だからこそほうっておかなくてはならないの。殺人事件は

――けっして――軽い気持ちでもてあそぶものではないのよ」

ジャイルズは言った。「ですがね、ミス・マープル、もしみんながそう考えるなら――」

彼女は彼のことばをさえぎった。

「ええ、わかってます。たしかにそうすることが義務である場合があるわね――無実の人が罪をきせられ――いろいろほかの人に嫌疑がかかったり――まだつかまらないでいる危険な犯人がふたたび事件を起こすような場合が。でもあなたたちはこの殺人事件が完全に過去のものだってことを理解しなければならないわ。おそらく殺人事件として知られてはいなかったでしょう――もしそうだったら庭師とか近くに住む誰かから早々に噂を聞いたことでしょう――殺人というのは、どんなに昔のことでもいつもニュースなのだから。そう、死体はどうにかして始末したにちがいないわ、いっさいあやしまれないままに。あなたたちはほんとうに――ほんとうに本気で、その事件を掘り起こすことが賢明だと思うの？」

「ミス・マープル」グエンダは叫んだ。「あなたは心から心配していらっしゃるみたいですね？」

「本気ですとも。あなたたちはほんとうにすてきな方たちですもの（そう言ってかまわなければね）。新婚でいっしょにいることが楽しいのですもの。おねがいですから、そんな――なんて言ったらいいかしら――あなたたちを傷つけたり苦しめたりするような事件の解明に手をつけないでちょうだい」

グエンダは彼女をじっと見た。「あなたは何か――特別なことを考えていらっしゃるわ。何をほのめかしているのかしら？」

「ほのめかしてなんかいません。ただ余計なことをしないように忠告しているだけ（わたしは長いあいだ生きてきて、人間というものがどんなに傷つきやすいものか知っているからなの）。これがわたしの忠告よ。余計なことはしないこと」

「でも余計なことじゃないでしょう」ジャイルズの声はちがった調子、もっときびしい調子をおびていた。「ヒルサイド荘はぼくたちの家です、グエンダとぼくの。そして、まちがいなく誰かがあの家で殺されたんだ。わが家で起きた殺人事件をそのままにする気もないし、指をくわえていろなんて――たとえ十八年前のことでもね！」

ミス・マープルはため息をついた。「ごめんなさい。気骨のある若者ならたいていはそう考えるでしょう。それに共感するし、ほめてあげたいくらいだわ。でも――ああ、心から――あなたがそうしなければいいと思うわ」

II

翌日、セント・メアリ・ミードの村じゅうに、ミス・マープルが帰ってきたというニュースがひろまった。彼女は十一時にハイ・ストリートに姿をあらわした。十二時十分前に牧師館に立ちよった。その午後、村の噂好きの婦人たちが三人、彼女を訪問した。三人はミス・マープルから花の都の印象を聞き、儀礼的な挨拶をすませると、お祭りの日の手芸品の売店とお茶のテントの位置の割当ての日が迫っていると、くわしく話しはじめた。

夕方がくるとミス・マープルはいつものように自分の家の庭にあらわれた。しかしそのときだけは彼女の興味は、近所の人の動きよりも雑草のはびこりように集中していた。彼女はつつましい夕食のときもぼんやりしていて、若いメイドのイヴリンが村の薬屋の行状を勢いこんでしゃべっても、ほとんど耳をかたむけていないようだった。翌日も彼女はぼんやりしていて、牧師の奥さんもふくめて一、二の人が心配してそのことを口にした。その晩ミス・マープルはあまり気分がよくないと言ってベッドにひきとった。翌朝彼女はドクター・ヘイドックをよびにいかせた。

ドクター・ヘイドックは長年ミス・マープルのかかりつけの医者で、友人で、協力者であった。彼は症状を聞き、ミス・マープルを診察した。それから椅子の背にもたれかかり、彼女に向けて聴診器を振った。

「見かけは弱そうに見えるけれども、あんたぐらいの年齢の女の人にしては、しごく元気だね」

「わたしも自分が健康だとわかっています。でもはっきり言ってすこし過労気味なの——くたくたになってしまって」

「遊びまわって来たんだろう。ロンドンで毎晩おそくまで」

「それはもちろんよ。近頃はロンドンもすこし疲れるわ。空気は——海辺の新鮮な空気とは違って、汚れきっているし」

「セント・メアリ・ミードの空気もきれいで新鮮だがね」

「でもしめっぽいし、なんだかむしむしするわ。身がひきしまるという感じではないわ」

ドクター・ヘイドックは興味がわいてきたように彼女を見つめた。

「あとで強壮剤をとどけさせよう」彼は親切に言った。

「ありがとう、ドクター。イーストンのシロップはいつもとても役に立つわ」

「わたしのかわりに処方する必要はないよ、ミス・マープル」

「転地してみたらどうか、って思っているのだけど――？」

ミス・マープルは正直そうな青い目で問いかけるように彼を見た。

「あんたは三週間もよそに行ってきたばかりじゃないか」

「それはそう。でもロンドンですよ、あそこにいるとお説のとおり元気がなくなるの。それから北部の工業地帯に行きましたけど、身をひきしめるような海の空気とはまるでちがっていたわ」

ドクター・ヘイドックは鞄をしまった。それからニヤニヤしてふりむいた。

「なぜわたしをよんだのかきかせてもらいたいな」と彼は言った。「それを言ってくれさえしたら、わたしはそれをそのまままくり返すよ。あんたはわたしの専門的意見がほしいんだろう、海岸の空気が必要だという――」

「やっぱりわかってくれたのね」とミス・マープルは感謝して言った。

「すばらしいからな、海岸の空気は。すぐにイーストボーンに行くといい。さもないとあんたの健康はひどくわるくなるかもしれない」

「イーストボーンはすこし寒いと思うの。高原ですもの、あそこは」

「ではボーンマスかワイト島は？」

ミス・マープルは彼に目をパチパチして見せた。

「いつもこぢんまりしたところのほうが楽しいと思っているのですけれど」

ドクター・ヘイドックはふたたび腰をおろした。

「好奇心をそそられるな、あんたがほのめかしているこぢんまりした海辺の町ってどこかね?」

「そうね、前から考えていたのはディルマスなの」

「たしかにこぢんまりしている。やや退屈だがね。だがなぜディルマスなのかね?」

しばらくミス・マープルはだまっていた。心配そうな色が彼女の目にもどっていた。

「もしもよ、ある日偶然に、あなたが何年も前——十九年か二十年も前に——殺人がおこなわれたことを暗示するような事実を見つけたとする。その事実はあなただけにわかって、それまで何一つあやしまれず、報告もされていなかった。そしたら、あなたたならいったいどうなさる?」

「なるほど、回想の中の殺人ってわけか?」

「まったくそのとおりなの」

ヘイドックはしばらくじっと考えた。

「誤審はなかったのかな? この犯罪で刑をうけたものはいなかったのだね?」

「わかっている限りでは、いないわ」

「ふむ、回想の中の殺人か。眠れる殺人事件だ。まあお聞きなさい。わたしなら眠れる殺人事件は寝かしておくだろう——これがわたしの答えだ。殺人事件には余計な世話をやくことは危険だ。それもときにひどく危険なことがある」

「それなのよ、おそれているのは」

「殺人者はかならず犯行をくり返すという。が、それは真実ではない。罪を犯しておいて、まんまと法の網をのがれ、二度と危ない橋を渡らないよう細心の注意を払うタイプの犯罪者だっているのだ。彼らがその後ずっと幸福に暮らすなどと言うつもりはないよ——そんなことはとうてい信じられない——いろいろな形での罰というものがあるからね。だが少なくともうわべだけは万事うまくいく。おそらくマドレーヌ・スミスの事件がそうだったし、リジー・ボーデンの事件もまたしかり。マドレーヌ・スミスの事件では証拠不充分という評決になったし、リジーのさいは無罪となった——しかし多くの者はその女たち二人とも有罪だと信じている。ほかにも名前をあげようと思えばいくらだってあげられる。彼らは二度と犯行をくり返さなかった——一つの犯行でほしいものを手に入れ、満足したのだ。だが何かの危険が彼らをおびやかすとしたらどうだろう？わたしはいまの話の殺人犯が、何者であろうと、そういう種類の犯罪者だと思うね。そいつは罪をおかし、まんまと逃げおおせた。そして誰からもあやしまれなかった。だが誰かが詮索しにきたらどうだろう、棒でつっつきまわり、石を掘り返し、道をさがし、ついには、もしかしたら的にあたるかもしれない事態になったとしたら？　その殺人犯はいったいどうするだろう？　捜索の手がだんだん近づいてくるあいだニヤニヤしながらじっとしたままでいるだろうか？　そんなことはない、もしどんな大義名分ともかかわりがないなら、それをほうっておけと言いたいね」彼は先ほどのことばをくり返した。「眠れる殺人事件は寝かしておけ、だ」

彼はキッパリとつけ加えた。「これはあんたに対する命令だ。いっさいをほうっておけ」

「でもね、かかわりがあるのはわたしじゃないのよ。それは二人の気持ちのいい子供たちなの、聞いてちょうだい！」

彼女はこれまでのいきさつを語り、ヘイドックは聞き入った。

「驚くべきことだ」彼はミス・マープルが話し終えると言った。「驚くべき偶然の一致だ。まったく驚くべき事件だ。あんたにはそのかくされている意味がわかっているんだろうね？」

「ええ、もちろんよ、でもまだあの二人は想像もしてないと思うの」

「それはたいへんな不幸をもたらすだろうし、彼らはその事件に手を出さなければよかったと思うだろう。秘密はそっとしておくべきものだ。とは言うものの、わたしにも若いジャイルズの考えがよくわかる。いまいましい話だが、わたし自身だって事件をほうってはおけないだろう。いまでも、わたしは好奇心が……」

彼は突然話をやめ、きびしい目つきでミス・マープルを見た。

「それであんたはディルマスに行く口実をほしがっていたわけか。あんたにはまるで関係のない事件に巻きこまれるために」

「たしかに、関係はないわ、ドクター・ヘイドック。でもわたし、あの二人が心配なの。まだ若くて世なれてないし、あまりにも人を信じすぎるし、だまされやすいの。わたしは二人の世話をしにあそこへ行かなければならないと思うの」

「それであんたは行くつもりなのか。その二人の世話をしに！　殺人事件となるといつだってほうってはおけないんだね、あんたって人は？　回想の中の殺人でさえも？」

ミス・マープルはちょっととりすました微笑をうかべた。

「でもディルマスで二、三週間すごすことはわたしの健康にもご利益《りやく》があると思うでしょう？」

「あんたのご臨終のほうがありそうなことだよ。だが、あんたはわたしの言うことなど聞こうとしない人だ！」

Ⅲ

友人のバントリー大佐夫妻を訪問する途中で、ミス・マープルはバントリー大佐が車まわしからこちらに歩いて来るのに出会った。銃を手にし、愛犬のスパニエルをつれていた。彼は心からミス・マープルを歓迎した。

「やあ、おかえりなさい。ロンドンはどうでした？」

ミス・マープルはロンドンはたいへん楽しかったと言った。甥が芝居をいくつか観せにつれて行ってくれたので。

「インテリ向きの芝居だろうな、きっと。わたし自身はミュージカル・コメディーにしか興味がないが」

ミス・マープルは、ロシアの芝居にも行き、ちょっと長すぎはしたがたいへん面白かったと言った。

「ロシアの！」大佐の口調は激しかった。かつて彼はある療養所で読書用にドストエフスキーの小説を渡されたことがあったのだ。

彼はミス・マープルに、庭に行けばドリーに会えるだろうとつけ加えた。

バントリー夫人が庭にいないことはほとんどなかった。庭いじりは彼女の情熱の対象になっていた。お気に入りの読み物は球根のカタログであり、会話はサクラソウ科の植物、球根類、花をつける灌木、珍しい高山植物などがテーマだった。最初にミス・マープルの目に入ったのは色あせたツィードに包まれた彼女の大きなお尻だった。

近づいてくる足音に、バントリー夫人は体をきしませながらおそるおそる立ちあがった。その趣味のせいで彼女はリューマチに悩んでいたのだ。泥のついた手で額の汗をぬぐうと彼女は友人に歓迎の挨拶をした。

「お帰りになったことは聞いてたわ、ジェーン」彼女は言った。「わたしの新しいヒエンソウはよく育っているでしょう？　こんなかわいいリンドウを見たことあって？　ちょっと手がかかったけど、でももうすっかり根づいたと思うわ。必要なのは雨なのよ。ずっとカラカラ天気でしょう」彼女はつけ加えて、「エスターはあなたが病気で寝てらっしゃると言ってたのよ」エスターはバントリー夫人のところのコックで、村の連絡将校だった。「そうじゃないことがわかってうれしいわ」

「ちょっと過労気味なのよ。ドクター・ヘイドックがわたしには海の空気が必要ですって。すっかり疲れているので」

「まあ、でもあなた、いますぐ行ってしまうわけじゃないでしょうね。庭はいまが一番いいときなんですもの。お宅の花壇もちょうど花が咲き出す頃よ」

「でもドクター・ヘイドックはそのほうがいいとすすめるのよ」

「まあ、ヘイドックさんはその辺の医者ほどばかではないし」バントリー夫人はしぶしぶ認めた。

「じつはねドリー、わたしお宅のコックのことを聞こうと思っていたのだけど」

「どのコック？　あなたコックが必要なの？　まさかあの酒飲み女のことを言っているんじゃないでしょうね？」

「とんでもない。ほら、おいしいパイをつくった人がいたでしょう、たしかご亭主が執事をしていたわ」

「ああ、モック・タートルのこと。いまにもワッと泣き出しそうなひどく悲しい声で喋る女ね。彼女はたしかに名コックだったわ。亭主のほうはふとっていて、結構怠け者だったけど。アーサーはいつもこぼしてたわ、あの男がウィスキーを水で薄めると言って。ほんとかしらね。残念ながら、夫婦者ってきまって片方がだめなのよ。あの夫婦は前の雇い主から遺産を分けてもらってここをやめ、南海岸で下宿屋をはじめたわ」

「そのことなのよ、わたしが考えていたのは。ディルマスじゃなかったかしら？」

「そのとおりよ。ディルマスの海岸通り十四番地」

「ドクター・ヘイドックが海浜に行くようにすすめてくれたので、考えていたのだけど――その夫婦の名前はソーンダースだったわね？」

「ええ。素晴らしい思いつきだわ、ジェーン。これ以上のことはできっこないわ。ソーンダースのおかみさんはよく面倒を見てくれるでしょう、いまは季節はずれだからあなたが泊まればよろこぶわ。料金もそんなに高くとらないでしょうし。おいしい料理と海の空気があればじきに元気になるわよ」

「ありがとう、ドリー」ミス・マープルは言った。「そうなってほしいわ」

6　発見の実習

I

「死体はどこにあったのだと思う？　このへんかい？」ジャイルズが聞いた。

ジャイルズとグエンダはヒルサイド荘のホールに立っていた。二人は前の晩に帰ってきたところで、ジャイルズはいまや、捜査に夢中だった。彼は新しいおもちゃをもらった子供のようによろこんでいた。

「ちょうどそのあたりよ」グエンダが言った。彼女は階段をのぼりなおして、注意深く見おろした。「そう——そのへんだと思うわ」

「かがんでごらん。きみはほんの三歳ぐらいなんだよ、いいね」

グエンダがすなおにかがんだ。

「きみはあの言葉を言った男を実際には見ることができなかったんだろ？」

「見たのはおぼえていないの、彼はほんのちょっとうしろにさがっていたはずよ——そう、そこ。わたしには彼の前肢《まえあし》しか見えなかったの」

「前肢？」ジャイルズは眉をひそめた。

「前肢だったわ。灰色の前肢——人間のじゃなくて」

「おい、おい、グエンダ、これは『モルグ街の殺人』じゃないんだぜ。人間に前肢があるものか」

「だって、彼には前肢があったわ」

ジャイルズは疑わしげに彼女を見た。

「そいつはあとで想像したんじゃないかな」

グエンダはゆっくり言った。「わたしがこの事件全体を想像したのかもしれないと思わない？ ねえ、ジャイルズ、わたしずっと考えていたの。事件全体が夢だったたってことのほうがずっとありそうに思われるわ。そうだったのかもしれない。子供が見るような夢で、すっかりおびえて、ずっとおぼえている。それが正しい解釈だとは思わない？ だってディルマスでは誰一人、以前この家で人が殺されたとか、変死したとか、蒸発したとか、何かおかしなことがあったとか、夢にも考えていないらしいんですもの」

ジャイルズは先ほどとは別の子供——新しいすてきなおもちゃを取りあげられてしま

った子供のような顔をした。

「たしかに、悪夢だったかもしれないな」彼はしぶしぶ認めた。突然、彼の顔が明るくなった。

「いや」彼は言った。「ぼくは信じないぞ。きみが猿の前肢や死人の夢を見ることはありえただろう――だが、まさか《マルフィ公爵夫人》の引用句を夢に見たなんてことがあるものか」

「誰かがそれを言うのを聞いて、あとでその夢を見た、ということならありえるでしょう」

「子供にはそんなことありえないよ、たいへんな心理的圧迫をうけたときに聞いたのでなければ――で、もしそれがこの場合に当てはまるとすれば、ぼくらはまた出発点にもどって――待てよ、わかったぞ。きみが夢に見たのは前肢だった。きみは死体を見て、言葉を聞いて、ひどくおびえた、それからそのことを夢に見た、その中で猿の前肢が動いた――たぶんその頃のきみは猿がこわかったんだ」

グエンダはちょっと疑わしそうな目つきをした――彼女はゆっくり言った。「そうかもしれないわね……」

「もうちょっと思い出してくれたらなあ……さあホールにおりておいで。目をつぶって。

考えるんだ……もっと何か思い出さないか？」

「いえ、思い出さないわ、ジャイルズ……考えれば考えるほどみんな遠くへ行ってしまう……つまりね、わたしはもう、自分が実際に何かを見たのかさえあやしいと思いはじめているの、きっとこのあいだの晩わたしは劇場で精神が錯乱しただけなのよ」

「いいや、何かあったんだ。ミス・マープルもそう思っている。〝ヘレン〟はどうなんだ？　きみはヘレンのことを何かおぼえているはずだ」

「それがぜんぜんおぼえてないのよ。その名前だけ」

「それが正確な名前でなかったかもしれないだろう」

「いえ、まちがいないわ。たしかにヘレンだったわ」

グエンダはがんとして譲らず、確信しているようだった。

「ヘレンだというのがそんなにたしかなら、その女について何か知っているはずだ」ジャイルズは合理的に言った。「きみは彼女をよく知っていたのかい？　彼女はここに住んでいたのかい？　それともちょっと泊まっていただけなのか？」

「知らないって言ってるでしょう」グエンダは緊張のあまり気がたかぶってきたようだった。

ジャイルズは方針を変えた。

「ほかに誰か思い出せる？　きみのお父さんは？」

「いいえ。つまり、わからないという意味よ、父の写真はいつも見ていたけど。アリスン叔母さんがよく言っていたわ、〝これがあなたのお父さまよ〟って。でもわたし、ここで、この家では父をおぼえていない……」

「召使いたちは――乳母とか――そういう人は？」

「いいえ、だめ、思い出そうとしてみればみるほど、まるで空白になってしまう。わたしの知っていることはみんな潜在意識にあるのよ――無意識にあのドアのところに歩いて行ったように。わたし、あそこにドアがあったことはおぼえていなかったわ。あなたがそんなにせめたてなければ、もしかしたらもっと記憶がもどってくるかもしれないけど。ともかく、何もかもすっかりとき明かそうとしてみても望みはないわ。ずいぶん昔のことだもの」

「だんじて望みがなくはないよ――ミス・マープルだってそう認めたんだ」

「彼女はどう手をつけたらいいかということはなにも助言してくれなかったけど、でもあの目のきらめきを見ていると、あの人は思いついてはいたという気がするの。あの人ならどんなふうに手をつけていたかしら？」

「ぼくらが考えつかないような方法を彼女が考えつくとは思えないな」ジャイルズがき

っぱりと言った。「あれこれ推測するのはやめよう、グエンダ。そして組織的な方法でとりかかるんだ。ぼくらはもう着手したんだ――ぼくは教区の死亡登録簿に目を通してきた。その中にちょうど当てはまる年齢の〝ヘレン〟はいなかった。実際、ぼくがあってみた範囲ではその時期にヘレンという人がいたとはどうしても思われないのだ。エレン・パッグ、九十四歳というのが一番近かった。ぼくらはいま、次の有効な方法を考えなければならない。もしきみのお父さんと、おそらくは義理のお母さんがここに住むとしたら、必ずこの家を買ったか、または借りたにちがいない」

「庭師のフォスターの話だと、エルワージイという人たちがヘングレーブ夫妻の前の持ち主で、その前はフィンデイスン夫人だったそうよ、ほかには誰も」

「きみのお父さんはこの家を買ってごく短期間ここに住んでいた――そしてまた売ってしまったのかもしれない。だがぼくにはお父さんがここを借りた――たぶん家具付きで借りたというほうがありそうに思われる。だとすればもっとも確実な方法は不動産屋をまわってみることだ」

不動産屋をまわることは手間のかかる仕事ではなかった。ディルマスには二軒しか不動産屋がなかった。ウィルキンスン商会は比較的新しく開かれた店だった。十一年前に開業したばかりで、おもに町のはずれにある小さいバンガローや新しい家を扱っていた。

もう一つの業者はガルブレース・アンド・ペンダリー商会で、グエンダがこの家を買った店だった。そこを訪れると、ジャイルズはすぐ用件にとりかかった。彼と妻はヒルサイド荘もディルマス全体も気に入ってよろこんでいる。妻は幼い子供の時分に実際にディルマスに住んでいたことを先頃発見したばかりである。彼女はその場所についてごくぼんやりとした記憶があり、ヒルサイド荘こそ実際に彼女が住んでいた家だと思うが、それでも確信が持てないでいる。ハリデイ少佐という人にあの家を貸した記録がこの店に残っていないだろうか？　十八年か十九年ぐらい前のことだが……

ペンダリー氏は申しわけなさそうに両手をひろげた。

「残念ながらわかりかねます、リードさん。そんなに昔の帳簿までは残していないのです――つまり、家具付きや短期間の貸家に関するものは。お役に立てなくてほんとに申しわけありません、リードさん。じつのところ、わたしどもの昔の主任、ミスター・ナラコットが生きておりますれば――去年の冬亡くなりましたが――お役に立てたかもしれません。驚くべき記憶力の持ち主でしたから、いや、まったく驚くべきものでした。三十年近くこの店につとめておりましてね」

「誰かほかにおぼえているような人はいませんか？」

「わたしどもの従業員はみんなわりあい若いほうでしてね。もちろんガルブレース老人がいますが。数年前引退しました」

「その方にきいてみたらわかるかもしれませんね？」グエンダは言った。

「さあ、どうでしょう……」ペンダリー氏は疑わしそうであった。「彼は去年脳卒中にかかって、体がひどく不自由なんです。もう八十すぎですからね」

「ディルマスに住んでいるのですか？」

「ええ、そうです。カルカッタ・ロッジです。シートン通りのすてきなこぢんまりした家ですが、わたしとしてはどうも――」

II

「まあ望み薄だね」ジャイルズはグエンダに言った。「だがまだわからない。手紙を書いてもしようがないだろう。そこに行ってあたってみようじゃないか」

カルカッタ・ロッジは几帳面に手入れされた庭にかこまれていた。二人の通された居間もちょっと家具が多すぎたが、やはりきちんとしていた。みつろうとローナックのかおりがした。真鍮の金具はピカピカに光り、窓は花づなで飾られていた。

不審そうな目つきをしたやせた中年の女性が部屋に入って来た。

ジャイルズが手ばやく自分のことを説明した。するとミス・ガルブレースの顔から、真空掃除機でも売りつけられると思っていたような表情が消えた。

「お気の毒ですが、わたしはとてもお役に立てるとは思いません」彼女は言った。「たいへん昔のことですもの」

「でも、ふと思い出すということもあるでしょう」グエンダは言った。

「思い出そうにもわたし自身が何か知っているはずはありませんわ。仕事とはなんの関係もなかったのですから。ハリデイ少佐とおっしゃいましたね？　いいえ、わたしはそのような名前の方とディルマスでお会いしたおぼえはありません」

「もしかしたらあなたのお父さまはおぼえていらっしゃるかもしれませんね」グエンダが言った。

「父ですか？」ミス・ガルブレースは首をふった。「父はこの頃あまりはっきりしないんです。記憶もすっかりあやふやになって」

グエンダの目は注意深くベナレス（インド北部）の真鍮額にそそがれ、それからマントルピースの上を行進する黒檀の象の列にうつった。

「もしかしたらおぼえていらっしゃるかもしれない、と思いましたのは、わたしの父がちょうどインドから帰ったばかりだったからです。お宅はカルカッタ・ロッジとよばれているでしょう？」

彼女は返事を待つように言葉をとぎらせた。

「ええ」ミス・ガルブレースは言った。「父はしばらく商用でカルカッタに行っておりました。それから戦争になり一九二〇年にこちらの会社に入りましたが、またあちらにもどりたがっていました。いつもそう言ってましたわ。でも母は外国が気に入らなかったんです——それにもちろん、気候が健康にとてもよいとは言えませんものね。ところで、どうでしょう——きっと父にお会いになりたいでしょうね。今日はぐあいがいいかわかりませんが——」

彼女は奥のこぢんまりした書斎に彼らを案内した。大きなみすぼらしい革ばりの椅子に深く沈みこんで、白いセイウチのような口ひげをはやした老紳士がいた。顔がわずかに引きつっていた。娘が話を伝えると彼ははっきりと了解した様子でグエンダをじっと見た。

「記憶はもとのようではないが」彼はあまりはっきりしない声で言った。「ハリデイかね？　いや、わしはその名はおぼえておらん。ヨークシャーの学校で一人の男の子を知っていたがな——だがそれは七十何年か前のことでな」

「ヒルサイド荘を借りたと思われるハリデイなのですが」ジャイルズが言った。

「ヒルサイド荘？　その頃ヒルサイド荘とよばれておったかな？」ガルブレース氏の動くほうのまぶたがピクピクッとまばたいた。「フィンデイスンがそこに住んでいた。立派なご婦人だ」

「父はそこを家具付きで借りたのかもしれません……インドから帰ったばかりでした」

「インド？　インドかね？　こんな男がいた――軍人だった。わしをじゅうたんのことでだましおったごろつきのムハメド・ハッサンと知り合いだった。若い奥さんがいてな――赤ん坊も――女の子だった」

「それがわたしです」グエンダは確信をもって言った。

「まさ――か、ほんとかね？　さて、さて、月日がたつのははやいものだ。さてと彼の名はなんと言ったかな？　家具付きの家をさがしていた――そう――フィンデイスン夫人が冬のあいだエジプトかどこかあのあたりへ行くように言われて――まったくばかなことだ。さてと、あの男の名はなんと言ったかな？」

「ハリデイです」グエンダが言った。

「そのとおりだ、あんた――ハリデイだ。ハリデイ少佐。いい男だった。とてもきれいな奥さんがいた――ほんとに若い――金髪だったが、自分の身寄りの近くに住みたいとかなんとかいうことでな。うん、きれいな人だった」

「その身寄りの人ってどなたですか？」

「わしにはまったくおぼえがない、まったく。あんたはあの人に似ておらんな」

グエンダはもうすこしで言いそうになった、〝その人はただの義母なんです〟、だが問題を複雑にするばかりなので思いとどまった。彼女は言った。「彼女はどんな様子でしたか？」

ガルブレース氏の返事は意外だった。「悩んでいるようだった。そう見えたよ、悩んでいるようにな。そう、ほんとにいい男だった、あの少佐どのは。わしがカルカッタにいたという話を熱心に聞いてくれた。イギリスを離れたことのない男たちとはちがっていた。心がせまい――そういうやつらはな。わしは世界を見て来た男だ。彼の名前はなんと言ったかな、あの軍人――家具付きの家をさがしていたのは？」

彼はすりへったレコードをくり返しならしている古ぼけた蓄音器のようだった。

「セント・キャサリン荘だ。そうだ。セント・キャサリン荘を週に六ギニーで借りた――フィンデイスン夫人がエジプトにいるあいだな。あちらで亡くなった。かわいそうに。家は競売に出された――誰が次に買ったのだっけ？　エルワージイだ――そうだ――女ばかりで――姉妹だった。名前を変えたんだ――セント・キャサリン荘はカトリック的だと言ってな。カトリック的なものを、なんでもひどくきらっておった——パンフレットを送ったりしてな。みんな質素な女たちで——黒人に興味をもっておった——黒人たちにズボンとバイブルを送ってやったりしてな。異教徒の改宗にたいへん熱心だった」

彼は突然ため息をつくとうしろによりかかった。

「遠い昔のことだ」彼はいらだって言った。「名前も思い出せない。インドから帰った男——いいやつだった……くたびれたよ、グラディス、お茶をくれんか」

ジャイルズとグエンダは彼に礼を言い、娘にも礼を言っていとまを告げた。

「これではっきり証明されたわ」グエンダが言った。「父とわたしはヒルサイド荘にいたのね。次に何をするの？」

「ぼくはばかだったよ」ジャイルズは言った。「サマセット・ハウスだ」

「サマセット・ハウスって何？」グエンダは聞いた。

「結婚をしらべることができる登記所なんだ。きみのお父さんの結婚をしらべるためにそこへ行くつもりだ。叔母さんの話だと、お父さんはイギリスに着くとすぐ二度目の奥さんと結婚した。わからないかい、グエンダ——もっと前にこのことを思いつくべきだったんだ——まさにありうることだろう、〃ヘレン〃がきみのお継母《かあ》さんの親類だったってことは——たとえば、妹とか。ともかく、彼女の苗字がわかれば、ぼくらはヒルサイド荘の全貌を知っている人に近づけるかもしれない。おぼえているだろう、お父さんたちはハリデイ夫人の身寄りのそばに住むためにディルマスに家を求めたと、あの老人が言ってたじゃないか。もし彼女の身寄りがこの付近に住んでいるなら、何かがわかるかもしれない」

「ジャイルズ」グエンダは言った。「あなたって素晴らしい人ね」

III

ジャイルズは結局ロンドンへ行かなくてもよいことがわかった。精神的な気質のせいで、ジャイルズはたえずそこかしこと突進し、なにもかも自分でやりたがる傾向があったが、まったく型通りの調査なら人にまかせてもいいと思った。

彼は自分の事務所に長距離電話をかけた。

「来たぞ！」とジャイルズは待ちのぞんだ返事が来たとき、興奮して叫んだ。

彼は封筒の中から結婚証明書のコピーをとりだした。

「さあ、これだよ、グエンダ。八月七日、金曜日、ケンジントン登記所。ケルヴィン・

ジェイムズ・ハリデイ、ヘレン・スペンラヴ・ケネディと結婚」

グエンダは鋭く叫んだ。

「ヘレン？」

彼らは顔を見合わせた。

ジャイルズはゆっくりと言った。「だが——彼女のはずはない。つまり——二人は別れて、彼女は再婚した——そして出て行ったんだ」

「わからないのよ」グエンダが言った。「彼女が出て行ったとは……」

彼女はふたたびその簡潔に書かれた名前を見つめた。ヘレン・スペンラヴ・ケネディ。

ヘレン……

7 ドクター・ケネディ

I

二、三日してグエンダは冷たい風が肌を刺す遊歩道を歩いていたが、気のきいた会社が観光客のためにところどころに設置したガラス張りの風避《よ》けの前で、突然足を止めた。

「ミス・マープル？」彼女はひどく驚いて叫んだ。

たしかにそれは厚いふわふわのコートにきちんとくるまり、スカーフでぐるぐるに包まれたミス・マープルだった。

「ほんとにびっくりしたでしょうね、わたしがここにいるので」ミス・マープルはいきいきとした声で言った。「でもお医者さまに言われたの、気分転換に海岸へ行きなさいって。そして、あなたから聞いたディルマスの様子がとても魅力的に思われたのでここへ来ることに決めたのよ――それにお友だちのところにいたコックと執事がここで下宿屋を開いていることでもあるし」

「でもどうしてわたしたちに会いに来てくださらなかったのですか？」グエンダが聞いた。

「年寄りはやはり迷惑でしょう。新婚の若い夫婦は二人だけにしておかなければ」彼女はグエンダの抗議にほほえんだ。「あなたたちはきっと大歓迎してくれるだろうとは思ってたの。お二人ともお元気？　それに謎の解明ははかどっている？」

「いま追跡の真っ最中ですわ」グエンダはミス・マープルの隣りにすわりながら言った。彼女はこれまでのさまざまな調査をくわしく話した。「それでいまは」彼女は最後に言った。「たくさんの新聞に広告を出したところです——地方紙とタイムズ紙とそのほか大きい日刊紙に。ヘレン・スペンラヴ・ハリデイ、旧姓ケネディのことで何かご存じの方は連絡されたし、といった文面で。きっといくつか返事がくるだろうと思いますが、いかがでしょう？」

「わたしもそう思うわ——ええ、そう思うわ」

ミス・マープルの口調はあいかわらず穏やかだったが、彼女の目は当惑しているようだった。その目は隣りにすわった若い女にさぐるような視線を一瞬走らせた。さっきのきっぱりとした熱心な語調は本心を伝えているようには聞こえなかった。グエンダは悩んでいる、とミス・マープルは思った。ドクター・ヘイドックが言っていた〝かくされている意味〟が、おそらくは彼女の心の中に浮かびつつあるのだ。そのとおりだ、しかしあともどりするにはもうおそすぎる……

ミス・マープルは静かに弁解するように言った。「じつのところわたしはこの話にたいへん興味が湧いてきたの。いまのわたしの生活には刺激がほとんどないでしょう。あなたたちの進行状況を聞かせてとたのんでも、わたしのことをひどく詮索好きな女だとは思わないでね」

「もちろんお聞かせしますわ」グエンダは熱心に言った。「あなたには何もかも知っていただかなければ。だって、あなたがいなければ、わたし、お医者さんをせき立てて自分を精神病院に監禁させていたところですもの。お泊まりになっているところを教えてください。そしてぜひ家に飲みにいらして――お茶をごいっしょにということですけど。そしてあの家を見てください。あなたは犯行の現場をごらんにならなくてはなりませんものね？」

彼女は笑ったが、その笑いにはかすかに神経質な感じがあった。

彼女が去ってしまうと、ミス・マープルはそっと首をふり眉をひそめた。

II

ジャイルズとグエンダは毎日郵便物に熱心に目を通したが、はじめのうちは失望させられた。手元に届いたのは彼らの代りに調査を進んで引き受けようと申し出た、経験豊富と称する私立探偵事務所の手紙が二通だけであった。

「この連中にはもっとあとでたのんでもおそくはない」ジャイルズは言った。「それに調査機関を雇うとすれば、正真正銘一流の会社にしよう、手紙で勧誘してくるようなところではなくて。もっともぼくらがやっていないことで彼らにできることがあるとは思えないがね」

彼の楽天主義（またはうぬぼれ）は二、三日たって立証された。一通の手紙が来た。それは知的な職業の人であることを示す、達筆だがやや読みにくい筆跡で書かれていた。

ゴールズ・ヒル
ウッドレイ・ボルトン

拝啓

タイムズ紙の貴殿の広告にお答えします。ヘレン・スペンラヴ・ケネディは小生の妹であります。長年にわたり小生は彼女の消息を聞かず、彼女について情報を得られれば多大の喜びとするものであります。

敬具

医学博士ジェイムズ・ケネディ

「ウッドレイ・ボルトンか」ジャイルズは言った。「そんなに遠くはない。ウッドレイ・キャンプ場はピクニックに行くところだ。荒地の北側だ。ここから三十マイルぐらいかな。ドクター・ケネディに手紙を書いて、会いに行ってもいいか、それとも向こうから来てくれるかたずねてみよう」

ドクター・ケネディから次の水曜においでくださるのをお待ちするという返事が来て、その日彼らは出発した。

ウッドレイ・ボルトンは丘の斜面に散在している村だった。ゴールズ・ヒルは台地の頂上にある、一番高い家だった。そこからウッドレイ・キャンプと海に向かってひろがる荒地が見わたせた。

「なんだか寒々とした場所ね」グエンダがふるえながら言った。

家自体も寒々としており、ドクター・ケネディがセントラル・ヒーティングのような新しい設備を軽蔑していることは明らかだった。

ドアをあけた女は陰気で近づきにくい感じだった。彼女はがらんとしたホールをつっきって二人を書斎へ通した。ドクター・ケネディは立ちあがって二人を迎えた。そこは細長い、天井の高い部屋で、ぎっしりつまった本棚が並んでいた。

ドクター・ケネディは銀髪の年輩の男で、ふさふさした眉の下に鋭い目があった。彼は鋭く一人一人を見つめた。

「リードご夫妻ですな？　おすわりください、リード夫人、これが一番楽な椅子のはずです。ところで、いったいどういうことです？」

ジャイルズは前もって予定していた話をよどみなく話し出した。

彼と妻は最近ニュージーランドで結婚したばかりである。二人はイングランドへやって来たが、この国は妻が子供のときわずかな期間住んでいたところであり、昔の家族の友人や親類をさがしている、と。

ドクター・ケネディは堅苦しい、がんこな態度を崩さなかった。丁重ではあったが感傷的に家族のきずなにこだわる植民地人に明らかにいらいらしていた。

「それであなたはわたしの妹が——異母妹ですが——それにたぶんわたし自身も——あ

なたの親類だとおっしゃるのですな？」彼は丁寧に、だがかすかな敵意をふくんで、グエンダにたずねた。

「彼女は義理の母でした。父の二度目の妻だったのです。じつはわたし、とっても小さかったのでその方をよくおぼえていないのです。わたしの旧姓はハリデイでした」

彼はグエンダをじっと見つめた——突然微笑が彼の顔を明るくした。彼は人が変わったように、もうよそよそしくはなかった。

「なんと」彼は言った。「まさかあなたがグエニーとは」

グエンダは熱っぽくうなずいた。その愛称は、長いこと忘れていたが彼女の耳に安らかな親しさでひびいた。

「ええ、わたしがグエニーです」

「これは驚いた。こんなに大きくなって、結婚したなんて。月日がたつのはなんとはやいことだ！　あれはもう——そう——十五年——いや、もっと昔のはずだ。わたしをおぼえてはおらんだろうな？」

グエンダは首をふった。

「わたし、父のことさえおぼえていませんの。みんなただぼんやりかすんでいて」

「当然だ——ハリデイの最初の奥さんはニュージーランドの生まれだった——彼がそう

言っていたのをおぼえている。美しい国だろうね」

「世界中で一番美しい国ですわ――でも、わたしイングランドもとても気に入りました」

「旅行で――それともこちらに落ち着かれるのかな?」彼はベルを鳴らした。「お茶にせねばならん」

背の高い女が入ってくると、彼は言った。「お茶をたのむよ――それと――ええ――焼きたてのバター・トースト――それとも、ケーキか何か」

上品ぶった家政婦はいじわるそうな顔つきを見せたが、「はい、旦那さま」と言って出て行った。

「わたしはふだんお茶を好まんのでな」ドクター・ケネディはあいまいに言った。「だがとにかくお祝いをせねば」

「それはどうもご親切に。わたしたち旅行で来たのではありません。家を買いました」

彼女は口ごもってつけ加えた。「ヒルサイド荘です」

ドクター・ケネディはぴんと来ない様子で言った。「ああ、そう、ディルマスだ。そこから手紙をいただいた」

「ほんとにめずらしい偶然なんです」とグエンダは言った。「ねえ、ジャイルズ」

「そう言えると思いますね」ジャイルズは言った。「まさにびっくり仰天です」

「そこは売りに出されていました」明らかに事情がのみこめていないドクター・ケネディにつけ加えた。「そこはわたしが昔住んでいた家だったのです」

ドクター・ケネディは眉をひそめた。「ヒルサイド荘？　だがたしか——ああそうだ、名前を変えたと聞いたな。もとはセント・なんとか荘だった——もしわたしの考えているのがその家ならば——リーハンプトン通りを町のほうにおりて行くところで、右側だったが？」

「そうです」

「ではあれだ。おかしいな、名前を忘れてしまうとは。待てよ。セント・キャサリン荘だ——もとはそうよばれていた」

「そこにわたし住んでいたんですね？」グエンダは言った。

「そうとも、あなたはそこに住んでいた」彼はグエンダを愉快そうにじっと見つめた。「なぜあなたはそこに帰りたいと思ったのかね？　あまりよくおぼえていなかったろうに？」

「いませんわ。でもなんとなく——わが家という感じがしましたの」

「わが家という感じがした」ドクター・ケネディはくり返した。そのことばにはなんの感情もこめられていなかったが、ジャイルズは突然彼が何を考えているのか気になった。

「そんなわけで」グエンダは言った。「なにもかもお話しいただきたいと思いますの――父やヘレンさんのことやそれに――」彼女は中途半端な言い方で終わった。「それにすべてのことを……」

「くわしいことは知らなかったろう――遠いニュージーランドにいては。知りようがないはずだ。そうだね、話すことはあまりないのだが。ヘレンは――妹は――あなたのお父さんと同じ船でインドから帰るところだった。お父さんは小さな女の子をつれた男やもめだった。ヘレンがお父さんに同情したのか、恋をしたのか。あるいはお父さんもさびしかったのか、ヘレンに恋をしたのか。物事のはじまりなんてはっきりとはわからないものだ。二人は着いてすぐロンドンで結婚した。そしてディルマスのわたしのところへやって来た。わたしは当時そこで開業していた。ケルヴィン・ハリデイは良い男のように見えた。ちょっと神経質で疲れていたようだったが――それでも二人はいっしょにいてとてもしあわせそうだった――その頃は」

彼はちょっと口をつぐんでから言った。「だが、一年もしないうちに、妹はほかの男と逃げてしまった。そのことは知っているだろうね？」

「誰といっしょに逃げたんですか？」グエンダが聞いた。

彼は鋭い目を彼女に向けた。

「妹もわたしには言わなかった」彼は言った。「妹はわたしを信頼してくれていなかった。だがわたしにはわかっていた――わからざるをえなかった――妹とケルヴィンのあいだがうまくいっていなかったことをな。理由はわからなかった。わたしは堅物で通っていたし――夫婦の貞節は守るべきだと信じている男でもあった。ヘレンはことのなりゆきをわたしに知られたくなかったのだろう。わたしの耳には噂として入ってきた――そういうものだ――だが相手の名前はわからなかった。二人のところにはよくロンドンやイングランド各地からお客が来ていた。わたしはその中の一人だと思っている」

「それで、離婚はしなかったのですか？」

「ヘレンは離婚をのぞまなかった。ケルヴィンがわたしにそう言ったのだ。だからこそわたしは想像したのだ。たぶんまちがっているだろうが、相手は結婚している男だろうと。たぶん、ローマ・カトリックの妻を持つ男だろうと」

「で、父は？」

「お父さんも離婚はのぞまなかった」

ドクター・ケネディはややそっけなく言った。

「父のこと話してください」グエンダは言った。「なぜ父はわたしを急にニュージーランドへやろうと決めたのでしょう？」

ケネディはちょっと間をおいてから言った。「わたしの推測では、向こうにおいでになる身寄りの方がお父さんにせがんだのではないかな。二度目の結婚がだめになってから、お父さんはそうすることが一番いいと思われたのだろう」

「どうして父は自分でわたしを向こうにつれて行かなかったんでしょう？」

ドクター・ケネディはマントルピースに目をやり、ぼんやりとパイプクリーナーをさがしていた。

「さあ、わからないな……お父さんはちょっと健康をそこねておられたし」

「父に何かあったのですか？　何が原因で死んだのですか？」

ドアがあいて軽蔑したような態度の家政婦が盆をもってあらわれた。バター・トーストとジャムがのっていたが、ケーキはなかった。ドクター・ケネディはあいまいな身ぶりでグエンダにお茶を注ぐよう合図した。彼女はそうした。お茶の入ったカップがみんなにゆきわたり、グエンダがトーストを一切れとると、ドクター・ケネディは無理に快活な様子をつくって言った。「あなたたちがあの家をどんなふうにしたか話していただけるかな？　いろいろ模様替えしたり改修したりしたんだろうね？　わたしがいま見てもわからんだろうな——お二人が最後の仕上げをしてしまったあとでは」

「ぼくたちバスルームにちょっと凝っているんです」ジャイルズがうなずいた。

グエンダはドクターに目をそそいだまま言った。「父は何が原因で死んだのですか？」

「わたしもほんとうに知らないのだ。さっき言ったように、お父さんはしばらく健康をそこねていた、そしてとうとうあるサナトリウムに入った――東海岸のどこかの。そして二年後に亡くなったのだ」

「そのサナトリウムは正確にはどこにありましたの？」

「申しわけない。わたしはもうおぼえていないのだ。いま言ったように東海岸だったという気がするだけで」

彼は明らかにこの話題を避けたがっていた。ジャイルズとグエンダは一瞬顔を見あわせた。

ジャイルズが言った。「少なくとも、彼がどこに埋葬されているかはご存じでしょう？　グエンダは――当然ですが――墓参りをしたがっているのです」

ドクター・ケネディは暖炉にかがみこんで、ペンナイフでパイプの掃除をしていた。

「いいかね」彼はなんとなくあいまいに言った。「わたしは過去のことを考えすぎてはならないと思う。この祖先崇拝というのは――まちがいだよ。未来こそ大事なんだ。あなたたち二人は若くて健康だ、世界はあなたたちの目の前に開けている。考えを未来に向けることだ。実際にはほとんど知りもしなかった人の墓に、わざわざ花をそなえに行くのは無駄だ」

グエンダは反抗的に言った。「わたし父の墓を見たいんです」

「残念ながらわたしは力になれないな」ドクター・ケネディの口調は快活だが冷たかった。「ずいぶん前のことだし、わたしの記憶力も昔のようではない。あなたのお父さんがディルマスを去ってから交渉が絶えていた。一度サナトリウムから手紙をもらったように思う。さっき言ったように、東海岸にあったという気がする――だがそれさえたしかではない。わたしはお父さんの墓がどこにあるかまるっきり知らないんだよ」

「おかしいじゃないですか」ジャイルズは言った。

「いや、ほんとうに知らないんだ。われわれのあいだをつなぐものは、いいかね、ヘレンだった。わたしはいつもヘレンが大好きだった。腹ちがいの妹でわたしよりずっと年下だったが、わたしはできるだけのことをして彼女の養育に力をそそいだ。りっぱな学校にやったりしてな。だが、ヘレンが――そう、妹がけっしてしっかりした性格ではなかったことは否定できない。あれがまだ若い頃あまり好ましくない青年と問題を起こしたこともあった。わたしは妹をその問題から無事に救い出してやった。すると妹はインドへ行ってウォルター・フェーンと結婚することを選んだ。そう、それはまあよかったのだ、いい若者でディルマスの首席弁護士の息子だったが、はっきり言ってじつにさえない男だ。彼はずっと妹を崇拝していたのだが、妹のほうは見向きもしなかった。ところが気が変わって妹は彼と結婚するためインドへ出かけた。再会したとたんにすべては終わったらしい。妹は電報で帰りの船賃を送れと言ってきた。わたしは金を送った。帰国の途中で彼女はケルヴィンに会ったのだ。二人はわたしの知らないうちに結婚した。わたしはあの妹のことでは、なんと言うか、申しわけない気がしている。ケルヴィンとわたしが妹のいなくなったあと親類関係を絶ったこともそれでわかるだろう」彼は突然つけ加えた。「ヘレンはどこにいる？　知っているかね？　妹と連絡をとりたいが」

「でもわたしたち知りませんの」グエンダは言った。「ぜんぜんわからないんです」

「ああ、広告から何かわかると思ったが——」彼は突然好奇心にかられて彼らを見つめた。「なぜあの広告を出したのかね？」

グエンダは言った。「わたしたちは、連絡をとりたかったので——」そこでことばをとぎらせた。

「あなたがほとんどおぼえてもいない人とかね？」ドクター・ケネディは不思議そうな

顔をした。

グエンダはすばやく言った。「わたしはこう思ったのです――もしヘレンさんと連絡がとれれば――聞かせてもらえるだろうと――わたしの父のことを」

「そうだ――そうとも――わかる。あまり役に立たなくてすまないが。記憶が昔のようではなくて、ずいぶん前のことだし」

「少なくとも」ジャイルズは言った。「なんのサナトリウムだったかご存じでしょう？結核ですか？」

ドクター・ケネディの顔は突然また無表情になった。

「そう――そうだ、たしかそうだったと思う」

「ではぼくたちは簡単に跡をたどれるはずです」ジャイルズは言った。「どうもありがとうございました、いろいろとお話ししてくださって」

彼は立ちあがり、グエンダもそれにならった。

「どうもありがとうございました」彼女は言った。「ヒルサイド荘へ遊びにいらしてください」

二人が部屋を出るとき、最後にグエンダは肩ごしにそっとふりかえり、ドクター・ケネディがマントルピースのわきに立って、当惑した表情で白髪まじりの口ひげをひねっているのを目にした。

「あの人、わたしたちに何か話したくないことがあるのよ」グエンダは車にのりこみながら言った。「何かきっとあるわ——ああ、ジャイルズ！　わたし——はじめなけりゃよかった……」

彼らは顔を見あわせた。それぞれの心にはお互いにそれとわからないまま、同じ恐怖が湧きあがった。

「ミス・マープルの言ったとおりだわ」グエンダは言った。「過去のことはほうっておけばよかった」

「もうこれ以上進む必要はないよ」ジャイルズはあいまいに言った。「ねえ、グエンダ、ぼくたちもうやめたほうがよさそうだ」

グエンダは首をふった。

「いいえ、ジャイルズ、ここまできたらやめられないわ。わたしたちいつまでも疑ったり想像したりするようになるでしょう。だめよ、先へ進まなければ……ドクター・ケネディは親切心からわたしたちに話すまいとしたのよ——でもそんな親切はなんの役にも立たないわ。わたしたち、先へ進んで実際に起こったことをさぐり出さなければ。かりに——もしかりに——父が……」だがグエンダはそれ以上ことばをつづけることができなかった。

8　ケルヴィン・ハリデイの妄想

翌朝二人が庭にいるとコッカー夫人がきて言った。「おそれいります、旦那さま。ドクター・ケネディという方からお電話です」

フォスター老人と相談しているグエンダを残してジャイルズは家の中へ入り、受話器をとった。

「ジャイルズ・リードですが」

「ドクター・ケネディです。昨日お話ししたことをよく考えてみたのだが、あなたと奥さんがやはり知っておくべきだと思われることがいくつかありましてな。今日の午後お訪ねしようと思っているのだが、ご在宅だろうか？」

「ええ、いますよ、何時ですか？」

「三時では？」

「結構です」

庭ではフォスター老人がグエンダに言っていた。「ウェスト・クリフにずっと住んでいなさったあのケネディ先生かね？」

「そうだと思うわ、あの方を知っているの？」

「あっしたちはこの辺じゃ一番の医者だって思ってたもんだ――レイズンビー先生のほうが人気があったことはたしかだが。レイズンビー先生はいつも人をおだてるようにしゃべったり笑ったりしたんでね。ケネディ先生はいつもぶっきらぼうでそっけなかった――だがあの人は自分の仕事ってものがわかってた」

「あの先生が患者をとるのをやめたのはいつなの？」

「もうずいぶん前になるな。十五年ぐらい前のはずだ。体をわるくなさったということで」

ジャイルズがテラスに出てきて、グエンダが口にださなかった質問に答えた。

「彼は今日の午後ここに来るよ」

「まあ」彼女はもう一度フォスターのほうを向いた。「あなたはケネディ先生の妹さんを知っていたの？」

「妹さん？　おぼえてるってほどじゃないが。まだほんのちっちゃい女の子だった。遠くの学校へ行っちまって、それから外国へ行った。結婚してからちょっとここへもどって来たってことは耳にしたがね。だがそのあとどこかの男と駆け落ちしたはずだ――生来わがままな人だったらしいな。あっしもずっとあの人を見てたわけじゃないからよく知らんがね。しばらくプリマスのほうへ仕事に行ったりして」

グエンダはテラスの端のほうへ歩きながらジャイルズに言った。「彼はどうしてここに来るの？」

「三時になればわかるよ」

ドクター・ケネディは時間通りに到着した。居間を見まわして彼は言った。「またここにいるなんて不思議な気がするな」

それから前置きなしに要点に入った。

「お二人はケルヴィン・ハリデイの死んだサナトリウムを調べ、その病気と死についてできるだけくわしいことを知ろうと決心しているんだろうね？」

「そのとおりですわ」グエンダは言った。

「それならば、もちろん簡単に事をはこぶことができるはずだ。そこでこのわたしから事実を聞くほうがあなたたちにとってショックが少なくてすむだろうという結論に達したわけだ。お二人にそれを話さねばならないのはわたしにもつらいことだ、話してもあなたたちゃほかの誰に対してもなんのためにもならないだろうし、おそらくは、グエニー、あなたにはたいへんな苦しみをあたえるだろう。だが、やむをえん、こういうことだ。あなたのお父さんは結核にかかっていたのではない、問題のサナトリウムというのは精神病院だったのだ」

「精神病院？　では父は気が狂ったのですか？」

グエンダの顔は蒼白になっていた。

「そう認定されたのではない。わたしの考えでは一般的な意味での狂人ではなかった。非常に強度の神経衰弱になって一種の妄想性強迫観念にとりつかれていたのだ。彼は自分の意志で療養所に行ったので、もちろん出たいときにはいつでも退院できた。しかし病状がよくならないまま、そこで亡くなった」

「妄想性強迫観念？」ジャイルズは問いかけるようにその言葉をくり返した。「どんな妄想だったのですか？」

ドクター・ケネディはそっけなく言った。「自分が妻を絞め殺したという妄想にとらわれていたのだ」

グエンダは押し殺した叫びをあげた。ジャイルズがすばやく手を差しのべて彼女の冷たい手をにぎった。

ジャイルズが言った。「それで――実際にやったのですか？」

「え？」ドクター・ケネディは彼を見つめた。

「まさか、もちろんやってはいないさ。そんなことは問題にもならん」

「でも――どうしてわかります？」グエンダの声は不安そうだった。

「心配しなさるな！　そんなことはまったく問題外なのだから。ヘレンはほかの男のためにお父さんを捨てた。お父さんはしばらく前から精神がきわめて不安定な状態になっていた。神経にさわる夢や病的な幻想があらわれたりして。そこに決定的なショックがおとずれ、破局に追いやられたのだ。わたしは精神科医ではない。精神科医ならこういう問題をうまく説明するはずだ。ある男が妻の不貞よりむしろその死をのぞむ場合、妻は死んだと自分に信じこませることができる――自分が妻を殺してしまったということさえもな」

ジャイルズとグエンダは用心深く警戒の視線をかわした。

ジャイルズが静かに言った。「では、グエンダの父が自分でやったと言っていることがほんとうにあったなんて問題外だ、とあなたは確信しているんですね？」

「ああ、そのとおりだ。わたしはヘレンから二通の手紙をもらっている。最初の一通はあれが出て行って一週間後にフランスから来たし、もう一つは六カ月後だった。それでわかるだろう、すべてまったくの妄想だったのだ」

グエンダは深く息をついた。

「どうか」彼女は言った。「みんなすっかり話してくださいませんか？」

「話せることはなんでも話そう。まず最初に、ケルヴィンはあるとき特殊なノイローゼにかかっていた。そのことでわたしのところへやって来た。彼はいろいろな夢に悩まされていると言った。その夢は、彼が言うには、いつも同じで、同じように終わるのだそうだ——彼がヘレンののどを絞めるということで。わたしはこの悩みの根本をつきとめようとした——必ず、幼年時代の初期に何か葛藤《かっとう》があったにちがいないと思ってな。彼の両親はどうやらしあわせな夫婦ではなかった……まあ、そのことには立ち入らないでおこう。ただそれは医者にとって興味深いだけだ。わたしはケルヴィンに精神科医に診てもらうようにすすめた、一流の医者が何人かいたので——だが彼は聞き入れようとしなかった——そのようなことはまったく意味がないと思っていたのだ。

わたしは彼とヘレンがあまりうまくいっていないのだと考えた。だが彼はそのことを口にはしなかったし、わたしも質問するのはいやだった。すべてが悪化したのは、彼がある晩わたしの家に歩いてやって来たときだ——それは金曜日だった、忘れもしない、わたしが病院から帰ってみると、彼は診察室でわたしを待っていた。十五分ほどもそこで待っていたのだ。わたしが入って行くといきなり彼は目をあげて言った。『ヘレンを殺してしまいました』

一瞬わたしはどう考えていいかわからなかった。彼は非常に冷静で淡々としていた。わたしは言った。『というと——また夢を見たのかな？』彼は答えた。『こんどは夢じゃありません。事実です。あれは絞め殺されて倒れている。わたしが絞め殺したのです』

それから彼は言った——非常に冷静に理性的に。『いっしょに家にきてください。それからでも警察に電話することはできます』どう考えていいかわからなかった。わたしはまた車を出して二人でこの家にやって来た。家の中は静かで暗かった。われわれは寝室へあがって行った——」

グエンダが口をはさんだ。「寝室？」彼女はひどく驚いていた。

ドクター・ケネディはすこしびっくりしたようだった。

「そう、そうだ、すべてが起こったのはそこだったのだ。もちろん、あがって行ってみると——何もなかった。ベッドに死んでいる女もいなかった。みだれたところは何も——ベッドカバーにしわさえよっていなかった。いっさいがまったくの幻覚だったのだ」

「でも父はなんと言いましたか？」

「それが、彼はやはり自分の説を言い張った。ほんとうに信じこんでいたのだ。わたしは彼を説得して鎮静剤を飲ませ、化粧室のベッドにねかせた。それからわたしは家じゅうをくまなく調べた。するとくしゃくしゃになったヘレンの走り書きが居間のくずかごの中から見つかった。ヘレンが書いていたのはこういうようなことだ。〝これでお別れです。ごめんなさい――わたしたちの結婚は最初からまちがいでした。わたしが愛したただひとりの人と遠くへ行くつもりです。できることなら許してください。ヘレン〟

あきらかにケルヴィンは居間へ入って来て、彼女の書き置きを読んでから二階へ行った、そして一種の激発的な精神錯乱におちいり、自分がヘレンを殺したと思いこんでわたしのところへやって来たのだ。

それからわたしはメイドに聞いてみた。その日は外出日で、おそくなってから帰って来たらしい。わたしは彼女をヘレンの部屋へつれて行き、衣類などをしらべさせた。事態はまったく明白だった。ヘレンはスーツケースと鞄に荷物をつめ、持って行ったのだ。わたしは家じゅうをさがしたが、どこといって変わったことはなかった――もちろん一人の女が絞め殺された形跡などまったくなかったのだ。

翌朝、てこずったが、ようやくケルヴィンもあれが妄想であったことを納得した――少なくともそう言った、そして治療のために療養所に入ることに同意した。

一週間後わたしはヘレンから手紙を受けとった。ビアリッツで投函したもので、スペインへの旅をつづけていると書いてあった。そして、わたしからケルヴィンに、離婚をのぞんではいないと伝えてほしい、彼にはできるだけ早く自分のことを忘れてもらいたい、とも。

わたしはケルヴィンにその手紙を見せた。彼はほとんど何も言わなかった。彼は自分の計画を進めた。まず、ニュージーランドにいる最初の妻の身寄りのところへ電報を打って、子供をひきとってくれるようたのんだ。そうして身辺を整理してから、彼はりっぱな私立の精神病院に入院し、適切な治療を受けることになった。しかし治療の効果はなかった。彼は二年後に亡くなった。病院の住所を教えてあげてもいい。ノーフォークだ。いまの院長は当時、若い医者だったが、たぶんお父さんの症状についての詳細をぜんぶ話してくれるだろう」

「そして妹さんからもう一通手紙が来たのですね——そのあとまた？」

「ああそうだ、六カ月ほどあとにね。フィレンツェからだった——住所は局留で〝ミス・ケネディ〟としてあった。妹は、離婚をしないとケルヴィンにすまないと思うようになった、と書いていた——自分は離婚を望んではいないのだが。もし彼のほうで離婚したいと思っていたのなら、兄のわたしから連絡をくれれば、彼に必要な証言を与えよう、とも書いてあった。わたしは手紙をケルヴィンのところへ持って行った。彼は即座に自分も離婚をのぞんではいないと言った。わたしは妹に手紙を書き、それを伝えた。それ以来、なんの連絡もない。妹がどこに住んでいるか、それどころか、生きているのか死んでいるのかさえわからない。だからこそわたしはあなたたちの広告に引きつけられたのだ、妹についての情報を得られるんじゃないかと思ってな」

彼は穏やかにつけ加えた。「ほんとうに気の毒だと思う、グエニー。だがあなたは知らなければならなかったのだ。だからこそ、はじめからほうっておいてくれたらよかったのに……」

9 未知の下手人?

I

ジャイルズがドクター・ケネディを見送ってもどると、グエンダは彼が出て行ったときと同じところにすわったままだった。両頬には鮮明な赤い色がさし、目は熱っぽかった。口を開くと、その声はかすれ、弱々しかった。

「あの昔の警句はなんでしたっけ? 死か狂気か、いずれを選ぶ、でしたっけ? この場合がまさにそうね——死か狂気か」

「グエンダ——おまえ」ジャイルズは彼女に近寄り——彼女の体に腕をまわした。体は固くぎごちなかった。

「なぜ、わたしたちほうっておかなかったの? なぜ? 彼女を絞め殺したのはわたしの父よ。あのせりふは父の声だった。記憶がよみがえったのも不思議じゃないわ——あんなに恐ろしかったのも不思議じゃない。実の父親が」

「待てよ、グエンダ――待ってくれ。まだよくわからないんだ――」

「よくわかってるわ！　父はドクター・ケネディに妻を絞め殺したと言ったのよ」

「だけどドクター・ケネディははっきりお父さんはやらなかったと――」

「死体が見つからなかったからでしょ。でも死体はあった――わたしはそれを見たのよ」

「きみはホールでそれを見た――寝室ではなく」

「だからどうだって言うの？」

「やっぱりおかしいだろう？　もしハリデイが実際にホールで妻を絞め殺したとすれば、なぜ寝室で殺したと言ったのだろう？」

「ああ、わからないわ。そんなささいなこと」

「そうは思えないな。しっかりしてくれよ、きみ。全体のすじがきにもおかしな点がいくつかあるんだ。いいかい、かりに、お父さんがほんとうにヘレンを絞め殺したとする。ホールでだ。次に何があった？」

「父はドクター・ケネディのところへ行ったわ」

「そして自分が寝室で妻を絞め殺したとドクター・ケネディに話し、彼をつれて帰った、だがホールに死体はなかった——寝室にもだ。まさか、死体のない殺人なんてあるはずがない。お父さんは死体をどうしたんだろう?」

「たぶん死体はあったのよ、それをドクター・ケネディが手を貸して、あとはいっさい闇に葬ってしまった——ただ彼はそれをわたしたちに話せなかったのよ」

ジャイルズは首をふった。

「ちがうよ、グエンダ——ケネディはそんなことをする人には見えない。彼は堅物で、利口者で感情に動かされないスコットランド人だ。そのケネディが犯行後、共犯者としての危険に進んで身を投じたとでも言うのか。ぼくには彼がそんなことをするとは思えない。彼ならハリデイの精神状態について証言することで最善をつくせただろう——そうにちがいない。それなのになぜいっさいを闇に葬るという余計なことに首をつっこまなければならないのかい? ケルヴィン・ハリデイとは血のつながりもなければ、親友でもなかったんだ。殺されたのは彼の実の妹であり、明らかにかわいがっていた——たとえ彼女の浮気に少々大袈裟なヴィクトリア朝的な非難を示したとしてもだ。それにきみが妹の実の子供だと思っているわけでもない。ケネディは殺人の隠匿をだまって見のがすはずはないのだ。もし見のがすとしたら、彼のやれそうなことは一つしかない。それは故意に彼女が心臓疾患か何かで死んだという死亡診断書を書くことだ。それなら彼もうまくやりとげられたかもしれない——だが、そうしなかったことは明らかだ。教区の死亡登録簿に彼女の死はしるされていないし、かりに彼が診断書を書いたのならば、妹が死んだことをぼくたちに話してくれたろうからね。さあここから先をつづけてごらん。もし可能なら、死体はどうなったか説明してごらん」

「おそらく父がどこかに埋めたのでは——庭にでも?」

「で、それからケネディのところへ行き妻を殺したと言ったのかい? なぜだい? なぜ彼女が〝夫を捨てた〟という話を信用しないんだい?」

グエンダは額の髪をかきあげた。彼女の態度は前ほど固くこわばったものではなかった、鮮明な頬の赤味も薄らいでいた。

「わからないわ」彼女はみとめた。「あなたにそんなふうに話されてみると、ちょっと変だって気がするわ。あなたはドクター・ケネディがほんとうのことを話してくれたと思うの?」

「ああ、そうだよ——ぼくはかなり信じている。夢、幻覚、そして最後にあの重要な幻覚、ケネディはたしかにそれが幻覚だと考えた、さっき言ったように死体のない殺人はありえないからね。ぼくらが彼とちがう立場にいるのはそこのところなんだ、ぼくらは死体があったことを知っているんだからね」

ジャイルズは間をおいてまたつづけた。「彼の視点からは、何もかもぴったりする。なくなった衣類とスーツケースも、別れの書き置きも。それにあとになって妹から来た二通の手紙も」

グエンダはそわそわした。

「あの手紙ね。あの手紙のことはどう説明できるの？」

「まだできない——だが説明しなければならない。もしケネディが真実を話したとすれば（ぼくはかなりそうだと信じているが）、ぼくらはあの手紙のことを説明しなければならない」

「手紙はたしかに妹さんの筆跡で書かれていたのかしら？　彼にそれがわかったのかしら？」

「ねえ、グエンダ、そんな疑問は彼の頭に浮かばなかったろうと思うんだ。これは疑わしい小切手のサインとはちがうんでね。もしその手紙が妹の筆跡によく似た偽筆で書かれていたら、あやしいとは思いもしなかったろう。彼には妹が誰かと駈け落ちしたという先入観があったし、受けとった手紙はその確信をつよめただけだろう。もし彼がぜんぜん彼女の消息を聞いていなかったら——その場合は彼もあやしいと思ったかもしれないがね。それでもやはり、彼はなんとも感じていないが、その手紙についてぼくには気になる奇妙な点がいくつかある。二通の手紙は不思議なことに書いた人がはっきりしていない。局留としてあるだけで住所はない。問題の男が誰であるかということも書かれてない。はっきり述べられている決意は古いきずなをきれいにたち切りたいということだ。つまり、その手紙はまさに殺人者自身が犠牲者の家族の疑惑をそらすためにたくらんだような手紙だということなんだ。これは昔のクリッペンのやり口に似ている。外国から手紙を投函するのは簡単なことだろう」

「あなたはわたしの父が――」

「ちがう――ただの仮説だ――ぼくはそうは思わない。かりに計画的に自分の妻を消そうと決心した男がいるとしよう。その男は妻が不貞をはたらいているらしいという噂をばらまく。彼は家出の場面をお膳立てする――残された書き置き、荷造りして持ち去られた衣類、慎重に間隔をおいて外国からとどく彼女の手紙。彼は実際には彼女をひそかに殺害し、たとえば地下の床下にでも隠してある。これは殺人のひとつのタイプだ――そしてよくおこなわれてもいる。だがそのようなタイプの殺人者がいそいで義兄の家へかけつけ、自分は妻を殺したから警察へ行ったほうがよくはないかと言うなんてありえないだろう？　一方、もしお父さんが感情にはしるタイプの人殺しで、妻を熱愛し嫉妬に狂って彼女を絞め殺したとすれば――オセロのやり方だ（きみの聞いたセリフに似合っているが）――衣類を荷造りしたり手紙の投函の手はずをととのえたあとで、事件を闇に葬らないようなタイプの人間のところへかけつけて罪を吹聴するなんて真似はぜったいにしないだろう。ちがうんだ、グエンダ。いまのような考え方はまるっきりちがうんだ」

「では何を見つけようとしているの、ジャイルズ？」

「わからない……ただ、このすじがき全体を通して未知の下手人がいるように思われる――それをXとよぼうか。姿をあらわしていない誰かだ。だがそいつの手口だけはかいま見ることができる」

「X？」グエンダはいぶかしげに言った。そして彼女の目は暗くなった。「でっちあげているんでしょう、ジャイルズ、わたしをなぐさめるために」

「ぜったいにちがう。すべての事実に符合する満足なすじがきはきみにも説明できないだろう。ぼくたちがヘレン・ハリデイの絞殺を知っているのはきみが見たからだ――」

彼は話をやめた。

「そうだ！　ぼくはばかだった。やっとわかったぞ。万事あてはまる。きみの言うことは正しいんだ。そしてケネディの言うことも正しいんだ。いいか、グエンダ、ヘレンは駈け落ちの準備をしていたんだ、恋人と――それが誰かはわからないが」

「Xと?」

ジャイルズは彼女のはさんだ質問をいらだたしげに手をふって払いのけた。

「彼女は夫へあてて書き置きを書いた――ところがそのとたんに夫が入ってきて、彼女の書いているものを読み、カーッとなる。彼はそれをくしゃくしゃにまるめくずかごに投げ入れ、彼女につめ寄る。彼女はおびえていそいでホールに走り出る――彼は追いつき彼女の首を絞め――ぐったりしたので手をはなす。それから、二、三歩離れたところに立ったまま、彼は《マルフィ公爵夫人》のあのセリフをつぶやくのだ。ちょうどそのとき二階の子供は手すりのところまで這ってきて下をのぞきこんでいる」

「で、それから?」

「肝心な点はね、彼女はまだ死んでいないということなんだ。彼は死んだと思ったかもしれない――だが彼女はただ窒息しかけただけなんだ。おそらく彼女の恋人がやってくる――興奮した夫が町の反対側の医者の家へ出かけたあとでね。あるいは彼女がひとりでに意識をとりもどす。ともかくわれにかえるやいなや彼女は逃げ出す。大いそぎで逃げ出す。これでぜんぶ説明がつくんだ。ケルヴィンが妻を殺したと信じていたことも。衣類がなくなっていたことも、これはその日、もっと前に、荷造りして送り出しておいたんだ。それにその後とどいた完全に直筆《じきひつ》の手紙も。どうだい――これでぜんぶ説明がつくだろう」

グエンダはゆっくりと言った。「それではなぜ父が継母《はは》を寝室で絞め殺したと言ったのか説明されてないわ」

「彼は興奮しすぎていて、どこで起こったのかぜんぜんおぼえていなかったんだ」

グエンダは言った。「わたしあなたの言うことを信じたいわ。ほんとうに信じたい……でもまだどうしてもたしかだと思えるの——確信しているの——わたしが見おろしたとき、彼女は死んでいた——完全に死んでいたって」

「だがどうしてきみにわかったんだ？　ほんの三つの子供に」

彼女は奇妙な目で彼を見た。

「わかるんじゃないかしら——大人になってからより小さい頃のほうが。犬みたいに——犬には死骸がわかり、頭をあげて吠えるでしょう。子供というものも——死体がわかると思うわ……」

「ばかばかしい——とんでもないよ」

玄関のベルが彼の言葉をさえぎった。「誰だろう？」

グエンダはうろたえた。

「すっかり忘れていたわ。ミス・マープルよ。今日お茶にお招きしたの。いまのことは何も言わないでおきましょう」

II

グエンダはお茶の時間がぎごちないものになるのではないかと心配した――しかしミス・マープルはさいわいなことに、この女主人が、すこしはやすぎる、興奮気味の口調でしゃべることも、その快活さが無理につくったものであることも気づかぬように見えた。ミス・マープルのほうはやさしく多弁であった――ディルマスの逗留はとっても楽しいわ――すてきじゃない？――古くからのお友だちのお友だちが、ディルマスにいるそのまたお友だちに手紙を書いてくれたので、おかげでこの地方に住んでいる人たちから楽しいお招きをずいぶん受けたわ。

「よそ者意識がほとんどなくなってしまうのよ、おわかりでしょう、つまり長年ここに住みついている人たちと知り合いになればということだけど。たとえば今度はフェーン夫人のお茶にうかがうつもりなの――この土地で一番優秀な弁護士事務所の所長さんの未亡人。その事務所は古風な経営でやっているらしいわ。いまは息子さんが所長さんですって」

穏やかな声が噂話をつづけていた。女家主はたいへん親切で――居心地よく気をつかってくれていた――「それにね、とってもおいしいお料理をつくってくれるの、彼女は何年間かわたしの古いお友だち、バントリー夫人のところで働いていたのよ――この土地の出身ではないけれど――伯母さんが長年ここに住んでいたので、彼女は休暇のたびに旦那さんとよく来ていたんですって――だからこの土地の噂話をたくさん知っているわ。それはそうと、お宅の庭師には満足している？　あの男はこのへんではさぼりやで通っているらしいわ――仕事よりおしゃべりが好きで」

「おしゃべりとお茶を飲むのがあの男の特技ですよ」ジャイルズが言った。「彼は一日にお茶を五杯ぐらい飲みます。ぼくらが見ているところでは素晴らしくよく働くんですがね」

「外へ出て庭を見てくださいな」グエンダは言った。

二人は家の中と庭を案内した。ミス・マープルはあれこれ感想をのべた。ミス・マープルがその鋭い注意力で何か変だと感じるのではないか、という怖れをグエンダが抱いていたとすれば、それは見当はずれだった。ミス・マープルは何かおかしいことに気がついている様子をすこしも見せなかった。

だが、奇妙なことに、思いがけぬ態度に出たのはグエンダのほうだった。彼女はミス・マープルがある子供と貝殻についてのエピソードを話している最中に突然口をはさみ、あえぐようにジャイルズに言った。「わたし、かまわないわ――ミス・マープルにお話ししてしまいましょう……」

ミス・マープルは注意深く顔を向けた。ジャイルズは口を開こうとして、ためらった。ついに彼は言った。「さあて、つらいだろうがこれはきみの仕事だよ、グエンダ」

そこでグエンダはいっさいの話を打ち明けた。彼らがドクター・ケネディを訪問し、そのあとで彼のほうからも訪ねて来たこと、そして彼がしてくれた話の内容を。

「あなたがロンドンでおっしゃっていたのはこのことでしたのね？」グエンダはあえぐようにたずねた。「あのときあなたは考えていらっしゃったのですね――わたしの父にかかわりがあるだろうと？」

ミス・マープルは穏やかに言った。「一つの可能性として頭に浮かんだのよ――たしかに。〝ヘレン〟はおそらく若い継母だったのだろうと――そしてそういう――そのう――絞殺事件には、夫がかかわりあっていることがよくあるわ」

ミス・マープルは驚きとか感情をぬきにして、自然現象を観察しているかのように話した。

「なぜあなたが、ほうっておけと強くおっしゃったのかわかりました」グエンダは言った。
「いまになってみると、ほうっておけばよかったとつくづく思います。でもあともどり
はできません」
「そうね」ミス・マープルは言った。「あともどりはできないわ」
「今度はジャイルズの話を聞いてください。この人はわたしに反論したり仮説を立てた
りしているのです」
「ぼくの言いたいのは」ジャイルズが言った。「話のつじつまが合わないということな
んです」
そして彼は先ほどグエンダに説明した問題点をわかりやすく、はっきりとくり返した
のち、最後に自分が確信している仮説を展開した。
「これこそ唯一の解答だと、あなたからグエンダに納得させてくだされればありがたいの
ですが」
ミス・マープルはグエンダへ目を移してからまた彼を見た。
「とても理路整然とした仮説ね」彼女は言った。「でもね、リードさん、あなたの指摘
したようにXという人間のいる可能性はつねにあるわ」

「Xが！」グエンダは言った。

「未知の下手人よ」ミス・マープルは言った。「何者か、まだ姿をあらわさないけれど――明白な事実のかげに、その存在を推理しうる人物」

「わたしたち、父が亡くなったノーフォークのサナトリウムへ行ってみるつもりです」グエンダは言った。「おそらくそこで何かわかるでしょう」

10 ある患者の記録

I

ソールトマーシュ・ハウスは海岸から六マイルほど奥へ入ったところに建っている気持ちのよい建物だった。五マイル離れたサウス・ベナムの町からロンドンまで便利な汽車が通っていた。

ジャイルズとグエンダが通されたのは、大きな風通しのいい応接室で花模様のクレトンさらさのカバーが椅子にかかっていた。白髪のチャーミングな老婦人が、ミルクのコップを一つ持って入って来た。彼女は二人に会釈して暖炉のそばにすわった。物思わしげにグエンダに目をそそぐと急に身をのり出してささやくような声でしゃべった。

「かわいそうなお子さんのことで？」

グエンダはちょっとびっくりしたようだった。彼女はまごついたように戸惑いながら言った。「いいえ——いいえ、そうじゃありません」

「ああ、そうかと思ったのだけど」老婦人はうなずいてミルクをすすった。それからくだけた口調で言った。「十時半よ——時間は。いつもきまって十時半。ほんとにめずらしい」彼女は声を低くしてふたたび身をのり出した。

「暖炉のうしろよ」彼女はささやいた。「でもあたしが話したってこと言わないでね」

このとき、白い制服の看護婦が部屋に入って来て、二人について来るように言った。

彼らはドクター・ペンローズの書斎に案内され、ドクターは立ちあがって彼らを迎えた。

ドクター・ペンローズを一目見るなり、グエンダは彼自身ちょっとおかしいのではないか、と思わずにはいられなかった。彼は、たとえば応接室にいたすてきな老婦人よりずっと狂っているように見えた——もっとも精神科医というものはつねにすこし狂っているように見えるのかもしれないが。

「そちらからのお手紙とドクター・ケネディからのも、拝見いたしました」ドクター・ペンローズは言った。「それでいまお父さんの症歴をしらべてきたところです。もちろんわたしはお父さんの症状をよくおぼえていますが、お知りになりたいことをなんでもお話しできるように記憶を新たにしておきたいと思ったのです。ごく最近になってこの事実をお知りになったようですね？」

グエンダは自分がニュージーランドで母方の親戚に育てられ、父について知っていたのはイングランドの療養所で死んだということだけであった、と説明した。

ドクター・ペンローズはうなずいた。「なるほど、お父さんの症状はですね、奥さん、かなり特殊な徴候を示していたのです」

「どのような？」とジャイルズが聞いた。

「そうですね。強迫観念――というか妄想が――きわめて強かった。ハリデイ少佐は明らかに神経過敏な状態ではありましたが、自分が嫉妬の発作にかられて二度目の妻を絞殺したのだということだけは、はっきりと強調し断言しておられました。このような患者によく見られる種々の徴候が、お父さんの場合には見られなかったのです。率直に申しあげれば、ハリデイ夫人は健在だというドクター・ケネディの保証がもしなかったら、わたしはその時点で、お父さんの主張を額面どおりに受けとっていたかもしれません」

「あなたは彼が実際に妻を殺したという印象を持たれたのですね？」ジャイルズは聞いた。

「わたしは〝その時点で〟と言ったでしょう。ハリデイ少佐の性格と精神構造がだんだんよくわかって来たので、のちにわたしは自分の意見を変えるようになりました。お父上はですね、奥さん、ぜったいに偏執病のタイプではなかった。穏やかでやさしく、充分自制心のある人だった。世間でいう狂人でもなければ他人に危害を加えるような人でもなかった。ただ、ハリデイ夫人の死については頑強な固定観念にとりつかれていたのです。その原因を明らかにするためにはずっと過去に——幼児体験にまでさかのぼらなければならないと確信しました。だが、正直に言って、精神分析のあらゆる方法を用いてみましたが、正しい解決の糸口をつかむことはできませんでした。分析に対する患者の抵抗を取りのぞくことはたいへん時間のかかるものなんです。五、六年かかるかもしれない。お父さんの場合は時間が充分になかった」

彼は間をおき、それから鋭く見あげて言った。「おそらくご存じでしょうが、ハリデイ少佐は自殺されました」

「えっ、まさか！」グエンダはさけんだ。

「すみません、奥さん。あなたはご存じだとばかり思っていました。そのことではわれわれ医者に責任があるとお考えになっても、それは無理もないと思います。たしかに適切な警戒を怠らなければふせげたかもしれません。しかし率直に言ってハリデイ少佐が自殺するようなタイプであるという徴候はぜんぜん見あたりませんでした。憂鬱症の傾向もなく——じっと考えこんだり、ふさぎこんだりすることもなかったのです。ただ、不眠をうったえていたのでわたしの同僚の医師が一定量の睡眠薬を与えていました。その薬を飲むふりをして、じつは致死量に達するまでためておいたのです、そして——」

彼は両手をひろげた。

「父はそんなにひどく悩んでいたのですか？」

「いや、そうではないと思います。悩みというよりも、わたしの判断では、罪の意識、厳密に言えば刑罰を受けたいという願望でした。最初のうちお父さんは警官をよぶことを主張していましたが、その必要がないと説得され、現実になんの罪もおかしてはいないことを保証されたにもかかわらず、完全に得心することをかたくなにこばんでおられました。しかし何回もくり返し説明されているうちに、とうとうお父さんも実際に殺人をおかした記憶はないと認めざるをえなくなったのです」ドクター・ペンローズは目の前の書類をまるめた。「問題の夜の件についてお父さんの話はけっして変わりませんでした。帰って家に入ると暗かった。召使いたちは出かけていた。いつものとおり食堂に行き自分で酒を一杯ついで飲んだ。それから間仕切りのドアを通って居間に入った。そのあとのことは何もおぼえていない——何一つ。気がつくと自分の寝室に立ったまま見おろしていた——絞め殺されて死んでいる妻を。お父さんには自分でやったことがわかった——」

ジャイルズがさえぎった。「ちょっとすみません、ドクター・ペンローズ、なぜ彼には自分でやったことがわかったのですか？」

「疑う余地がなかったのです。それまでの何カ月間自分が気ちがいじみたメロドラマ的な疑惑を抱きつづけているのに気がついていたのです。たとえば、妻が自分に麻薬をのませていると信じていたことも話してくれました。というのは、インドに住んでおられたのですが、あちらでは妻が夫に朝鮮朝顔の毒を盛って精神異常にしようとした話がよく地元の法廷に出てきます。お父さんはかなりしばしば幻覚に悩まされていて、時間と場所が混乱していたのです。妻の不義を疑ったことはないと強く主張されていましたが、それでもわたしはそのことが原動力になっていると思います。お父さんは居間に入って、別れるという妻の書き置きを読み、この事実からのがれるため彼女を殺してしまうほうがましだと思った、ここまでが現実に起こったことのように思われます。ここから幻覚がはじまるのです」

「つまり父は継母《はは》を非常に愛していたとおっしゃるのですか？」グエンダは聞いた。

「それは明らかですよ、奥さん」

「で、父はけっして——認めなかったのですね——そのことが幻覚であると？」

「認めざるをえなかったのです、幻覚にちがいないと——しかし心の奥の信念はゆるがなかったようです。その強迫観念はあまりに強固で理性に従うことができなかった。お父さんの心の奥底にある子供っぽい固定観念を解き明かすことができさえしたら――」

グエンダはさえぎった。彼女は子供っぽい固定観念には興味がなかった。

「でも先生は確信していらっしゃいますの、父が――父が殺しはしなかったということを？」

「ああ、奥さん、あなたが心配しておられるのがそのことでしたら、すぐにそんなご心配は捨ててください。ケルヴィン・ハリデイはどんなに妻を嫉妬していたにしても、ぜったいに人殺しではありませんでした」

ドクター・ペンローズは咳払いをして古ぼけた黒い小型の手帖をとり出した。

「よろしければ、奥さん、あなたこそこれをお持ちになるにふさわしい方です。これにしるされたさまざまの走り書きはお父さんがここにおられたあいだに書きとめておかれたものです。お父さんの遺品を指定遺言執行人（実際にはある弁護士事務所）に譲り渡したとき、当時の病院長であったドクター・マクガイアが患者の記録の一部として保存しておいたのです。お父さんの症状のほうは、ミスター・K・Hのイニシアルを使ってドクター・マクガイアの記録簿にしるされています。この日記をおのぞみなら――」

グエンダはすぐさま手を差し出した。

「ありがとうございます」彼女は言った。「ぜひともいただきたいと思います」

II

ロンドンへもどる汽車の中で、グエンダは古ぼけた小型の手帖をとり出して読みはじめた。

彼女はパラパラとそれを開いた。

ケルヴィン・ハリデイはこう書いていた。


ここの医者連中は自分の仕事がわかっているのだろうか……言っていることはすべてばかばかしく思われる。ぼくが母を恋していた？　父をにくんでいた？　そんなことはすこしも信じられない……こんどのことは単純な刑事事件だと思わずにはいられない——刑事裁判所の問題だ——精神病院の問題ではなく。だが——ここにいる患者のいく人かは——ごく普通で、理性的で——ほかのみんなとちっとも変わっていない——ただ突然奇妙な考えにぶつかるとき以外は。とすれば、ぼくもまた奇妙な考えを持っているのかもしれない……

ジェイムズに手紙を書いた……ヘレンとぜひ連絡をとってほしい……もし彼女が生きているなら生身の姿で会いにこさせてくれと……彼はどこに彼女がいるのかわからないと言う……ということはもうヘレンが死んでいること、ぼくが殺したことを知っているからではないか……彼はいい男だ、だがぼくはだまされないぞ……ヘレンは死んでいるのだ……

ぼくはいつからヘレンを疑いはじめたのか？　ずいぶん前から……ディルマスに行ってから間もなくだ……彼女の態度が変わった……何かをかくしていた……ぼくは彼女を見張っていた……そう、彼女もぼくを見張っていたのだ……

彼女はぼくの食事に麻薬を入れたのか？　あの奇妙な恐ろしい夜ごとの夢。普通の夢ではなかった……実感のある悪夢だった……それが麻薬のせいだということはわかっている……そんなことができたのは彼女だけだ……だがなぜ？……誰か男がいるのだ……あれの恐れている男が……正直に言おう。ぼくは疑っていたのだ、そう、彼女に恋人がいると。誰かいたのだ——誰かいたことはわかっている——船の上でそこまでは打ち明けてくれた……愛しながら結婚できない男がいるのだと……それはわれわれ二人とも同じだった……ぼくはミーガンを忘れられなかった……小さいグエニーはミーガンそっくりに見えることがある。ヘレンは船であんなにやさしくグエニーと遊んでくれた……ヘレン……おまえはなんてきれいなんだ、ヘレン……

ヘレンは生きているのか？　それともこのぼくがあれの喉に手をかけて生命をうばったのか？　ぼくは居間のドアを通りぬけ、書き置きを見た──机の上に立てかけてあった、そしてそのあと──そのあとは──すべて闇……まったくの暗闇だ。だがまちがいない……ぼくがあれを殺した……ありがたいことにグエニーはいま無事にニュージーランドにいる。みんないい人たちだ、ミーガンのためにもグエニーをかわいがってくれるだろう。ミーガン──ミーガン、きみがここにいてくれたら……

それがいちばんいいことなのだ……スキャンダルと無関係でいることが……あの子のためにいちばんいいことだ。ぼくはもう生きていられない。こうして月日をかさねることなんてとても。近道をとらなくてはならない。グエニーはこのことについて何も知ることはないだろう。永久に知らないままだろう、父が殺人者であったことを……

グエンダは涙で何も見えなかった。向かい側にすわっているジャイルズに目をやった。だがジャイルズの目は反対の隅にくぎづけになっていた。

グエンダがじっと見つめているのに気づくと、彼はかすかに頭を動かした。

彼らの相客は夕刊を読んでいるところだった。その外側のページに、彼らのほうからもはっきり見えるところにメロドラマ風の見出しがのっていた――

〈彼女の生涯における男たちは誰か?〉

ゆっくりとグエンダはうなずいた。彼女はふたたび日記に目をやった。

誰かいたのだ――誰かいたことはわかっている……

11 彼女の生涯における男たち

I

ミス・マープルは海岸の遊歩道をわたり、アーケードの脇の丘のほうへあがるフォアー通りを歩いて行った。このあたりは古風な店ばかりだった。毛糸と手芸用品の店、お菓子屋、ヴィクトリア朝風の婦人装身具、服飾専門店、そのほか似かよった感じの店が並んでいた。

ミス・マープルは手芸用品店の窓をのぞきこんだ。若い二人の店員がお客の応対をしていたが、店の奥にいる年配の婦人は手があいていた。

ミス・マープルはドアを押して中に入った。カウンターにすわると、銀髪の感じのよい女店員が聞いた。「なんでございましょう、奥さま？」

ミス・マープルは赤ん坊のジャケットを編むのに薄いブルーの毛糸をほしいと言った。

彼女はゆっくり時間をかけて選んだ。型についてもあれこれ話しあった。そしてミス・マープルはいろいろな子供用編み物の本を眺めながら甥の子供たちのことを話した。彼女も女店員のほうもいそいでいる様子は見せなかった。この女店員は長年ミス・マープルのようなお客を相手にしてきた。彼女にとっても、自分のほしいものもわからず、安くてケバケバしいものに目を向ける気短かで行儀のわるい若い母親よりも、こういう噂話の好きなぶらぶらしている老婦人のほうが好ましかった。

「そうね」ミス・マープルは言った。「これにしましょう。ストークレッグ印ならまちがいないわ。ちぢんだりしないし。二オンス余計にもらっとこうかしら」

女店員は品物を包みながら、今日は風がたいへん冷たいですね、と言った。

「ほんとうにそう。海岸通りを歩いて来たときそう思ったわ。ディルマスもずいぶん変わってしまったわね。わたし、ここに久しぶりに来たのよ。そう、もう十九年ちかくになるかしら」

「まあ、そうですか、奥さま？　ではずいぶん変わったとお思いでしょう。あのスパーブのビルも当時は建っていませんでしたし、サウスヴュウ・ホテルもまだでしたでしょう？」

「ええ、もちろん。ほんとうに小さい町でしたもの。わたしはお友だちのところにいて……セント・キャサリン荘とよばれていた家よ――ご存じかしら？　リーハンプトン通りの」

だが女店員はディルマスに来てまだ十年ぐらいにしかなっていなかった。

ミス・マープルは礼を言い、包みをとると隣りの服飾品の店へ行った。ここでもまた、彼女は年輩の店員を相手に選んだ。会話は夏のチョッキにふれながらさっきと同じコースをたどった。今度の店員は積極的に反応した。

「たしかフィンディスン夫人の家でしたね？」

「ええ――そう。わたしの友だちが家具付きで借りたのだけど、ハリデイ少佐夫妻と女の赤ちゃんよ」

「ああ、そうでした、奥さま。あのご一家は一年ぐらいあそこにいらっしゃったと思います」

「そうなのよ、少佐はインドから帰国して来たところだったの。あの家に上手なコックがいてね――素晴らしい焼きリンゴのつくり方を教えてくれたわ――それとジンジャーブレッドの作り方も。あの人はどうしているかとよく思うのだけど」

「イーディス・パジェットのことではありませんか、奥さま。あの人でしたらいまもディルマスにいましてよ、いまはウィンドラッシュ・ロッジにつとめていますわ」

「それからほかにも何人かいたわ――フェーンさんのご一家。弁護士さん、だったと思うけど」

「ご主人は数年前に亡くなられました――ご子息のウォルター・フェーンさんはお母さまとごいっしょに住んでおいでです、あの方はとうとう結婚なさらないままで。いまは所長さんです」

「まあ、そう！　ウォルター・フェーンはインドへいらしたとばかり思ってたわ――お茶の栽培か何かの仕事で」

「たしかにそうでしたわ、奥さま、お若いときに。でも一年か二年してご帰国になり弁護士事務所にお入りになったのです。このあたりでは一番いい仕事をしている事務所で――弁護士さんたちはみんなに尊敬されています。もの静かな品のいい紳士でしてね、ウォルター・フェーンは。あのかたを嫌う人は一人もいません」

「そうでしょうね、もちろん」ミス・マープルは大きな声で言った。「あの人はミス・ケネディと婚約していましたっけね？　そして彼女のほうが破談にしてハリデイ少佐と結婚したとか」

「そのとおりですわ、奥さま。彼女はフェーンさんと結婚するためにインドまでいらして、それから気が変わったらしく、ほかの男の方と結婚したのです」

かすかな非難の調子が女店員の声にまじった。

ミス・マープルは身をのり出し声を低めた。

「わたしはずっと気の毒なハリデイ少佐（あの人のお母さまと知り合いでしたが）とあの小さいお嬢さんのことを案じていたのよ。二度目の奥さんは少佐を捨てたそうね、誰か男と逃げてしまったとか。ちょっと浮気っぽいタイプじゃなかったのかしら」

「浮気女そのものでしたわ、彼女は。お兄さんのドクターはほんとにいい方でしたのに。わたしもひざのリューマチをすっかりなおしていただきました」

「彼女はいったい誰と逃げたの？ わたしは聞かなかったけど」

「それがわからないのですよ、奥さま。あの家の夏の滞在客の一人だと言ってる人もいましたが、ともかくハリデイ少佐はがっくりきてしまったようです。あの家を出て行かれて、体をわるくなさったとか。はい、おつりです、奥さま」

ミス・マープルはおつりと品物を受けとった。

「どうもありがとう」彼女は言った。「もしかしたら――イーディス・パジェットさん、とおっしゃったわね――まだジンジャーブレッドのおいしいつくり方のこつを教えてくれるかしら？ 書いてもらったのに、わたし、なくしてしまったの――というか、わたしのメイドが不注意にもなくしてしまったのだけど――とにかくわたし、おいしいジンジャーブレッドに目がなくてね」

「教えてもらえますわ、きっと。じつはこのお隣りに彼女の姉さんが住んでいますのよ、お菓子屋さんのマウントフォードさんの奥さんになって。イーディスは外出日にはたいていそこに見えますわ。マウントフォード夫人に言っておけばきっと伝えてくれるでしょう」

「それはいい思いつきね。ほんとうにどうもありがとう、いろいろお手数かけて」

「いいえ、奥さま。どういたしまして」

ミス・マープルは外の通りに出た。

「古風ないいお店だわ」彼女はひとりごとを言った。「それにこのチョッキはほんとにすてき。だからぜんぜんお金のむだ遣いはしなかったみたいだわ」彼女は服の端にピンでとめてある薄青色のエナメルの懐中時計をちらっと見た。「ジンジャー・キャットであの若い二人に会うまでに、ちょうど五分あるわ。サナトリウムでいやな思いをしなければいいのだけれど」

II

ジャイルズとグエンダはジンジャー・キャットの隅のテーブルにすわっていた。二人のあいだのテーブルには黒い小型の手帖がおかれてあった。

ミス・マープルは通りから入って来てそのテーブルについた。

「何を召しあがります、ミス・マープル？　コーヒー？」

「ええ、そうするわ――いいえ、ケーキは結構よ、スコーンにバターだけで」

ジャイルズが注文した。グエンダは黒い小型の手帖をミス・マープルの前に押しやった。

「まず、ぜひこれを読んでください。それからお話ししますわ。これは父が――療養所にいるあいだに自分で書いたものなのです。ああ、でもその前にドクター・ペンローズの言ったことをそっくりミス・マープルにお話ししてちょうだい、ジャイルズ」

ジャイルズは話をした。それから、ミス・マープルは黒い小型の手帖を開いた。ウェイトレスが薄いコーヒーを三つと、バターをそえたスコーンと、ケーキの皿をはこんで来た。ジャイルズとグエンダはだまって、ミス・マープルが読んでいるのをじっと見つめていた。

やがて彼女は手帖をとじ、テーブルにおいた。彼女の表情は読みとりにくかった。そこにあるのは、怒りだ、とグエンダは思った。ミス・マープルの唇はギュッとひきしまり、目は、その年齢を考えれば異常なほど光っていた。

「そうだったのね、やっぱり」ふたたび彼女は言った。「そうだったのね！」

グエンダは言った。「あなたは前に忠告してくださいましたわ――おぼえていらっしゃいます？――つづけるのはおよしなさいって。なぜあなたがそうおっしゃったかわかりましたわ。でもわたしたちつづけてしまいました――そして行きついたところはこれです。いまになって初めて――その気になれば――やめられるところへ来てしまったように思います……終わりにすべきだとお思いですか？　それとも？」

ミス・マープルはゆっくりと首をふった。彼女は悩み、困惑しているように見えた。

「わからないわ。ほんとうにわからないわ。そうするほうがいいかもしれない、そのほうがずっといいのかもしれない。だって、こんなに時がたってからではあなたたちにできることは何一つないでしょう――つまり、解明できるようなことは何一つ」

「あなたのおっしゃるのは、こんなに時がたってからでは、ぼくらが発見できるものは何一つないということですか?」

「いいえ、わたしが言ったのはそういう意味じゃないの。十九年はそんなに長い年月ではないわ。まだいろいろなことをおぼえている人もいるでしょう、質問に答えてくれる人も――たくさん。たとえば召使いとか。当時あの家には少なくとも召使いが二人いたはずよ、それに子守りと、たぶん庭師も。ちょっとした手間と暇をかければこういう人たちを見つけて話を聞くことはできるでしょう。実際に、わたしはそのうちの一人をもう見つけたのよ。コックだった人。だからわたしの言うのはそういうことじゃないわ。あなたたちがやってみて実際にどんな利益があるかということなの。わたしはこう言いたいの――なんにもならないと。だけど――」

彼女は話をとぎらせ、また言った。「どうしても〝だけど〟が入ってしまう……わたしにもなかなか考えがまとまらないのよ。だけど、やっぱり何かあるという感じがするわ――はっきりつかめないような何かが――危険をおかすに足るもの――たとえ危険をおかさなくてはならないはめになっても――でもそれは口ではうまく言えないようなことで……」

ジャイルズが話し出した。「ぼくの考えでは――」そしてやめた。

ミス・マープルは感謝をこめて彼のほうを向いた。

「男の方たちは」彼女は言った。「いつも物事をはっきり整理してみることができるででしょう。あなたはきっと考えがまとまったのだと思うけど」

「ぼくなりに考えをまとめてみました。ぼくには行きつく結論は二つしかないように思われるのです。一つは前に言ったのと同じです。ヘレン・ハリデイはグエニーがホールで横たわっているのを見たときほんとうは死んではいなかった。彼女は息をふき返して恋人といっしょに逃げた、恋人が誰であるかはともかく。この考えはぼくらが知っている事実とそれなりに符合するでしょう。自分で妻を殺したというケルヴィン・ハリデイの根強い確信とも一致するし、なくなっていたスーツケースと衣服や、ドクター・ケネディが発見した書き置きともつじつまが合うでしょう。だが説明のつかないいくつかの問題が残っています。なぜケルヴィンが寝室で妻を絞め殺したと信じていたのかは説明されません。それにぼくにはどうにもならない疑問――ヘレン・ハリデイはいまどこにいるか？　の解明には役立ちません。ヘレンからその後なんの便りもなく噂も聞かれないということは、およそ納得のいかないことです。かりに彼女が書いた二通の手紙がほんものであったとしても、そのあとはどうしたのでしょう？　なぜ彼女はその後手紙を書かなかったのか？　彼女は兄さんと仲がよかったし、兄さんも明らかに妹をかわいがっていたし、その後もずっと気にかけていた。妹の行状を非難したかもしれないが、そのことが三度四度と妹から連絡がこないという理由にはならない。そして、いいですか、この点こそ明らかにケネディ本人も悩んでいることなんです。たとえばぼくらに聞かせてくれた話を彼がそのときそのまま受け入れたとします。妹は去りケルヴィンは神経衰弱になった。だが彼は妹からその後手紙がこなくなるとは思っていなかった。年がすぎても依然として手紙はこない。ケルヴィン・ハリデイは妄想を信じつづけてついに自殺してしまう。そこで恐ろしい疑惑が彼の心にしのびこんできたのではないでしょうか。もしかしたらケルヴィンの話は事実だったのではないか？　ケルヴィンはほんとうにヘレンを殺してしまったのではないか？　妹からはなんのしらせもない——もし外国のどこかで死んでしまったのなら、兄のところへしらせがくるはずではないか？　以上のことがぼくらの広告を見たときのケネディの熱意を説明していると思います。彼は広告を見て、もしかしたら妹がどこにいて何をしていたか手がかりがつかめるかもしれないと思った。ぼくにはぜったいに異常だとしか思えません、誰かがちょうど——ヘレンのように完全に消えてしまうなんて。このこと自体がおそろしくあやしげです」

「同感だわ」ミス・マープルは言った。「それでもう一つのほうというのは、リードさん？」

ジャイルズはゆっくりと言った。「ぼくはもう一つの場合もとことん考えてみました。

こちらのほうはかなりとっぴで、もっと恐ろしいくらいなんです。というのはその場合問題になるのは——なんて言ったらいいかな——ある種の悪意なのです……」

「そうなんです」グエンダが言った。「悪意というのがちょうどピッタリです。正気の沙汰でないと言ってもいいぐらい……」彼女は身ぶるいした。

「そういうことはあると思うわ」ミス・マープルは言った。「世の中にはほんとうにたくさんの——なんて言うか異常なことが——人々が想像するよりずっと数多くあるのよ。わたしもこれまでいくつか見てきたわ……」

彼女の顔は深刻だった。

「その場合には正常な解釈はありません」とジャイルズは言った。「たとえばいま、ケルヴィン・ハリデイは妻を殺しはしなかったが、心から自分でやったと思いこんでいたというとっぴな仮説を考えてみましょう。これこそ、ドクター・ペンローズが、彼はまともな人種に思われますが、このドクターが信じたいと思っていることなのです。彼がハリデイから受けた第一印象は、これは自分の妻を殺した男で、警察に身をまかせたがっている、ということでした。それから彼はそうではないというケネディの言葉を信じなければならなくなった。そこでハリデイはコンプレックスとか、固定観念とか、専門語でなんというか知りませんが、そういうものの犠牲者であるとむりやりに信じこもうとした——だがじつは彼にとってこの結論は気に入らないものだった。彼はそういったタイプの患者ならあつかった経験はゆたかでしたが、ハリデイはそれに合致しなかった。さらに、ハリデイをいっそうよく知るに及んで、どんなにカッとなっても女を絞め殺したりするようなタイプの人間ではないと確信するに至ったのです。そこでドクター・ペンローズは固定観念説を受け入れたものの、不安がつきまとっていました。そうなると、この場合に当てはまる理論は一つしかないということになります——ハリデイは自分で妻を殺したと信じるように誰かほかの者にしむけられたのです。いいかえればXの登場です。

事実を綿密にしらべてみれば、この仮説は少なくとも可能性があると言えるでしょう。ハリデイ自身の話によれば、その晩家に帰り、食堂へ行った。そしていつものように酒を一杯飲んだ——それから隣りの部屋に行き、机の上の書き置きを見た、そこで意識を失った——」

ジャイルズは言葉をとぎらせ、ミス・マープルはうなずいて賛成の意をあらわした。

彼はつづけた。

「それはたんなる意識の喪失でなく——じつは薬の——ウィスキーに落とした催眠薬のせいだった。次の段階はおのずから明らかでしょう? Xはまずホールでヘレンを絞め殺した。そのあとで死体を二階へはこび、ベッドの上に情痴犯罪と見えるように巧みに寝かせた。ケルヴィンが意識を取りもどしたのもその部屋だ。そしてあわれにも、ヘレンのことでいつも嫉妬に苦しんでいたらしい彼は、自分が殺したと思いこむ。ケルヴィンは次にどうするか？　義兄をさがしに行く——歩いて町の反対側まで。そこでXが次のトリックをしかける時間ができる。スーツケースに衣服をつめて持ちはこび、死体もはこんだ——だがその死体をどうしたかという点で」ジャイルズはいらだたしげに話を終えた。「ぼくはまったく途方にくれているのです」

「あなたがそんなことをおっしゃるなんて信じられないわ」ミス・マープルは言った。「この問題にはそうむずかしいところはないでしょう。でも、どうぞ先をつづけて」

「彼女の生涯における男たちは誰か？」ジャイルズは引用した。「帰りの汽車で見かけた新聞の見出しでです。そこで考えたのです、だってこれこそこの事件の謎でしょう？　もしぼくらが信じているようにXという男がいるとすれば、わかっていることは、ヘレンを熱狂的に愛していた——文字どおり熱愛していたにちがいないということだけです」

「だからわたしの父を憎んでいたのですわ。そして父を苦しめたかったのです」

「ぼくらが行きつくのはそこなのです」ジャイルズは言った。「ぼくらはヘレンがどんな女であったか知っている――」彼はためらった。

「男狂いでした」グエンダがおぎなった。

ミス・マープルは何か言うかのように突然目をあげたが、だまっていた。

「――そして美人だったのでしょう。だが彼女の生涯に夫以外のどんな男性がいたかを知る手がかりはありません。たくさんの男がいたのかもしれません」

ミス・マープルは首をふった。

「そんなにたくさんはいなかったでしょう。彼女はまだまだ若かったのだから。それにあなたのおっしゃることは正確ではないわ、リードさん。あなたのおっしゃる〝彼女の生涯における男たち〟について、わたしたちの知っていることがあるでしょう。彼女が外国へ行って結婚しようとしていた男――」

「ああそうです――弁護士ですね？　なんという名前でしたっけ？」

「ウォルター・フェーンよ」とミス・マープルは言った。

「そうでした。でも彼は数に入らないでしょう。マレイだかインドだかへ行っていましたから」

「彼が？　でもずっとお茶の栽培をしていたわけではないのよ」ミス・マープルは指摘した。「こちらへ帰って来て弁護士事務所へ入った、そしていまは所長ですって」

グエンダはさけんだ。「きっと彼女を追いかけてこちらへ帰って来たのですね？」

「そうだったかもしれない。わからないけど」

ジャイルズは好奇心をそそられたように老婦人を見た。

「どうやってそういうことを見つけられたのですか？」

ミス・マープルは言いわけするように微笑した。

「ちょっと噂話をして来たのよ。お店でね——それとバスを待っているあいだ。おばあさんて詮索好きと思われているものよ。だから、土地のニュースなんていくらでも聞き出せるわ」

「ウォルター・フェーンか」ジャイルズは考えこんで言った。「ヘレンにふられて、それが深い傷手となったかもしれない。彼は結婚したのですか？」

「いいえ」ミス・マープルは言った。「母親といっしょに暮らしているわ。わたしはこの週末にあの方のお宅にお茶によばれているの」

「まだほかにもわたしたちの知っている男がいるわ」グエンダは突然言った。「彼女が婚約したとか問題を起こしたとかいう人がいたのをおぼえているでしょう。学校を卒業した頃に——好ましくない男だったとドクター・ケネディが言っていた。なぜ好ましくないのかしら……」

「それで二人だ」ジャイルズは言った。「そのどちらかがうらみを抱いていたかもしれない、ずっと根に持っていたかも……おそらく最初の若者は暗い過去の思い出を持っていたかもしれない」

「ドクター・ケネディに聞けば教えてくれるでしょうけど」グエンダは言った。「ただ、ちょっと聞きにくいの。つまりほとんどおぼえてもいない継母のことについて何かを聞くのはまだいいとしても、若い頃の恋愛問題まで知りたいと言うにはちょっと理由が必要でしょう。あまりよく知らない継母に興味を持ちすぎるように見えるわ」

「たぶんほかにも方法があるわ」ミス・マープルは言った。「そう、辛抱強く時間をかければほしい情報は手に入るでしょう」

「ともかく二つの可能性はあるわけです」とジャイルズは言った。

「三番目も考えられると思うの」ミス・マープルが言った。「もちろん、まったくの仮説ではあるけれど、なりゆき次第では正しいことになるかもしれないわ」

グエンダとジャイルズはすこし驚いて彼女を見た。

「ほんの憶測にすぎないのよ」とミス・マープルは言って、ちょっと顔を赤くした。「ヘレン・ケネディはウォルター・フェーンと結婚しにインドへ行った。とすれば、彼女は彼を熱愛してはいなかったかもしれないけど、好きだったことはまちがいないし、一生彼と暮らすつもりになっていたこともたしかでしょう。ところが現地に着くやいなや婚約を破棄し、兄さんに帰国の旅費を送るよう電報を打った。これはなぜかしら？」

「気が変わったんだろうね、きっと」

ミス・マープルとグエンダはかるい軽蔑の目で彼を見た。

「もちろん気が変わったのよ。それはわかっているわ、ミス・マープルのおっしゃるのは――なぜ？　ということよ」

「女の子って気が変わりやすいものだからじゃないかな」とジャイルズはあいまいに言った。

「ある状況のもとではね」ミス・マープルは言った。

彼女のことばは年輩の婦人が最小限度の発言で言ってしまえる辛辣なあてこすりをふくんでいた。

「何か彼のしたことが――」ジャイルズがあいまいに考えを言うと、グエンダは鋭く口をはさんだ。

「きまってるわ、別の男があらわれたのよ！」

彼女とミス・マープルは顔を見合わせたが、そこには男をのけものにしたあの女同士の暗黙の友情にのみ許された信頼感があった。

グエンダは確信をもってつけ加えた。「船の上で！　行きがけに！」

「二人だけの世界」ミス・マープルは言った。

「甲板を照らす月の光」グエンダは言った。「そういうお膳立てがそろって。ただ——真剣だったにちがいないわ——たんなるあそびではなく」

「そう」ミス・マープルは言った。「わたしも真剣だったと思うわ」

「もしそうだったら、どうしてその男と結婚しなかったんだい？」ジャイルズが質問した。

「たぶん男のほうは本気で好きにならなかったのかもしれないわ」グエンダはゆっくり言った。そして首をふった。「ちがうわね、それなら彼女はやはりウォルター・フェーンと結婚したでしょうし。ああ、わかった、わたしほんとうにばかね、結婚している男の人だったのよ」

彼女は勝ちほこったようにミス・マープルを見た。

「正解よ、わたしが訂正しようと思ったとおり。二人は恋をした、きっと必死の恋だわ。でも、もし彼が結婚している男だったら——たぶん子供もいるでしょう——そして尊敬に価いするタイプの人だったら——それでなにもかもおしまいなのよ」

「とにかく彼女はもうウォルター・フェーンと結婚する気にはなれなかったでしょう」

グエンダは言った。「だから兄さんに電報を打って帰国した。そうよ、これでみんなつじつまが合うわ、そして帰国の船上で彼女は私の父に会った……」

「はげしい恋ではなかったけれど、でも心をひきつけられた……それにわたしというものがいた。ヘレンも父も二人ともふしあわせだった……そしてお互いになぐさめ合った。父は亡くなったわたしの母のことを話し、たぶん彼女は例の男の話を父にした……そうよ——きっとそう——」グエンダは日記のそのページをかるくたたいた。「〝誰かいたことはわかっている——船の上でそこまでは打ち明けてくれた……愛しながら結婚できない男がいるのだ〟そう——このことだったのね。ヘレンと父はおたがいに似たような境遇にいると感じた——それに世話しなければならないわたしがいた、彼女は父をしあわせにしてあげられると思った——きっと、結局は自分もしあわせになれるだろうとまで」

彼女は話をやめると、ミス・マープルに強くうなずいてみせ、元気よく言った。「このことだったのですね」

ジャイルズはいらだたしそうな顔をした。

「まったく、グエンダ、きみは話をみんなでっちあげて、まるでほんとうに起こったことみたいに言うんだなあ」

「ほんとうに起こったのよ。起こったにちがいないわ。それでXの候補者として第三の男が出てきたわけよ」

「と言うことは——？」

「結婚している男よ。彼がどのような人だったかわからないわ。ちっともすてきじゃなかったかもしれない。すこしおかしかったのかもしれない。ここまで彼女のあとを追いかけて来たのかもしれない——」

「きみはその男はインドへ行く途中にいたと設定したばかりじゃないか」

「でもインドからはいつでも帰ってこられるでしょう？　ウォルター・フェーンだって帰ってきたわ、一年ぐらいしてから。わたしはこの三番目の男も帰国したとは言ってないのよ、ただ彼は一つの可能性だと言っているの。あなたが彼女の生涯における男たちは誰かとくり返し言いつづけているから。これでそのうちの三人がわかったわ。ウォルター・フェーン、名前のわからないある若者、そして結婚している男——」

「つまり存在しているかどうかもわからない男だ」ジャイルズがしめくくった。

「見つかるわ。ねえ、ミス・マープル？」

「辛抱づよく時間をかければ」ミス・マープルは言った。「たくさんのことがわかるかもしれないわ。ところでわたしのやったお手伝いもあるのよ。今日行った服飾品のお店でうまいぐあいに話がはずんで、イーディス・パジェットが、いまでもディルマスにいることがわかったの。この人はわたしたちの知りたがっているあの時期にセント・キャサリン荘でコックをしていたのよ。彼女の姉さんはここのお菓子屋さんと結婚しているんですって。グエンダ、あなたがパジェットに会いたいと思ってもしごく当然な話だと思うわ。彼女からいろいろ話してもらえるのではないかしら」

「まあ、すてき」グエンダは言った。「わたしは別なことを考えたの」彼女はつけ加えた。「わたし新しい遺言状をつくろうと思うのです。そんなに深刻な顔をしないで、ジャイルズ。わたし今度もあなたにお金を残すつもりよ。ただ、ウォルター・フェーンに遺言状をつくってもらおうと思うの」

「グエンダ」ジャイルズは言った。「慎重にしてくれよ」

「遺言状をつくることは」グエンダは言った。「ごく普通のことでしょう。近づく方法としてはとてもいいと思うの。ともかく彼に会ってみたいわ。彼がどんな人か見てみたいの、そしてわたしの考えでは――」

彼女は終わりまで言わずにことばを切った。

「ぼくが驚いているのは、ぼくらの出した広告に誰もほかに返事をくれないことなんです――たとえば、そのイーディス・パジェットとか――」

ミス・マープルは首をふった。

「こういう田舎ではね、誰でもこのようなことを決心するには時間がかかるのよ」彼女は言った。「みんな疑り深いの。物事をよくよく考えてみることが好きなのね」

12　リリー・キンブル

リリー・キンブルはフライパンの中でジュウジュウいっているフライド・ポテトの油をきる用意に、台所のテーブルに古新聞を二、三枚ひろげた。流行歌を調子はずれにハミングしながら、彼女は身をのり出し、目の前にひろげた新聞の活字をあてもなくながめた。

突然彼女はハミングをやめてよんだ。「ジム——ジム、聞いてよ、ちょっと」

ジム・キンブルは、口数の少ない中年の男で台所の流しで顔を洗っていた。妻に返事をするのに、彼はおとくいの一ことで答えた。

「ああ?」

「新聞広告よ、〝ヘレン・スペンラヴ・ハリデイ、旧姓ケネディのことで何かご存じの方は以下へ連絡されたし、リード・アンド・ハーディ商会、サウサンプトン通り〟ですって！　あたしがセント・キャサリン荘につとめてたときのハリデイ夫人のことかもしれないよ。あの人たちフィンデイスン夫人から家を借りたんだったわ、あの人の名前はたしかヘレンだった——そうだ、ドクター・ケネディの妹さんでさ、よくあたしにアデノイドの手術をしなくちゃだめだと言ってたあのお医者さんの」

そこでちょっと間をおき、キンブル夫人は熟練した手つきでフライド・ポテトをかきまわした。ジム・キンブルはローラータオルで顔をぬぐいながら鼻を鳴らした。

「もちろん古新聞だけどさ、これは」キンブル夫人はまた言った。彼女は日付をたしかめた。「一週間以上も前の。なんのためだろう？　お金のことかしらね、ジム？」

ミスター・キンブルは「ああ」とどっちつかずに言った。

「遺言か何かのことかもしれないね」おかみさんのほうは、じっと考えこんだ。「ずいぶん昔のことだ」

「ああ」

「十八年かもっと前になるよ、きっと……いま頃になってどうしてそんなことほじくり返しているんだろう？　おまわりとは思えないよねえ、ジム？」

「なんで？」ジム・キンブルが聞いた。

「あのね、あたしがいつも考えてたこと知ってるだろう」キンブルのおかみさんは仔細ありげに言った。「あの頃あんたに話したよね、奥さんが男と駈け落ちしたなんて見せかけだって。あれは亭主が女房を殺しちまうときに言うことなんだ。ぜったい、あれは殺人だったのさ。それはあんたにも言ったしイーディにも言ったけど、でも、イーディにはどうしても本気にはしなかった。想像力ってものがなかったからね、イーディには。奥さんが逃げるとき持ってったということになっている服はね――あれはほんとじゃあなかったんだよ。たしかに、スーツケースと鞄がなくなっていて、それにつめこむぐらいの服もなくなってた、でも、あれはほんとじゃあなかったんだよ、あの服は。そして、あたしはイーディに言ったんだ、『ぜったい、旦那さんが殺して地下室に埋めたんだよ』って。ただ、ほんとは地下室じゃなかったけどね。だって、スイス人の子守り女のレオニーが何か見たんだよ。窓からね。あたしといっしょに映画に行ってね、あの女は子供部屋を離れちゃいけないことになってたんだけど――でも、あたしは言ったの、赤ちゃんはぜったい目をさまさないって――夜ベッドに入ったらほんとにおとなしい赤ちゃんだった。『奥さんは晩にはぜったい子供部屋にあがって来ないし、あたしといっしょにそっとぬけ出したって誰にもわからないわよ』って。それであの女は出かけたのさ。帰って来たら、まあ、あんなごたごたが起こっていてさ、ドクターが来ていて旦那さんはぐあいがわるく化粧室に眠ってらした、ドクターが看病していて、そのときあたしに服のことを聞いたんだよ。そのときは問題ないように見えてたけど、奥さんがあの夢中になってた男の人と駈け落ちしたんだって思ってたから——あの結婚してた男と——そしてイーディはどんなことがあっても離婚訴訟にだけはまきこまれたくないもんだって言ってたわ。ところであの男の名前はなんだったかしら？　思い出せないわ。Mではじまってたか——それともRだったか。ああ、なさけない、すっかり忘れっぽくなっちまったもんだ」

ミスター・キンブルは流しからもどってきて、彼には重要でない問題をいっさい無視して、夕食の支度はまだかとたずねた。

「このフライド・ポテトの油をきってしまうだけだから……待って、もう一つの新聞をとってくるわ。これは大事にとっておいて。警察ってことはないだろうね——こんなにたってからじゃあ。弁護士かもしれない——そうするとお金がからんでるかもしれない。広告じゃなんも得になるようなことは言ってないけど……でもどっちでもかまわないさ……このことを相談できるような人がいたらねえ。ロンドンのどことかの住所に手紙をくれって言ってる——でもあたしなんかがそんなことをしていいのかしらね……ロンドンにいる人たちにさ……あんたどう思う、ジム？」

「ああ」ミスター・キンブルはペコペコのおなかをかかえ、魚とフライド・ポテトを見ながら言った。

議論はおあずけとなった。

13 ウォルター・フェーン

I

グエンダは幅の広いマホガニーの机ごしにミスター・ウォルター・フェーンを見つめた。

彼女が見たのはすこし疲れた様子の五十前後の男で、穏やかなこれといった特徴のない顔をしていた。たまたま出会っただけならおぼえていられるかどうかわからないような人だとグエンダは思った……現代風な言い方をすれば、個性が欠けている男だった。話し方はゆっくりとして慎重で感じがよかった。とても頼りになる弁護士なのだろうとグエンダはきめこんだ。

グエンダはこの事務所の所長室をそっと見まわした。ウォルター・フェーンにふさわしい部屋だと彼女は思った。じつに古風で、家具は古ぼけてはいたが立派でがっしりしたヴィクトリア朝風の素材でできていた。壁には証書類の整理箱がつみあげられていた——州の名門の名前を記した箱が。サー・ジョン・ヴァヴァサウワー゠トレンチ。レディ・ジェサップ。故アーサー・フォークス殿。

大きな上げ下げ窓があり、ガラスはちょっと汚れていたが、十七世紀風の隣家のがっしりした壁に接する四角い裏庭が見えた。どこといってしゃれた現代風のところはなかったが、むさくるしいところもなかった。つみあげた箱やとりちらかった机、不ぞろいに棚にたてかけた法律書の列など、うわべは乱雑な部屋と見えた——しかし実際には持ち主が手をのばせば即座にほしいものがとれるような部屋だった。

ウォルター・フェーンのペンを走らせる音がやんだ。彼はゆっくりとした感じのいい微笑を浮かべた。

「これで万事よろしいと思います、リード夫人」彼は言った。「たいへん簡単な遺言状です。いつサインしに来ていただけますか？」

グエンダはいつでもそちらの都合のいいときにと言った。特別にいそがなくてもよかった。

「この下のほうに家を買いましたの」彼女は言った。「ヒルサイド荘です」

ウォルター・フェーンは書類に目をやって、「ええ、さきほど書いていただいたご住所ですね……」

彼の声のなめらかなテナーの響きにはなんの変化もなかった。

「とてもすてきな家ですわ。わたしたちとても気に入ってます」

「そうですか？」ウォルター・フェーンはほほえんだ。「海岸ですか？」

「いいえ」グエンダは言った。「たしか家の名前が変わっていると思いますわ。以前はセント・キャサリン荘と言われてました」

ミスター・ウォルター・フェーンは鼻眼鏡をはずした。絹のハンカチでそれをふきながら机を見おろした。

「ああ、わかりました。リーハンプトン通りですね？」

彼は目をあげた。いつも眼鏡をかけている人がそれをとると、まるでちがった人に見える、あれだわ、とグエンダは思った。彼の目はごく薄い灰色で奇妙に弱々しく焦点が定まらないように見えた。

眼鏡をとった顔は、まるで彼が実際には存在しないように見える、とグエンダは思った。

ウォルター・フェーンはふたたび鼻眼鏡をかけた。きちょうめんな弁護士の声になって言った。「あなたはご結婚に際して遺言状を作成したい、とおっしゃいましたね？」

「そうです。前の遺言状の中でニュージーランドにいるほうぼうの親戚に物を残すことにしましたが、その後亡くなった人もいます。それで新しい遺言状をつくるほうが簡単だろうと思ったのです——とくにこれからずっとイングランドに住むつもりなので」

ウォルター・フェーンはうなずいた。

「そうですね、たしかに合理的な考え方です。さてと、これで万事よろしいと思います、リード夫人。あさってにでもいらしていただけますか？ 十一時ではいかがでしょう？」

「はい、わかりました。結構です」

グエンダは立ちあがり、ウォルター・フェーンも立った。

グエンダは前もって練習したとおりややせきこんだ口調で言った。「わたし——とくにあなたにお願いに来ましたのは——つまりこう思ってますの——あなたは昔ご存じだったのではないかと、わたしの——わたしの母を」

ウォルター・フェーンの態度にすこしばかりうちとけた温かさが加わった。

「ほんとですか？」「お母さんのお名前は？」

「ハリデイです。ミーガン・ハリデイ。わたし——人から聞きましたの——あなたは昔母と婚約なさってたとか？」

壁の時計が時を刻《きざ》んでいた。チクタク、チクタク、チクタク。

グエンダは心臓の鼓動がすこしはやくなったのを突然意識した。ウォルター・フェーンはなんてもの静かな表情をしているんだろう。この顔のような家があるかもしれない――ブラインドをぜんぶおろしてあるような家が。つまり誰か死んだ人のいる家が。

(なんてばかげたことを考えているの、グエンダ!)

ウォルター・フェーンはすこしも変わらない、穏やかな声で言った。「いや、わたしは、あなたのお母さんをまったく存じあげませんよ、リード夫人。ですが昔短い期間、わたしはヘレン・ケネディと婚約しておりました。のちにハリデイ少佐と結婚して二度目の奥さんになった人です」

「まあ、わかりましたわ、なんてわたしはばかだったのでしょう。すっかりまちがえていました。ではヘレンのことでしたのね――わたしの義理の母の。もちろん、みんなわたしがものごころつくずっと前のことですわ。父の二度目の結婚生活が終わったのも、わたしがまだほんの子供のときでした。でもあなたが昔インドでハリデイ夫人と婚約したことがあると聞きましたので――それでわたし、もちろん実の母のことだと思いましたの――インドということでしたから、つまり……わたしの父はインドで母と会いましたから」

「ヘレン・ケネディはわたしと結婚するためにインドまで出かけたのです」ウォルター・フェーンは言った。「そして彼女の気が変わりました。帰りの船の上であなたのお父さんに会ったのです」

それはまったく無感動に事実をのべる口調だった。グエンダはまた、ぜんぶブラインドをおろした家という印象をうけた。

「ごめんなさい、立ち入ったことをうかがってお気を悪くなさったでしょう?」

ウォルター・フェーンは微笑を浮かべた——ゆっくりとした感じのいい微笑を。ブラインドはあがった。

「十九年か二十年も昔のことです、リード夫人。若いときの苦労や無分別もそれだけ年月がたってしまえば、どうということもなくなります。あなたがハリデイさんのお嬢さんでしたか。お父さんとヘレンさんが実際にこのディルマスにしばらく住んでいたことをご存じだったのですね?」

「ええ、そうです」グエンダは言った。「わたしたちがここへ来ましたのもじつはそのためなのです。もちろん、わたしはよくおぼえていませんでした、でもイングランドのどこかに住むところを決めなければならなくて、わたしはまっさきにディルマスに来ました、実際にどんなところか見たかったのです。そしてここがあんまり魅力的なところだったので、わたしたちがずっと腰を落ち着けられるのはまさにここしかないと決めてしまいましたの。そして、めぐり合わせだったのでしょうか？　わたしの家族がずっと昔住んでいたその家を買ってしまったのです」

「あの家のことはおぼえていますよ」ウォルター・フェーンは言った。そしてふたたびあのゆっくりとした感じのいい微笑を浮かべた。「あなたはおぼえていらっしゃらないかもしれませんがね、リード夫人、わたしはよくあなたをおんぶしてさしあげたように思いますよ」

グエンダは笑った。

「ほんとうですか？　ではあなたは古いお友だちですわね？　あなたをおぼえているようなふりはできませんけど――だってその頃わたしはまだ二歳半か三歳ぐらいだったでしょう……インドからは休暇か何かで帰っていらしてたのですか？」

「いや、インドとは永久におさらばしたのです。わたしはお茶の栽培をやってみようと出かけたのですが――あそこの生活はわたしには合いませんでした。わたしは父のあとをついで退屈な田舎の弁護士になるのが向いていたのです。法律の試験は前にぜんぶ通っていましたから、ただ帰って来てそのままこの事務所に入ればよかったわけです」彼は間をおいてから言った。「それからずっとここに住んでおります」

ふたたび間をおいて彼は低い声でくり返した。

「そう――それからずっと……」

でも、とグエンダは思った、十八年間はそんなに長い時間でもない……

それから、前とはちがった態度でグエンダに握手をしながら彼が言った。「わたしたちは古い友人らしいですから、ぜひいつかご主人ご同伴で母のところへお茶にいらしてください。母にお手紙を差しあげるように言いましょう。では木曜日の十一時に、よろしいですね？」

グエンダは事務所を出て階段をおりた。階段の片隅にクモの巣がかかっていた。巣の中央には青白い、えたいの知れないクモがいた。ほんとのクモみたいには見えない、とグエンダは思った。蠅をとってたべるようなふとってキビキビしたクモではなくて、まるでクモの幽霊のようだった。いやむしろ、まるでウォルター・フェーンのようだった。

II

ジャイルズは海岸通りで妻と会った。

「どうだった？」

「あの人は当時ディルマスにいたのよ」グエンダは言った。「インドからもう帰っていたというわけ。わたしをおんぶしてくれたのですって。でもあの人には人殺しなんてできそうもないわ――とうてい無理。あんまりもの静かでおとなしすぎるわ。ほんとにいい人よ、ぜんぜん人目につかないような人だけれど。ほら、パーティーに来てもいつ帰ったか気にもされないような人がいるでしょう。おそろしくまじめで、お母さん孝行で、模範生だったと思うわ。でも女から見れば、ひどく退屈な人。どうして彼がヘレンの心をしっかりとらえられなかったかよくわかるわ。結婚するには申し分ない安全な人――ただぜったいに結婚する気にはなれないって人ね」

「気の毒な男だな、彼はほんとうにヘレンに夢中になっていたようだね」

「さあ、わからないわ……そうも思えないけれど、ともかく、わたしたちがさがしている悪意の殺人犯でないことはたしかよ。わたしの考えている殺人犯とはぜんぜんちがうもの」

「だけど、きみ、殺人犯なんてそうたくさんは知らないんだろう、え、グエンダ？」

「どういうこと？」

「うん――ぼくはもの静かなリジー・ボーデンのことを考えていたんだ――殺人犯人で

ないと考えたのは陪審員だけだったというあの女性だ。それからウォーレス、彼もおとなしい男で陪審は彼の妻殺しを主張したが、判決は上告によって棄却された。それとアームストロング、長年みんながこれこそ親切で控え目な男だと言っていた。殺人犯というのはけっして特殊な人間ではないと思うよ」

「わたしにはとても信じられないわ、ウォルター・フェーンが――」

グエンダは言葉をとぎらせた。

「どうしたんだい？」

「なんでもないわ」

しかし彼女はさきほどセント・キャサリン荘の名をはじめて口にしたとき、ウォルター・フェーンが鼻眼鏡をふき焦点の定まらぬ不思議な目つきで宙を見つめたことを思い出した。

「たぶん」彼女は自信なげに言った。「あの人はヘレンに夢中だったのでしょう……」

14　イーディス・パジェット

マウントフォード夫人の店の奥の客間は、居心地のいい部屋だった。テーブルクロスのかかったまるいテーブルがあり、古風なひじかけ椅子がいくつかと、かたい感じはするが意外にクッションのきいたソファが壁ぎわにあった。マントルピースの上には唐獅子などの置き物や、額縁に入ったエリザベス女王とマーガレット・ローズ王女の色彩肖像画がおいてあった。反対側の壁には海軍士官の制服姿のジョージ国王の写真と、パン菓子職人仲間といっしょにとったミスター・マウントフォードの写真が飾られてあった。貝殻細工の絵とかカプリ島の濃い緑の海を描いた水彩画もあった。そのほかにもいろいろあったが、どれ一つとして美とか高尚な生活をてらうものはなかった。しかしその結果はまさに誰もが時間さえあればすわって楽しめるような、楽しい、気持ちのいい部屋になっていた。

マウントフォード夫人、旧姓パジェットは背が低くふっくらしていて、髪の毛は黒かったが白髪が少しまじっていた。妹のイーディス・パジェットは色黒で背が高くほっそりしていた。彼女のほうはもう五十歳にはなろうというのに髪にすこしも白いものはまじっていなかった。

「まあ、驚きましたわ」イーディス・パジェットが口を開いた。「グエニーお嬢ちゃま。ごめんくださいましね、奥さま、こんなふうにおよびしたりして、でもこうおよびすると昔のことを思い出しますわ。あなたはなにかというとすぐわたしのおります台所に入っていらしたものですよ、ほんと、かわいらしい顔をなさって。〝ウィニー〟ってよくおっしゃいました。〝ウィニー〟って、干しぶどうのことをそうおっしゃっていたのですよ。どうして干しぶどうのことをウィニーと言ってらしたのかわたしにもわかりませんでしたけど。でもあなたがおっしゃっていたのは干しぶどうのことで、わたしのおあげしていたのも種なしの干しぶどうだったのですよ、種があるとあぶないので」

グエンダは、背筋をのばした相手の赤い頬と黒い目をじっと見つめながら、思い出そうとした——思い出そうとしたが——なにも思い浮かばなかった。記憶は思うようにはならないものなのだ。

「残念だけど思い出せないわ——」グエンダは口をきった。

「とてもごむりでいらっしゃいますわ。まだほんとにかわいいおちびさんでしたから、あなたは。この頃ではみんな子供さんのいる家につとめたがりませんね。どうしてなのか、わたしにはわかりませんよ。子供さんがいると家の中に活気があふれると思いますのに。子供の食事はいつもちょっとしたごたごたのもとになりやすいものですけどね。でもこう言ってよければ、奥さま、それは子守りのほうが悪いので、子供が悪いのじゃありません。子守りの役目はだいたいむずかしいものときまっておりますわ——お盆をはこんだり、面倒をみたり、なんやかやと。レオニーのこと、おぼえていらっしゃいますか、グエニーお嬢さま？　まあ、ごめんくださいまし、リード奥さま、でございましたね？」

「レオニー？　わたしの子守りだったの？」

「スイス娘です。英語がよく話せなくて、感じやすい子でした。リリーが何か腹の立つようなことを言いますとすぐ泣き出したものでした。リリーは小間使いでしてね。リリー・アボットです。若い娘で活発な、ちょっと奔放なところがありました。リリーはあなたといろいろなことをして遊びましたよ、グエニーお嬢さま。階段のところでいないいないばあをしたり」

グエンダは思わずビクッとふるえた。

階段……

それから、だしぬけにグエンダが言った。「リリーはおぼえているわ。猫にリボンをつけてくれた」

「まあ、驚きましたこと、あれをおぼえていらしたなんて！　あなたのお誕生日でした、リリーが言い出したんですよ、トマスにリボンをつけなければって。そしてチョコレートの箱からリボンをとってつけました、そしたらトマスは気が狂ったみたいにいやがりましてね。庭に逃げてしまい、植木のあいだに体をこすりつけてとうとうリボンをとってしまいました。猫っておもちゃにされるのがいやなんですね」

「黒と白のまだらの猫ね」

「そのとおりでございますよ。かわいそうなトミー。ねずみをとるところなんかちょっとしたものでしたよ。まったくねずみとりの上手な、猫らしい猫で」イーディス・パジェットは話をやめてしとやかに咳をした。「どうもすみません、こんなふうについおしゃべりいたしまして。でもおしゃべりしてますと昔のことが思い出されますわ。何かわたしにお聞きになりたいことがおありとか？」

「あなたが昔のことをお話ししてくださって嬉しいわ」グエンダは言った。「わたしの聞きたいと思っていたのはそれなんですもの。わたし、ニュージーランドの親戚のところで育てられたでしょう、当然、何も話してもらえなかったの――父のことや継母の話は。あの人——あの人はいい人だった？」

「とってもあなたをかわいがっていらっしゃいましたよ。ええそうですとも、あの方はよくあなたを浜辺につれていらしたり、お庭で遊んであげたりしていました。ご自分もまだまだお若かったのに。ほんとうに娘さんていったほうがいいくらいで。あなたと同じくらい遊んでいることが楽しいのではないかとよく思いましたよ。あの方は言ってみればー人っ子みたいなものでしたからね、お兄さんのドクター・ケネディはずっと年上でしたし、いつも本の中にばかりとじこもっていらっしゃいましたので。それであの方は学校にいらっしゃるか、でなければいつも一人で遊ばなくてはならなかったのです……」

壁際にすわっていたミス・マープルが、穏やかにたずねた。「あなたはこれまでずっとディルマスに住んでいらしたの？」

「はい、そうです、奥さま、父親は丘の向こうのほうで農場をやっておりました——ライランズとよばれていた土地です。男の子はいませんでした。父親が死んでから母一人ではやっていけませんのでそこを売り払い、ハイ・ストリートの一番端にある小間物の店を買ったのです。そうなんです、わたしは生まれてからずっとそこに住んでおりましたわ」

「ではディルマスの人たちをみんなご存じなのね？」

「ええ、もちろん、その頃はせまい場所でしたし、わたしのおぼえている限りでは夏にはお客さまもたくさん見えていたものですけど。でも毎年いらっしゃる人は静かないい方たちで、この頃のような日帰り客や遊覧バスの観光客とはちがっておりましたよ。いい家族客ばかりで毎年同じ部屋を借りていらっしゃいました」

「たぶん」ジャイルズが口をはさんだ。「ヘレン・ケネディがハリデイ夫人になる前から知っていたのでしょう？」

「はい、あの方のことは聞いて知っておりましたし、お見かけしたことがあったかもしれません。でもあのお宅につとめるまでよくは知りませんでした」

「それであなた、あの人を好きだったのね」ミス・マープルは言った。

イーディス・パジェットは彼女のほうに向きなおった。

「はい、奥さま」イーディスの態度にはやや反抗的なところがあった。「わたしは好きでした、誰がなんと言おうと。あの方はいつもわたしにできるだけよくしてくださいました。奥さんがあんな事をするなんて思いもよりませんでしたから、わたしは息が止まるほど驚きました。それまでにも噂はありましたけれど――」

彼女は突然話をやめ、あわてて弁解するようにグエンダをちらっと見た。

本能的にグエンダは感情をこらえきれず口をきいた。

「わたし、知りたいわ。お願いだから、あなたが何を言おうとわたしが気にするなんて思わないでね。あの人はほんとうの母親ではなかったし——」

「たしかにおっしゃるとおりですわ、奥さま」

「それでね、わたしたち、どうしても——どうしても彼女を見つけたいと思っているのよ。あの人はここから出て行った——そしてまったく姿を消してしまったように思われているの。いまどこに住んでいるのか——生きているのかどうかさえわからないわ。それには理由があるのだけど——」

彼女がためらうと、ジャイルズがすばやく言った。「法律上の理由があってね。死んでいると推定していいのかそれとも——それともどう考えていいのかわからないんです」

「ああ、よくわかりますわ、旦那さま。わたしの従姉の夫が行方不明になり——イープレズの毒ガス事件のあとでしたが——死んだかどうかわからなくてずいぶんごたごたしました。従姉はたいへん悲しんでおりました。もちろん、わたしが知っておりますことでお役に立つようなことがあればなんなりと——お二人にはじめてお目にかかるような気がいたしませんもの。グエニーお嬢さんとあの〝ウィニー〟。おかしいのなんのって、あんなことをおっしゃって」

「ご親切にどうも」ジャイルズは言った。「よかったらすぐに始めたいのですが。ハリデイ夫人は突然家を出た、そう考えていいんでしょうね？」

「そうです、旦那さま。わたしどもみんなにとってたいへんなショックでした――おかわいそうに、ハリデイ少佐にはとくに。少佐はすっかりしずみこんでおいででした」

「率直に聞きたいのですが――彼女がいっしょに逃げた男というのは誰なのか、なにか心当りは？」

イーディス・パジェットは首をふった。

「それはドクター・ケネディもお聞きになりましたが――わたしにはお答えできませんでした。リリーもです。もちろんあのレオニーは外国人でしたし、そのことは何一つ知りませんでした」

「あなたたちは知らなかったわけですね。だが推察することはできないだろうか？　いまとなってはずいぶん昔のことだから、かまわないと思う――たとえその推察がまちがっていても。きっとあなたたちは何か疑っていたことがあったはずだ」

「はあ、疑っていたことはありました……でもよろしいですか、あくまでも疑っていただけで、それ以上ではありません。わたしに関する限りでは、何一つ目にしませんでした。でもリリーは、前にも言いましたが、敏感なたちの娘でして、何か気づいているようでした——ずっと前から。『ねえ、いいこと』彼女はよくそう言っていました。『あの彼氏、奥さんのこと好きらしいよ。奥さんがお茶をついでいるときの彼氏の顔を見りゃすぐわかるわ。それに彼氏の奥方ときたら、こわい顔をしてにらんじゃってさ！』などと」

「なるほど、で、誰だったのかね、その——ウーン——彼氏っていうのは？」

「すみませんがいまどうしてもその名前を思い出せません。とても昔のことなので、陸軍大尉——エスデール——じゃなかった——エメリイ——でもないわ。なんでもEではじまる名前だったような気がします。それともHだったかしら。ちょっと珍しい名前でした。でも十六年間というもの、そのことをぜんぜん考えてもみませんでしたから。その人はご夫婦でロイヤル・クラレンス・ホテルに逗留してました」

「夏の逗留客だったんだね？」

「そうです——でもあの人は——たぶんご夫婦とも——前からハリデイ夫人を知っていたのだと思います。あの人たちはしょっちゅうハリデイさんの家に来ていました。ともかくリリーの話によればその男の人はハリデイ夫人が好きだったとかいうんですが」

「そして彼の妻はそれが気に入らなかった」

「そうです、旦那さま……でもよろしいですか、わたしは一瞬たりとも何かやましいことがあったようには思いませんでした。いまでもどう考えていいのかわかりません」

グエンダがたずねた。「その人たちはやはりここにいたの――ロイヤル・クラレンス・ホテルに――その――ヘレンが――わたしの継母《はは》がいなくなったときも？」

「わたしの記憶ではあの人たちも同じ頃出て行ってしまいました。一日早くかおそくか――ともかくみんなの噂にのぼるくらい近い日に。でもわたしは何もはっきりしたことは聞きませんでした。もしそういうことがあったとしてもまったく秘密にされていました。ハリデイ夫人の家出はそんなふうにあまり急だったので、人の噂もなんとやらで、すぐに忘れられてしまいました。でもハリデイ夫人は浮気な性質《たち》だとみんな言ってました――わたし自身そのようなことは何も見たことはなかったのですが。もしそんなふうに思えたら、ご夫妻といっしょにノーフォークに行ってもいいなどとは思わなかったでしょう」

一瞬、三人はじっとパジェットを見つめた。それからジャイルズが言った。「ノーフォーク？　彼らはノーフォークへ行くつもりだったのかい？」

「はい、そうです。あちらに家をお買いになりました。ハリデイ夫人がわたしに話したのは三週間前でした――あの事件が起こる三週間前です。奥さんは引っ越すときはわたしもいっしょに行ってくれるかとおたずねになったので、わたしは行きますと答えたのでした。結局わたしはディルマスを離れることにはなりませんでしたが、たぶんそのときは変わったところへ行くのもいいと思ったのでしょう——あのご家族が好きでしたから」

「ノーフォークに家を買ったことは聞いてなかったな」ジャイルズは言った。

「ええ、聞いていらしたらおかしいですよ、旦那さま。ハリデイ夫人はそれをごく内密にしておきたいと思っていらしたようなので。奥さんは、そのことをぜったいに誰にも言わないように、とおたのみになりました——ですからもちろん、わたしは言いませんでした。でも奥さんは、しばらく前からディルマスを離れたいと思っていらしたのです。ハリデイ少佐にそうしようとせがんでいらっしゃいましたが、ご主人はディルマスが気に入っておいででした。たしかご主人はフィンデイスン夫人、つまりセント・キャサリン荘の持ち主に、その家を売ってくれる気はないかと問い合わせの手紙をお書きになったはずです。ところがハリデイ夫人はぜったい反対でした。奥さんはディルマスがすっかり嫌いになっていたように見えました。まるでディルマスにとどまるのをこわがっているようでした」

その言葉はごくなにげなく出て来たが、それを耳にした三人はふたたび緊張に身をかたくした。

ジャイルズが言った。「ハリデイ夫人がノーフォークに行きたがったのはあの――名前を思い出せない例の男の近くに行くためだったとは思わないかね？」

イーディス・パジェットは困ったような顔をした。

「まあ、旦那さま、わたしはそうは思いたくありません。一瞬たりともそうは思いません。それに、そう思いませんのは――いま思い出しましたが――北部のどこかの人たちでした、あのお二人は。ノーサンバランドだったと思います。ともかくあのご夫婦は休暇のあいだ南部へ来るのがお好きだったのです、こちらのほうが気候がよかったので」

グエンダは言った。「彼女は何かこわがっていたのですって？　あるいは誰かを？　継母《はは》が？」

「思い出しましたわ――あなたがそうおっしゃると――」

「まあ、そう？」

「リリーがある日台所にまいりました。階段を掃除していたのですが、こう言ったのです、『もめてるよ！』って言いました。あの娘はときどき下品な言葉を使いましたので、リリーがです、だからおゆるし願います。

わたしがなんのことかと聞きますと、あの娘が言うには、奥さんが庭からご主人といっしょに居間に入って来たときホールとの仕切りのドアがあいていて、リリーはお二人の話を聞いてしまったんだそうです。

『あなたがこわいわ』ってハリデイ夫人が言っていたんです。

奥さんはおびえているようだったとリリーが言ってました。『長いあいだあなたがこわかった。あなたは気が狂ってるわ。普通じゃないわ。出て行って、そしてわたしをほうっておいてちょうだい。あなたはわたしをほうっておかなければいけないのよ。わたしは恐ろしい、心の底ではいつもあなたが恐ろしかった……』

何かそんなようなことで——もちろんいま正確にはその言葉を思い出せませんが、でもリリーはそれをたいへん深刻に考えていました、そのせいで、あの事件が起こってからリリーは——」

イーディス・パジェットは急にだまりこくってしまった。不思議なおびえの表情が彼女の顔にひろがった。

「わたしはそんなつもりではありませんでした。ほんとです——」彼女は言い出した。

「ごめんくださいまし、奥さま、つい舌が勝手におしゃべりしてしまいまして」

ジャイルズは穏やかに言った。「イーディス、どうか話してくれ。ぼくたちが知ることは大事なことなんだよ。もうずいぶん昔のことだが、それでも知らなければならないんだ」

「わたしは申しあげられません、ほんとです」イーディスは困りきった様子で言った。

ミス・マープルがたずねた。「リリーが信じていなかったことは――あるいは信じていたことは、なんだったの？」

イーディス・パジェットは言いわけするように言った。「リリーはいつも何か空想する娘でした。わたしはそんなことに気をつかいはしませんでした。映画に行くのが好きな娘で、いつも映画にあるようなばかげたメロドラマみたいな想像ばかりしていたのです。あの事件が起こった晩もあの娘は映画に出かけていました――それどころかレオニーまでいっしょにつれて行っていたのです――それはよくないことだと思ったから、わたしはそう言ってやったんです。

『ああ、大丈夫よ』ってあの娘は言いました。『家の中に赤ちゃんひとり残して行くわけじゃないんだもの。あんたは階下《した》の台所にいるんだろう。旦那さんも奥さんもあとで帰ってくるし、どっちみちあの赤ちゃんはいったんぐっすりねちまったらけっして目をさまさないんだから』でもそれはよくないことですから、わたしはそう言ってやりました、もちろんレオニーが行ったことをあとになって知ったのです。もし知っておりましたなら、わたしはいそいで二階にあがったことでしょう、赤ちゃんが――あなたのことなんですよ、グエンダさん——ちゃんと眠っていらっしゃるかどうか。厚手のラシャ張りのドアをしめてしまいますと台所からは物音一つ聞こえないんです」

イーディス・パジェットは息をつぎ、またつづけた。

「わたしはアイロンをかけておりました。その晩はたいへん早く時間がたち、気がついてみるとドクター・ケネディが台所に入っていらして、リリーはどこかとお聞きになりましたから、今夜は彼女の外出日でもう帰る頃だと申しあげました。そしてそのとおり彼女はすぐ帰って来ましたので、ドクターは二階の奥さんの部屋へリリーを連れて行きました。奥さんが衣類や何かを持って行かれたかどうか知りたかったのでしょう。リリーは室内をさがしまわりドクターにお話ししてから、わたしのところにおりてまいりました。リリーはもう大さわぎでした。『奥さんが逃げちまったわ』と彼女は言いました。『誰か男と駈け落ちしたんだよ。旦那さんは寝こんでらしてさ。発作かなにか起こしちまったんだ。ものすごいショックだったのよ、きっと。うかつだったよね、旦那さんも。こうなるってこと、わかってなくちゃ』『そんなふうに言うものじゃないわ』とわたしは申しました。『奥さんが誰かと駈け落ちしたなんてどうしてわかるの？　もしかしたら病気の親類から電報が来たのかもしれないでしょう』すると、『病気の親類だなんて聞いてあきれちゃうわ』とリリーが言うのです。あの娘はさっきも言いましたがいつも下品な話し方をいたしますので。『奥さんは書き置きして行ったよ』『誰といっしょに駆け落ちしたの？』とわたしは聞きました。『あんたは誰だと思う？』リリーは言いました。『あのまじめ人間のフェーンさんてことはないわ、色目をつかって奥さんのまわりを犬みたいに追っかけていたけどさ』そこで、わたしが、『じゃあ、あの――名前を忘れましたが――大尉さんだと思うのね』と聞くと、リリーは言いました。『ぜったいあの大尉さんよ、賭けたってい い。ピカピカの車にのってやってくるあの謎の男じゃないとすればね』これはわたしたちのあいだのほんのばかばかしい冗談なのです。それからわたしは申しました。『信じられないわ、ハリデイ夫人はそんな人じゃないわ』するとリリーはこう言うのです。『でもねえ、どう考えても逃げちまったようだよ』

事件が起こって最初はだいたいこんなふうでした。でもあとになって二階のわたしたちの寝室へ行きましてから――リリーはわたしを起こしました。『ちょっと』と彼女は言うのです。『あれはみんなインチキだよ』『何がインチキなの？』とわたしは聞きました。すると彼女は、『あの服さ』と言いました。『なんのことよ？』と聞くと、彼女は言いました。『イーディ、まあ聞いてよ。ドクターにたのまれてあたし奥さんの服をしらべたんだよ。たしかにスーツケースとそれにつめられるだけの衣類がなくなってた

――でも、それがインチキなんだよ』『どういうこと?』とわたしが聞きましたら、リリーはこう言いました。『まず、イヴニングドレスを一着持って行ってるんだけどね、あのグレーと銀色の――それなのにイヴニングドレスのベルトやブラジャーは持って行かなかった、そのドレスに合わせたスリップもね。それから金らんのイヴニングシューズを持って行っているんだよ、銀色のひもの靴でなくて。グリーンのツィードの服もなくなっているけど――あれは奥さんが秋の終わりになるまでけっして着ないものだろう、そのくせあの変わり編みのセーターは持って行かなかった、それから外出用のスーツのときしか着けないレースのブラウスがなくなっている。ああ、それと下着のシャツもないんだよ、あれは安物なのに。よくお聞きよ、イーディ』リリーは言いました。『奥さんはぜったい家出したんじゃない。旦那さんがやっちまったんだ』

もう、すっかり目がさめてしまいました。起きあがってあの娘《こ》にいったい何を言っているんだと聞きました。

『先週の《ニューズ・オブ・ザ・ワールド》にあったのとまるで同じだわ』とリリーは言うのです。『旦那さんが奥さんの浮気を見つけて殺しちまい、死体を地下室にはこんで床下に埋めたんだ。あそこはホールの真下だから、あんたには何も聞こえなかったろうがね。旦那さんはそうしたんだ。それからスーツケースに服をつめこんで奥さんが家出したように見せかけたんだ。でも奥さんのいるところは——地下室の床下。奥さんは生きてこの家を出やしなかった』わたしはそんな恐ろしいことを言うなんて、とあの娘をしかりつけてやりました。でも正直に申しますと、翌朝わたしはこっそりと地下室におりて行ってみたのです。ところがそこはまったくふだんのとおりで、何も動かされたものはなく、地面を掘りかえした跡もありませんでした——わたしはリリーのところへ行き、あんなばかなことを言うと人に笑われるだけだよ、と言ってやりました。でもあの子はどうしても旦那さんが奥さんを殺してしまったのだとがんばったのです。『おぼえてるだろ』とあの娘は言うのです。『奥さんは死ぬほど旦那さんをこわがっていた。あたしは奥さんが旦那さんにそう言っているところを聞いたんだよ』『そこがあんたのまちがいなのよ、リリー』とわたしは言ってやりました。『その相手は旦那さんじゃなかったんだもの。あんたがこのあいだその話をしたすぐあとで窓の外を見たら、旦那さんがゴルフのクラブを持って丘をおりて来るところだった、だからあのとき居間に奥さんといっしょにいたのは旦那さんだったはずはないのよ。誰かほかの男だったんだわ』」

その言葉は居心地のいいありふれた客間にいつまでも鳴りひびいた。

ジャイルズはそっと小声でつぶやいた。「誰かほかの男……」

15　住所

ロイヤル・クラレンスは町で一番古いホテルだった。建物の正面は美しい半円形をしていて古めかしい雰囲気につつまれていた。いまでもこのホテルは、海岸で一ヵ月間すごすようなタイプの家族連れによろこばれていた。

受付にすわっているミス・ナラコットは、四十七歳の、胸の豊かな女性で、古風な髪形をしていた。

彼女はジャイルズに対してうちとけた態度を見せた。的確な目で彼を〝このホテルにふさわしい品のいい人の一人〟と判断したからである。ジャイルズのほうはその気になれば、いつでも上手な、説得力ある話し方のできる男であり、このときも非常にうまく話をこしらえてしゃべった。彼は妻と賭けをした——妻の名付け親の婦人についてだが、その婦人が十八年前にロイヤル・クラレンスに宿泊したかどうかという賭けである。妻はいまでは古い宿泊簿も当然捨てられてしまったろうから、議論しても無駄だと言ったが、彼は、とんでもない、と言った。ロイヤル・クラレンスのようなしにせのホテルは宿泊簿を保存しておくものだ。だから百年前のもあるにちがいないと。

「まあ、そんな前のものまではございませんけれど、リードさん。わたくしどもでは古い〝お客さま名簿〟、こうよんでおりますが、それはぜんぶ保存しております。その中にはたいへん興味あるお名前もございますよ。ええ、国王がプリンス・オヴ・ウェールズでいらしたころ一度お泊まりになりました。それからホルスタイン・レッツ家のアデルマー王女も侍女をつれて毎年冬にいらしたものです。たいへん有名な小説家の方たちも、肖像画家のミスター・ドヴァリーもいらっしゃいました」

ジャイルズはそれにふさわしい興味と尊敬を示す態度で応じた。当然のなりゆきで問題の年にあたる神聖な一巻がはこばれて来て彼の前に広げられた。

さまざまの輝かしい名前が指し示されたあと、彼は八月の頁をめくった。

あった、そこには間違いなく彼のさがしていた名前が記帳されていた。

リチャード・アースキン少佐夫妻、ノーサンバランド州、デイス、アンステル館、七月二十七日－八月十七日。

「これうつしてもいいでしょうか?」

「どうぞ、リードさん。紙とインクを——ああ、ペンはお持ちですね。すみません、わたくしちょっと向こうの事務所に行かなければなりませんので」

彼女は名簿を開いたまま出て行き、一人になったジャイルズは仕事にとりかかった。

ヒルサイド荘に帰ると、グエンダは庭の花壇をふちどっている草花の上にかがみこんでいた。

彼女は立ちあがると、すぐ問いかけるようなまなざしを向けた。

「何かいいことあって?」

「あったよ、きっとこれだと思うんだ」

グエンダは小声で書いてある文字を読んだ。「ノーサンバランド州、デイス、アンステル館。そうよ、イーディス・パジェットはノーサンバランドと言ってたわ。この人たちはいまでもそこに住んでいるのかしら——」

「どうしても会いに行かなければ」

「ええ——そうよ。行ったほうがいいわね——いつ?」

「できるだけ早く。明日は? 車を借りて行こう。きみもすこしはイングランド見物ができるよ」

「もしも亡くなっていたり――どこかへ引っ越してほかの人がそこに住んでいたら？」

ジャイルズは肩をすくめた。

「そのときは帰って来てまた別の手がかりをあたってみるんだ。それはそうとぼくはケネディに手紙を書いたよ。ヘレンが行方不明になってからよこした手紙を送ってくれないかとたのんだんだ――もしいまでもそれを持っているならね――それと彼女の筆跡の見本も」

「わたしは」グエンダは言った。「ほかの召使いにも連絡できればと思うの――リリーとか――ほらトマスにリボンをつけたあの人――」

「きみほんとにおかしいね、グエンダ、急にそんなこと思い出して」

「ええ、そうかもしれないわね。でもわたしトミーのことも思い出したの。黒と白のまだらの猫で、かわいい子猫が三匹いたのよ」

「ええ？　トマスにか？」

「そう、あの猫トマスってよばれたけど――でもほんとうは牝猫でトマシーナになったの。猫ってそういうものでしょう。でもリリーは――リリーはどうしたのかしら？　イーディス・パジェットはぜんぜん彼女に会っていないようよ。このあたりの出身ではなかったし――セント・キャサリン荘の事件でみんながちりぢりになってからトーキイに職を見つけたそうだけど。一、二度手紙が来てそれっきりだったんですって。イーディスは、彼女が結婚したことは聞いたけど相手が誰かは知らないって言ってたわ。もしリリーに会うことができればもっといろいろわかるかもしれないのに」

「それとレオニーからもね、スイス娘の」

「たぶんね――でも彼女は外国人だし何が起こったのかよくわからなかったでしょう。わたしね、レオニーはぜんぜんおぼえてないわ。役に立つのは彼女ではなくてリリーだと思うの。リリーは頭がよかったし……そうだ、ジャイルズ、もう一つ広告を出しましょうよ――彼女を捜す広告を――リリー・アボットという名前だったわ」

「そうだな」ジャイルズは言った。「やるだけはやってみよう。そして明日は北部へ行ってアースキン夫妻について何がわかるかしらべることにしよう」

16　お母さん子

「おすわり、ヘンリー」フェーン夫人は食べものをほしがってぬれた目を輝かせているぜんそくのスパニエル犬に言った。「あったかいうちにスコーンをもう一ついかが、ミス・マープル？」

「ありがとうございます、ほんとにおいしいスコーンですこと。お宅にはいいコックがいますのね」

「ルイザはたしかになかなかじょうずですわ。ただ忘れっぽいんですの。ああいう子たちはみんなそうですけれど。それにいつも同じプディングをつくるんです。ところで、ドロシー・ヤードの座骨神経痛はこの頃いかがなんでしょう？　ずっとそれで苦しんでいましたけれど。大部分は神経じゃないかしら」

ミス・マープルはとりあえず共通の友人の病気をくわしく話してやった。イギリス中にちらばっているたくさんの友人や親類の中で、フェーン夫人を知っている婦人を見つけることができたのは幸運であったとミス・マープルは思った。その婦人はフェーン夫人に手紙を書いて、ミス・マープルという友人が目下ディルマスに滞在中であるから、何かの折りにエリノアがミス・マープルを招待してくれたらありがたい、と伝えてくれたのだった。

エリノア・フェーンは背の高い堂々とした女で、きつい灰色の目とちぢれた白髪をもち、顔色は赤ん坊のようにピンクがかった白だったが、赤ん坊のようなやさしさは、どこにも見られなかった。

二人はドロシーの病気、というか想像上の病気について話し合い、それからミス・マープルの健康を話題にし、ディルマスの空気のこと、はては最近の若い世代によく見られるなげかわしい状態にまで話は及んだ。

「いまの若い人は子供のときからパンの耳を食べるようにしつけられていないんですよ」フェーン夫人は断言した。「わたしの子供時代にはパンの耳を残すようなことはけっして許されませんでしたわ」

「息子さんはほかにも？」

「三人います、長男のジェラルドはシンガポールの極東銀行におりますわ。ロバートは陸軍にいます」フェーン夫人はフンと鼻先で笑って、「ローマ・カトリックの女と結婚しましたのよ」彼女は意味深長に言った。「どういうことかおわかりでしょ！ロバートの子供たちはみんなカトリック信者として育てられています。ロバートの父親はよく言っておりましたわ、おれは知らんぞって。主人は徹底したロー・チャーチ派でしたの。最近あの子はめったに便りもよこしませんのよ。わたしが純粋にあの子のためを思って言ったことに不服なんですわ。わたしは物事をまじめに考え、思ったとおりのことを言うのが正しいと信じてます。わたしの考えでは、あの子の結婚は、たいへんな不運でした。かわいそうに、しあわせそうなふりをしているかもしれませんが――でも満足しているとはすこしも思えませんの」

「末の息子さんは結婚していらっしゃらないのですね？」

フェーン夫人の顔は明るくなった。

「ええ、ウォルターはいっしょに住んでおります。体がすこし弱くて――子供のときからずっとそうでしたが――それでわたしがあの子の健康にいつも気をつけてやらなければなりませんでした。（もうじきここへ来るでしょう）あの子がどんなに思いやりがあって親孝行な息子かとても口では言えないくらいです。こんな息子をもって、ほんとにわたしはしあわせな女ですわ」

「ご結婚を考えたことは一度もありませんでしたの？」ミス・マープルは質問した。

「ウォルターは、現代風の若い女性にわずらわされるのはごめんだ、といつも申しておりますの。あの子は若い女性には興味ないんです。あの子はわたしと趣味がよく合いますので、もっと人とお付きあいしなければならないのに家に閉じこもっているのではないかと心配なんですの。夜になるとあの子はサッカレーをわたしに読んでくれますし、それによくピケット（トランプ・ゲームの一種）を二人でいたしますのよ。ウォルターは言ってみれば箱入り息子ですわ」

「それはよろしいですこと。それでずっと事務所におつとめでしたの？　どなたかから、お茶の栽培でセイロンに行っていらっしゃるご子息がおありとか聞きましたが。でもきっとその人がまちがっていたのでしょう」

フェーン夫人はかすかに眉をひそめた。彼女はくるみ入りのケーキをミス・マープルにすすめてから説明した。

「あれはあの子がたいへん若いときのことだったのです。若気のいたりというようなものでした。若い男はいつも世界を見ることに憧れるものですわ。じつは、その原因となる若い女がいましたの。若い女というものはとても気が変わりやすいものでしてね」

「ええ、そのとおりですわ。わたしの甥もね、こんなことがありました――」

フェーン夫人はミス・マープルの甥のことは無視して、とめどなくしゃべりつづけた。

彼女は発言権をゆずらず、親愛なドロシーのこの話のわかる友だちを相手に、思い出話をする機会を存分に利用していた。

「ほんとうに不似合いな女でした――よくある話のようですが。ええ、女優とかそんなような女という意味ではありませんのよ。この近在の医者の妹で――娘といったほうがいいくらい、ずっと年下でしたから――気の毒にその兄さんは若い妹の育て方をぜんぜん知らなかったのです。こういうことでは、男の人は役に立ちませんものね。その女はわがままに育ちましてね、最初はうちの事務所にいた若い男と関係を持ちました――ただの事務員で――それに性格もあまり思わしくない男でした。結局その男はクビになりました。くり返し内密に調査したんです。ともかく、その女、ヘレン・ケネディはとても美人だったのでしょう。わたしはそうは思いませんでしたけど。あの女の髪はそめてあるといつも思っていましたし。でもかわいそうにウォルターはすっかりあの女に夢中になってしまいました。つまりその、まったく不似合いな、お金もなければ見込みもない、義理の娘として誰ものぞまないような女にです。でも母親などにいったい何ができるでしょう？　ウォルターはプロポーズし、断わられたのです。そのときから息子はインドに行ってお茶の栽培をするというばかげたことを考えるようになりました。主人はもちろんひどくがっかりしましたけれど、〝行かせてやれ〟と言いましたの。主人は息子が自分といっしょに弁護士事務所で働くことを楽しみにしておりまして、ウォルターは法律の試験や何かはもうぜんぶ合格しておりましたの。それなのに、あんな事になってしまって。まったくああいう若い女というものはなんてもめごとをひき起こすんでしょう！」

「ええ、そうですとも。わたしの甥も――」

またもやフェーン夫人はミス・マープルの甥を無視してしゃべりつづけた。

「そこで息子はアッサムに出かけて行きました、それともバンガロアだったかしら――あんなに昔のことになってしまうとはっきりおぼえていませんわ。あの子の健康ではとても耐えられないだろうとわかっておりましたから、わたしはもう気も転倒せんばかりでした。あちらに行って一年たつかたたぬうちに（とてもよくやっていましたの、ウォルターはなんでもよくやりますのよ）お信じになれますか？　結局例のあつかましい生意気な娘が気を変えて、ウォルターと結婚したいという手紙を書いたんです」

「おや、おや」ミス・マープルは首をふった。

「嫁入り道具をそろえるやら、船の切符を買うやらして――その次に何をしたと思います？」

「見当もつきませんわ」ミス・マープルは夢中になって身をのり出した。

「まあ聞いてくださいな、結婚している男と恋愛したんですよ。行きの船の上で。たしか子供が三人もいる男と。ともかくウォルターが港に出迎えに行ったとき、まずその女のしたことは自分は結局ウォルターと結婚できないと言うことだったんです。こんなひどいやり方ってないでしょう？」

「そのとおりですわ。それじゃ息子さんはすっかり人間不信におちいってしまったでしょうに」

「ウォルターにもあの女の本性がやっとわかったはずなんです。まったく、ああいう類の女は何もかも奪っていくものなんですわ」

「息子さんは——」ミス・マープルはためらった——「その女の仕打ちに腹を立てなかったのですか？　たいていの男ならひどく怒ったでしょうに」

「ウォルターはいつでもとても自制心のある子でした。どんなに打ちのめされ、苦しもうと、けっしてそれを表にあらわさない子です」

ミス・マープルは考えこみながらフェーン夫人をじっと見た。彼女はためらいがちにそっとさぐりを入れた。

「それはきっと苦しみがほんとうに深いからではありませんか？　子供というものにはときどきほんとに驚かされるものですわ。すこしも心配ないと思われていた子供が突然感情を爆発させることがあります。忍耐の限度に追いつめられるまで、それをあらわすことができない感じやすい性質なのですわ」

「まあ、あなたがそんなことをおっしゃるなんてほんとに不思議ですわ、ミス・マープル。わたしよくおぼえています。ジェラルドとロバートは二人とも短気ですぐけんかになったのです。もちろん元気な男の子ならごくあたりまえでしょうが――」

「ええ、ごくあたりまえですとも」

「ところがウォルターーは、いつもおとなしくてがまんづよい子でした。それがある日、ロバートがウォルターーの模型飛行機を持ち出しましてね――あの子が何日もかかって自分で作りあげたものだったんです――ほんとに根気づよくて手先は器用でしたから――ロバートは活発でしたが不注意な子で、その飛行機をぶつけてこわしてしまったのです。わたしが勉強部屋に入って行きましたら、まあロバートは床にころがされ、ウォルターーが火かき棒を持ってなぐりかかっているのです。ロバートはもうすっかりたたきのめされていました――わたしはやっとのことでウォルターーを引きはなしました。ウォルターーは、『兄さんはわざとやったんだ――わざとやったんだ。殺してやる』とくり返すばかりで。恐ろしい思いをしましたわ。男の子って、ほんと、カッとなるものなんですね？」

「ええ、まったく」ミス・マープルは言った。その目は考えにふけっていた。

ミス・マープルはまたさっきの話題にもどった。

「それで婚約は結局解消したんですか？　その女はどうしましたの？」

「帰って来たんですよ。帰国の途中でまた別の恋愛をしたのです。このときはその相手と結婚しました。子供が一人いる男やもめでした。妻をなくしたばかりの男というのはいつもねらわれやすいんですね——心細げで、あわれを誘って。あの女はその男と結婚してここに住んだのです。町の反対側の家で——セント・キャサリン荘です——病院の隣りでしたわ。もちろん、長つづきしませんでした——一年もしないうちに女はその男を捨てて誰かと駈け落ちしてしまったんです」

「おや、おや！」ミス・マープルは首をふった。「息子さんはうまく難をのがれたわけですね！」

「わたしもいつもあの子にそう言ってますの」

「それで息子さんは体がつづかないのでお茶の栽培をやめたのですか？」

フェーン夫人はかすかに眉をひそめた。

「あちらの生活はあの子には合わなかったのです。あの女が帰ってきた半年後に、あの子も帰国しました」

「ちょっと気まずくはありませんでしたか」ミス・マープルは思いきって言ってみた。

「その女が現にここに住んでいたのなら。同じ町にいれば――」

「ウォルターは立派でしたわ。あの子はまるで何もなかったようにふるまったのです。わたし自身は（実際にそのときはそう言ってやったのですが）きっぱりと交際を断わったほうがいいのではないか――結局、会うことは両方にとってぐあい悪いだけだろうからと思っていたのです。ところがウォルターはそれからも友だちとして付きあいたいと言い張りました。そして気軽にあの家を訪問しては子供と遊んだりしましてね――それはそうと、おかしいんですよ、その子供がここにもどっているんです。すっかり大きくなって、夫といっしょに。先日遺言状をつくる用でウォルターの事務所に来たそうです。いまはリードという名前だそうですよ」

「リード夫妻？　わたし知ってますわ。ほんとうに気持ちのいいさっぱりした若いご夫婦ですよ。驚きましたわ――彼女がほんとうにそのときの子供とは――」

「先妻の子供でした。先妻はインドで亡くなったのですね。気の毒な少佐――名前は忘れてしまいましたが――ハルウェイ――とかなんとかいう名前でした――あの浮気女に捨てられてすっかりだめになってしまいました。なぜいつでも一番性悪な女が一番善良な男を魅惑するのか永遠の謎ですわ！」

「で、最初に彼女と問題を起こしたという若い男は？　たしかお宅の息子さんの事務所の事務員とかおっしゃいましたね。その男はどうしました？」

「自分の力で結構うまくやりました。いまではこのあたりの遊覧バス会社の経営者です。ダッフォディル・バスと言いましてね。アフリック・ダッフォディル・バス。明るい黄色にぬってあるバスです。俗っぽい世の中ですものねえ、この頃は」

「アフリック？」

「ジャッキー・アフリックです。不愉快で押しの強い男です。いつも立身出世しか頭にないようですよ。たぶんそれだからまっさきにヘレン・ケネディと交際したのではないかしら。医者の妹とかいうことで——自分の社会的地位にもはくがつくとでも思ったのでしょう」

「それでこのヘレンという女は二度とディルマスにもどりませんでしたの？」

「ええ。いい厄介払いでした。たぶんいま頃はすっかり堕落しているでしょう。ドクター・ケネディがお気の毒で。あの人の責任ではないのです。ドクターのお父さんの後妻というのがふわふわしたつまらない女でしてね、夫よりずっと年下で。ヘレンはきっとその女のわがままな血を受けついでいたんです。わたしいつも思っていましたが——」

フェーン夫人は話を中断した。

「ウォルターが来ましたわ」彼女の耳はホールに聞きなれた物音がしたのをはっきり聞きわけていた。ドアがあいてウォルター・フェーンが入って来た。

「こちらはマープルさんですよ、おまえ。ベルを鳴らしてちょうだい、新しいお茶をいただきましょう」

「結構ですよ、お母さん。もう飲んできましたから」

「ぜひ新しいお茶をいただかなければ——それからスコーンもね、ベアトリス」彼女はお茶のポットを持ってあらわれた小間使いに向かってつけ加えた。

「かしこまりました、奥さま」

ゆっくりと好ましい微笑を浮かべてウォルター・フェーンが言った。「母はぼくをあまやかすので、困るんですよ」

ミス・マープルはていねいな返事をかえしながら彼をつくづく眺めた。

穏やかなもの静かな様子の人、ちょっと臆病で弁解じみた態度——面白みがない。どことい って特徴のない人物。女たちが無視し、愛する男に愛してもらえないという理由でしか結婚しないような実直なタイプの青年。ウォルター、いつでもよべば答える子。かわいそうなウォルター、お母さんのあまやかしっ子……ウォルター・フェーン、兄さんに火かき棒でおそいかかり殺そうとした子……

ミス・マープルは首をかしげた。

17　リチャード・アースキン

I

アンステル館はものさびしいたたずまいだった。荒涼たる丘を背にした白い建物だった。うっそうとした灌木の茂みの中を曲がりくねった車まわしがつづいている。

ジャイルズがグエンダに言った。「どうして来てしまったのかな？　いったいぼくらに何が言えるんだろう？」

「ちゃんと考えてきたんじゃないの」

「ああ――考えるだけはね。ミス・マープルの従妹の伯母さんの義弟、とかなんとかいう人がこの近くに住んでいて運がよかったよ……しかし行った先のご主人に過去の恋愛問題について質問するというのはとうてい社交的な訪問とは言えないだろう」

「それにあまりにも昔のことだし。たぶん――おぼえていないかもしれないわ」

「おぼえていないだろう。もしかしたら恋愛なんてなかったかもしれない」

「ジャイルズ、わたしたちとんでもないばかなまねをしているんじゃないかしら？」

「わからない……ときどきぼくもそんな気がするんだ。なぜぼくらがこんなことにかかずらわっているのかわからなくなる。もうそんなことどうだっていいんじゃないだろうか？」

「こんなに長い時がたってからではね……そうよ、そう言えば……ミス・マープルもドクター・ケネディも言ってたわ、〝ほうっておけ〟って。ほうっておきましょうよ、ジャイルズ。どうしてわたしたち調べつづけなければならないの？　彼女のせい？」

「彼女？」

「ヘレンよ。わたしがおぼえているせいなのね？　子供のときの記憶だけが彼女の生存を——真実を——実証する鍵なの？　真実をはっきりさせるためにわたし——そしてあなた——を利用しているのはヘレンなのかしら？」

「きみの言っていることは、彼女が変死したからということかい——？」

「そうよ、よく言うでしょう——本にも書いてあるわ——そういう人は浮かばれないことがあるって……」

「きみはすこし空想的になってるんじゃないか、グエンダ」

「たぶんそうなのね。ともかく、わたしたち——好きにしていいのよ。これはただの社交的な訪問。それ以上のものにする必要はないわ——わたしたちがそうしたくなければ——」

ジャイルズは首をふった。

「ぼくらはつづけるんだ。ほかに道はない」

「そうね——あなたの言うとおりだわ。でもやはり、ジャイルズ、わたしなんだかこわい——」

II

「家をさがしていらっしゃるんですね?」アースキン少佐は言った。

彼はグエンダにサンドイッチの皿をすすめた。グエンダは一切れとって彼を見あげた。リチャード・アースキンは小柄な男で五フィート九インチぐらいの背丈だった。髪はグレーで、疲れたような思慮深い目をしていた。声は低くここちよかったが、すこしものうげであった。とくに目立つようなところはなかったが、しかしたしかに魅力的な人物だとグエンダは思った……じつのところウォルター・フェーンほどハンサムではなかったが、たいていの女はフェーンをふり返らずに見すごしてしまったとしても、アースキンを見すごすことはなかったであろう。フェーンには特徴がなかった。アースキンはそのもの静かな態度にもかかわらず、個性を持っていた。彼は平凡なことを平凡な態度で話していた、しかしそこに何かがあった――女たちがすばやく見分け、女特有の反応を示すような何かが。ほとんど無意識にグエンダはスカートをなおし、横髪のカールを指でひねり、口紅をなおした。この人なら、十九年前ヘレン・ケネディが恋をしたことも充分ありうる。グエンダはそう確信した。

グエンダは目をあげて女主人の目がじっと自分にそそがれているのに気がつき、われ知らず赤くなった。アースキン夫人はジャイルズに話しかけていたが、目はグエンダを見つめていた。そのまなざしは値踏みしているようでもあり、疑っているようでもあった。ジャネット・アースキンは背の高い女で、声は太く――まるで男の声のように太かった。体はたくましく、大きなポケットのある仕立てのいいツイードの服を着ていた。彼女は夫より年上に見えたが、グエンダはたぶんそうではないだろうと考えた。その表情にはやつれたところがあった。不幸な満たされていない女だとグエンダは思った。

きっと夫をひどく苦しめる人なんだわ、とグエンダは心の中で言った。

彼女は声を出して会話をつづけた。

「家さがしはひどくがっかりさせられるものですわ」彼女は言った。「不動産屋の広告文句はいつも派手ですが——実際に行ってみると、まったくお話にならないような家だったりして」

「このあたりにお住まいになるつもりですか？」

「ええ——ここも候補地の一つです。じつはここがハドリアヌスの長城の近くですので。ジャイルズはずっとハドリアヌスの長城に夢中になっていますの。まあ——奇妙に思われるでしょうが——イングランドのどこでもわたしどもは同じなんです。わたしの実家はニュージーランドにありまして、こちらには何も縁故がないのです。ジャイルズはそのときどきの休暇をちがう伯母の家に引きとられてすごしましたからやはり特別の縁故はありません。ただロンドンにあまり近すぎるところだけは避けたいと思います。わたしどもはほんとうの田舎をのぞんでおりますので」

アースキンは微笑した。

「このあたりはほんとうの田舎だということがはっきりおわかりでしょう。まったく人里離れていますよ。隣人は少なく、たいへん離れているのです」

グエンダは感じのいい彼の声の底にひそむ物さびしさをつきとめたような気がした。

彼女は孤独な生活をかいま見た――煙突の中で風がヒュウヒュウ鳴っている暗い昼の短い冬の日々――カーテンはおろされ――閉じこめられ――満たされぬ、不幸な目をしたあの女とともに閉じこめられ――隣人は少なく、たいへん離れている。

やがてその幻想は消えて行った。ふたたび夏にもどった。フレンチ・ウィンドウは庭に向かって開かれ――バラのかおりや夏の物音がただよい入ってきていた。

「古いお屋敷ですのね、ここは？」

アースキンはうなずいた。

「アン女王の時代のものです。わたしの一族はここに住んで三百年近くにもなるのです」

「美しいお屋敷ですわ。たいへん誇りに思っていらっしゃるのでしょうね、きっと」

「いまではもうみすぼらしい家ですよ、税金のせいでなんでもきちんと維持していくのはむずかしくなりました。しかし、もう子供たちは世間に出て行きましたし、一番の苦労は終わりました」

「お子さんは何人ですか？」

「男の子が二人。一人は陸軍にいます。もう一人はちょうどオックスフォードを卒業したところでしてね。ある出版社に入ることになっています」

彼はマントルピースに目を移し、グエンダの視線もあとを追った。そこには二人の少年の写真があった――十八歳か十九歳で、たぶん二、三年前に写したものだろうとグエンダは判断した。アースキンの表情には誇りと愛情があらわれていた。

「いい若者たちですよ」彼は言った。「自分で言うのもなんですが」

「とってもいい息子さんたちのようですわ」

「そうです」アースキンは言った。「苦労のしがいはあると思っていますよ――ほんとうに。子供のために犠牲になる、という意味ですが」彼はグエンダの問いかけるような視線に応えてつけ加えた。「きっと――よくあるのでしょうね――多くのものを犠牲にしなければならないことが」

「ええ、ときとして非常に多くのものを……」

ふたたびグエンダは底にひそむ暗いものを感じた。しかし、厳然たる調子の太い声でアースキン夫人が口をはさんだ。「それであなたがたはよりによってこんなところに、ほんとうに家をおさがしなんですか？　残念ですが、このあたりに適当な家はぜんぜん心当りがありませんわ」

もしあったとしても教えてもらえないでしょうね、とグエンダはかすかな悪意にかられて思った。このおろかな老婦人はやきもちをやいているのね、わたしが彼女のご主人と話をしているから、そしてわたしが若くて魅力的だから！

「どのくらいおいそぎかによりますね」アースキンは言った。

「すこしもいそぎません」ジャイルズは明るく答えた。「ぼくたちはほんとうに気に入った家を見つけたいと思っているんです。いまのところディルマスに家があるので――南海岸の」

アースキン少佐はお茶のテーブルから目をそらした。彼は立って行って窓際のテーブルから煙草の箱をとった。

「ディルマス」アースキン夫人は言った。彼女の声には抑揚がなかった。その目は夫の後頭部を見つめていた。

「こぢんまりした美しい町ですが」ジャイルズは言った。「ご存じですか？」

一瞬の沈黙があって、それからアースキン夫人があいかわらず抑揚のない声で言った。

「一夏だけ二、三週間あそこですごしました――もう何年も前のことです。あまり気に入りませんでした――すこしのんびりしすぎているようで」

「そうなんです」グエンダは言った。「わたしたちもそう思っているところです。ジャイルズとわたしはもっと身の引きしまるような雰囲気のほうが好きですの」

アースキンは煙草を手にもどって来た。彼は箱ごとグエンダにすすめた。

「このあたりなら充分身の引きしまるような雰囲気があるとお思いになりますよ」彼は言った。その声には一種のすごみがあった。

グエンダはアースキンに煙草の火をつけてもらうとき、顔をあげて彼を見た。

「ディルマスのことをよくおぼえていらっしゃいますか?」彼女はなにげなく聞いた。

彼の唇がピクッとふるえた、それは突然の苦痛によるけいれんのようにグエンダには思えた。彼はあいまいな声で答えた。「かなりよくおぼえているつもりですが。わたしたちが逗留していたのは――ええと――ロイヤル・ジョージ――いや、ロイヤル・クラレンス・ホテルでした」

「まあ、そうですか、あそこは上品で古風なホテルですわ。わたしたちの家はそのすぐ近くですの。ヒルサイド荘とよばれていますが、以前はセント――セント――メアリ荘だったかしら、ジャイルズ?」

「セント・キャサリン荘だよ」ジャイルズは言った。

こんどはまちがいなく反応があった。アースキンは急に顔をそむけ、アースキン夫人のカップが受皿の上でカタカタと音をたてた。

「さ」夫人が不意に言った。「庭をごらんになりたくありませんか」

「ええ、ぜひ」

彼らはフレンチ・ウィンドウから外へ出た。それは手入れの行きとどいた、植込みの多い庭で、長い花壇と板石を敷きつめた歩道があった。庭の手入れは主にアースキン少佐の仕事なのだろうとグエンダは想像した。バラや多年生の草木についてグエンダに話しかけていると、アースキンの暗い、悲しげな顔は明るくなった。庭づくりは明らかに彼のお気に入りだった。

アンステル館を辞して、車を走らせながら、ジャイルズはためらいがちにたずねた。

「きみ――あれを落として来た？」

グエンダはうなずいた。

「ヒエンソウの二番目の株のそばに」彼女は自分の指に目をやって、はめている結婚指輪を無意識のうちにねじった。

「もしこの次見つからなかったらどうする？」

「だって、あれはほんとの婚約指輪ではないんですもの。ほんものだったら、あんな危ないことはやらないわ」

「それを聞いて安心したよ」

「ほんとの婚約指輪にはとっても思いいれがあるの。あれをわたしの指にはめてくれたとき、あなた、なんて言ったかおぼえている？　グリーン・エメラルドにしたよ、きみは魅力的な緑色の目をした子猫だから、って言ったのよ」

「おそらく」ジャイルズが落ち着いた口調で言った。「ぼくら独特の愛情表現は、たとえばミス・マープルの世代の人には奇妙に思えるだろうな」

「あのやさしいおばあさんはいま頃何をしているかしら。表で日なたぼっこかしら？」

「何かやっているよ――あの人のことだもの！　あっちをつっついたり、こっちをのぞいたり、人にものを聞いたりして。もうそろそろあまりたずねまわらないようにしてくれるといいんだが」

「それはごく当然なことでしょう――おばあさんにとってはということだけど。わたしたちほど目立ちはしないわ」

　ジャイルズの顔はまたまじめになった。

「だからぼくは気に入らないんだ――」彼は言葉を切った。「きみがそうしなければならないってことがいやなんだ。ぼくが家にいて、きみをいやな仕事に送り出すなんて考えはがまんできないよ」

　グエンダは彼の心配そうな頬に指をすべらせた。

「わかってるわ、あなた。でも、これが厄介な仕事だってことは、あなただって認めざるをえないでしょう。男の人に過去の恋愛問題について問いただすのは無作法なことよ――でもそれは女の人にならうまくやれるような無作法だわ――抜け目のない女であればね。そして、わたしは抜け目なくやるつもりだわ」

「きみが抜け目なくやれることはわかっている。だが、もしアースキンがぼくらのさがしている男だとすれば――」

グエンダは考え深そうに言った。「そうではないと思うわ」

「ぼくらが見当ちがいのことをしているって言うのかい？」

「まるっきりちがっているわけではないの。彼はたしかにヘレンを愛していたでしょう。だけど彼はいい人よ、ジャイルズ、とってもいい人。絞め殺したりするような人ではないわ」

「絞め殺したりするような人間にそれほど会った経験はないはずだろ、グエンダ？」

「それはないけど。女の直感よ」

「そう言いながら絞殺魔の犠牲になる女が大勢いるんじゃないかな。いや、冗談はさておいて、グエンダ、充分注意してくれよ」

「もちろんよ。わたしあの人が気の毒になったわ――あんな恐ろしい奥さんといっしょでは。彼はきっとみじめな生活をおくっているのよ」

「あれはおかしな女だな……なんだか油断のならない感じだ」

「そう、ほんと、陰険だわ。彼女がわたしのことをどんなふうに見つめていたか気がついたでしょう？」

「うまく計画どおりにいけばいいが」

III

翌朝、計画は実行にうつされた。

ジャイルズは、彼の言によれば離婚訴訟事件にかかわるいかがわしい探偵になったような気になりながら、アンステル館の正面の門を見渡せる地点に位置をしめた。十一時半ごろ彼はグエンダに万事うまくいっていると知らせた。アースキン夫人は小型のオースティンに乗って出て行った。三マイル離れた町の市場へ向かったことは明らかだった。邪魔者はいなくなった。

グエンダが車を玄関に乗りつけ、ベルを鳴らした。アースキン夫人に会いたいがと申し出ると、不在であると言われた。そこでアースキン少佐に会いたいと告げた。アースキン少佐は庭にいた。グエンダが近づくと花壇の手入れから立ちあがった。

「おじゃましてすみません」グエンダが言った。「じつは昨日ここのお庭のどこかで指輪を落としてしまったらしいのです。お茶をいただいて外に出たときはたしかにはめていたのですが。ちょっとゆるかったのです。でもあれは婚約指輪なので、なくすわけにはいかないのです」

すぐ指輪さがしにとりかかった。グエンダは昨日歩いた道をたどって行った、どこに立ちどまったか、どの花にさわったかを思い出しながら。まもなくヒエンソウの大きな株のそばに指輪が見つかった。グエンダは大げさに安堵の気持ちをあらわした。

「さて、飲み物をお持ちしましょうか、リード夫人？　ビールは？　シェリーでも一杯いかがです？　それともコーヒーかなにかがよろしいですか？」

「結構ですわ――ほんとうに、何も。煙草をいただければ――ありがとうございます」

彼女はベンチに腰をおろし、アースキンもその横にすわった。

二人は口をきかずに二、三分間、煙草をふかした。グエンダの心臓の鼓動はいくぶんはやくなった。道は一つしかなかった。彼女は思いきってさいを投げなければならなかった。

「おたずねしたいことがありますの」彼女は言った。「きっとたいへん無作法な女だとお思いになるでしょう。でもわたしどうしても知りたいのです――そして、それを教えてくださることができるのはあなたしかいないんじゃないかと思います。あなたは昔わたしの継母《はは》と愛し合っていましたのね」

彼はびっくりしてグエンダをふり向いた。

「あなたのお継母《かあ》さまと？」

「そうです。ヘレン・ケネディと。のちにヘレン・ハリデイとなりましたが」

「なるほど」彼女の隣りにすわっているその男はひどく静かだった。その目は見るともなく日なたの芝生の向こうに向けられていた。指にはさんだ煙草からは煙が立ちのぼっている。静かではあったが、彼の腕がグエンダの腕に触れたとき、その緊張した姿のうちにある動揺が感じられた。

自分で問いかけた疑問に答えるかのように、アースキンが口を開いた。「手紙でしょう」

グエンダは答えなかった。

「そうたくさんは出さなかった――二通、いや三通かな。あの人は燃してしまったと言っていた――でも女の人ってけっして手紙を燃してしまったりしないものでしょう。それがあなたの手に入った。それで知りたいのですね」

「わたし、継母《はは》のことをもっと知りたいのです。わたしは――とてもあの人が好きでした。まだほんの幼い子供でした――あの人が家出をしたときは」

「家出をした？」

「ご存じなかったのですか？」

彼の正直で、驚いている目が彼女の目とあった。

「あの人のことはなにも聞いていません」彼は言った。「あれ以来――ディルマスですごしたあの夏以来」

「ではいまどこにいるのかもご存じありませんの？」

「どうしてわたしが？　何年も前のことです――何年も。すべて終わったのです――忘れてしまったことです」

「忘れてしまった？」

彼はいくぶんつらそうに微笑した。

「いや、忘れてはいないでしょう……なかなかかんのするどい方ですね、リード夫人。それよりあの人のことを話してください。まさか――亡くなったのでは？」

冷えた弱い風が急に舞い立ち、二人の首すじに冷たく吹きすぎた。

「死んだのかどうかわかりません」グエンダは言った。「何もわからないのです。たぶんあなたならご存じかもしれないと思いましたの」

彼が首をふったのでグエンダはつづけた。「とにかく、あの夏ディルマスからいなくなってしまったのです。ある晩まったく突然に。誰にも言わないで。そして二度と帰りませんでした」

「で、あなたはわたしが手紙をもらったかもしれないと思ったのですね？」

「そうなんです」

彼は首をふった。

「いや、まるっきり便りはありません。だがたしか、あの人の兄さんが——医者をしていた方ですが——ディルマスに住んでいます。彼なら知っているはずだ。それとも彼も亡くなったのですか？」

「いいえ、生きておいでです。でもあの方も知らないんです。おわかりでしょう——みんなは継母《はは》が——駈け落ちしたと思ったのです」

彼は向きなおって彼女を見つめた。深い悲しみに満ちた目をしていた。

「このわたしと駈け落ちしたと思ったのですか？」

「ええ、一つの可能性としてですが」

「可能性？　わたしならそうは思わない。ありえないことだ。それとも、わたしたちは愚かだったのか——幸福になるチャンスを見のがすような、気の小さい愚か者だったのでしょうか？」

グエンダは何も言わなかった。アースキンはまた向きなおって彼女を見た。

「お話ししておいたほうがいいでしょう。そうたくさんお話しすることはないのですが。ただヘレンのことを誤解してもらいたくはないのです。わたしたちはインドへ行く船の上で出会いました。子供たちの一人が病気になってしまって、妻は次の船であとから来ることになっていた。ヘレンは森や木が好きだとかいう男と結婚するために行くところでした。彼女はその男を愛していなかった。上品でやさしい男だったが、古くからのただの友人にすぎなかったのです。ヘレンは自分の家庭から逃げ出したいと思っていた、しあわせな生活ではなかったのだ。わたしたちは恋をした」

彼はことばを切った。

「あからさまな言い方ばかりしましたが、しかしそれは——はっきりさせておきたいと思うのですが——ただのよくある船旅のロマンスではなかった。真剣だったのです。わたしたちは二人とも——そう——その恋のために満身創痍になってしまった。どうしようもなかった。わたしにはジャネットや子供たちを見捨てることはできなかった。ヘレンも同じ考えだった。もしジャネットだけの問題ならば——だが息子たちがいた。希望はまったくなかった。わたしたちは別れ、忘れることにしよう、ときめたのです」

彼は笑った、短い悲しげな笑いだった。

「忘れる？　いや、忘れたことはなかった——一瞬たりとも。人生はまさに生ける地獄だった。ヘレンのことを思わずにはいられなかった……

ところで、ヘレンは結婚する予定だった男とは結婚しなかった。最後の瞬間になって、耐えられなくなった。彼女はイングランドへもどり、その帰途で別の男と出会った——あなたのお父さんでしょう。二カ月ばかりあとでヘレンは何があったのか手紙に書いて寄こしました。相手の男は妻をなくして打ち沈んでいたし、お子さんも一人いた。自分はその男をしあわせにしてあげられるし、それが一番いいことだと思ったと。手紙はディルマスからでした。八カ月ほどたって父が亡くなり、わたしはここを受けつぎました。わたしは辞表を提出しイングランドへもどって来たのです。この家に住みつく前に二、三週間の休暇をとりました。妻はディルマスがいいと言いました。友だちからあそこは美しい静かなところだと聞いたのです。もちろん妻はヘレンのことを何も知りません——その気のたかぶりが想像できますか？　彼女にまた会える、彼女と結婚したその男がどんな人物かわかるのです」

しばし言葉を切ってからアースキンはつづけた。「わたしたちはロイヤル・クラレンス・ホテルに宿泊しました。それがまちがいだったのです。ヘレンにふたたび会うことは地獄の苦しみでした……彼女は充分しあわせそうだった、あらゆる点から見て――よくはわからなかったが。あの人はわたしと二人きりになるのを避けていました……まだ愛してくれているのか、いないのかわからなかった……たぶんあの悲しみから立ちなおったのでしょう。妻は何かに気がついたようでした……妻は――非常に嫉妬深い女です――いつでもそうだった」

彼はぶっきらぼうにつけ加えた。「それだけのことだったんです。わたしたちはディルマスを立ちました――」

「八月十七日に」グエンダが口をそえた。

「その日ですか？　かもしれません。はっきりおぼえていない」

「土曜日でした」グエンダは言った。

「ああ、そのとおりです。北へ向かう列車は込むんじゃないかとジャネットが言ったのをおぼえています――だがそれほどとは思わなかったが……」

「どうか思い出してみてください、アースキン少佐。わたしの継母《はは》と――ヘレンと最後にお会いになったのはいつですか？」

彼は穏やかな疲れたような微笑を浮かべた。

「わけないことですよ。わたしたちが帰る前の晩に会ったのです、浜辺で。わたしは夕食のあと浜辺へぶらぶら歩いて行きました――すると彼女がいました。ほかには誰もいなかった。あの人の家まで送って行きました。庭を通りぬけて――」

「何時でしたか？」

「わからない……九時頃でしょう、たぶん」

「そして別れたのですね？」

「別れました」彼はふたたび笑った。「ああ、あなたの考えているような別れではなかった。ごく短いぶっきらぼうなものでした。ヘレンは言いました。『どうかもうお帰りになって、はやく。わたしは送っていただくべきでは――』あの人はそこでことばを切り――わたしは帰るしかなかった」

「ホテルへもどられたのですか？」

「そう、そうです、結局はね。最初は長いこと歩いたんです――どんどん郊外のほうへ」

グエンダは言った。「日時まではなかなかわからないのですが――こんなに時がたってからでは。でもその夜だったと思うのです、継母《はは》は家出をして――帰ってこなかったのです」

「なるほど。わたしと妻が翌朝出発したのでみんなはヘレンがわたしと出て行ったのだと噂したのですね。面白いことを考えるものだ」

「とにかく」グエンダはぶっきらぼうに言った。「継母《はは》はあなたといっしょに行ったのではないのですね？」

「ぜったいに、ちがいます。そんなことはまるで問題外です」

「ではなぜ継母《はは》が出て行ったのだとお考えですか？」

アースキンは眉をひそめた。彼の態度が変わり、興味を持ったようだ。

「なるほど、これはちょっとした問題ですね。あの人は何も――そのう――説明を残さなかったのですか？」

グエンダは考えた。そして自分の考えを口に出した。

「何も書いていかなかったと思います。彼女が誰かほかの男と出ていったとお思いになりますか？」

「いや、ぜったいそんなことはない」

「確信がおありのようですね」

「あります」

「ではなぜ行ってしまったのでしょう？」

「もしあの人がそのように――突然――出て行ったとしたら――わたしに思いつく理由はただ一つしかない。あの人はわたしから逃げて行こうとしたのです」

「あなたから？」

「そうです。あの人が恐れたのは、おそらく、わたしがもう一度会おうとするだろうということ――そしてあの人を苦しめるだろうということだったのです。わたしが依然として――あの人に夢中になっていることがわかったにちがいない……そう、そうにちがいない」

「それでは説明がつきませんわ、なぜあの人が二度ともどらなかったかということは。教えてください、継母《はは》は父のことで何かあなたに言いませんでしたか？　父のことで悩んでいるとか？――それとも父を恐れているとか？　そんなようなことを何か言いませんでしたか？」

「お父さんを恐れている？　どうして？　ああ、お父さんが嫉妬したかもしれないとお考えなのですね。嫉妬深い方でしたか？」

「わかりませんわ。父はわたしが小さいときに亡くなりましたので」

「ああ、そうでしたか。いや――思いかえしてみても――お父さんは健全で明るい感じの方のようでした。ヘレンを気に入っていて、誇らしく思っておられたようです――ほかには考えられない。それどころか、わたしこそ彼に嫉妬していたぐらいでした」

「父とヘレンはあなたの目にも充分しあわせそうに見えましたか？」

「ええ、そう見えました。わたしは嬉しかった――だが同時に、それを目にすることはつらいことでもありました……いや、ヘレンがお父さんのことをあれこれわたしに話したことはありませんでした。さっきも言いましたが、わたしたちは二人きりになることがほとんどなかった、いっしょに内緒の話などしたことはなかったのです。しかしいまあなたに言われて思い出しましたが、ヘレンは悩んでいるんじゃないかと考えたことがありました」

「悩んでいた？」

「そうです、それはたぶんわたしの妻のせいだろうと思ったのですが――」彼は言葉を切った。「それだけではなかったようだ」

彼はふたたびグエンダを鋭く見つめた。

「あの人はご主人を恐れていたのですか？　彼はヘレンと関係のあったほかの男たちを嫉妬していたのですか？」

「ちがうとお考えのようでしたが」

「嫉妬というのはまったくおかしなものです。ときにはそれをすっかりかくすことができる、その存在を夢にも気づかれないほど」彼はわずかなおののきを見せた。「しかしそれは恐ろしいものとなりえるのです――非常に恐ろしいものに……」

「もう一つ教えていただきたいことが――」グエンダは話を中断した。「ああ、妻が買物から帰って来ました」

一台の車が車まわしに近づいて来た。アースキン少佐が言った。

一瞬のうちに、彼はまるで別の人間になってしまった。その口調はくつろいではいたがよそよそしくなった。顔は無表情になり、かすかなふるえ声は彼が神経質になっていることをあらわしていた。

アースキン夫人は家の角をまわって大またにやって来た。

夫は彼女のほうへ歩いて行った。

「リード夫人が昨日この庭で指輪を落とされたのだ」彼は言った。

アースキン夫人はぶっきらぼうに言った。「まあ、そう？」

「おはようございます」グエンダは言った。「さいわい指輪は見つかりました」

「それはおよろしかったこと」

「ええ、ほんとうに。どうしてもなくしたくないものだったのです。さあ、もうおいとましなければ」

アースキン夫人は何も言わなかった。アースキン少佐が言った。「車までお見送りしましょう」

彼はテラスにそってグエンダのあとを追いかけようとした。夫人の声が鋭くとんで来た。

「リチャード。リード夫人に失礼でなければ、とっても大事な用があるの――」

グエンダはいそいで言った。「いえ、ほんとに結構ですわ。わざわざお見送りいただかなくても」

彼女はすばやくテラスにそって走り、家の側面をまわって車まわしに出た。

そこで彼女はとまった。アースキン夫人の車があまり近くに寄せてあったので、グエンダは自分の車を車まわしに出せそうもなかったのだ。彼女はためらい、そしてゆっくりとテラスのほうへいま来た道をあともどりした。フレンチ・ウィンドウまでもうすこしというところで彼女はばったり足を止めた。アースキン夫人の、太いよくひびく声がはっきりと聞こえて来た。

「あんたが何を言おうと聞く耳を持たないわ。打ちあわせておいたのね――昨日ちゃんと打ちあわせたんでしょう。わたしがデイスの町に行っているあいだにここへ来るよう、あの若い女としめし合わせたんだわ。いつだって同じなんだから——きれいな若い女となると。もうがまんできないわ、いいこと。もう、黙っていませんからね」

アースキンの声が割って入った——静かで、ほとんど絶望的な声だった。

「ジャネット、ときどきおまえは頭がおかしいんじゃないかと思うよ、まったく」

「頭がおかしいのはわたしじゃないわ。あんたよ！　あんたったら女をほうっておけないんだから」

「そんなことはないじゃないか、ジャネット」

「あります！　ずっと昔だって——さっきの若い女がやって来たあの——ディルマスで。あの黄色い髪のハリデイって女といちゃつかなかったなんて言えて？」

「おまえは忘れるということができないのか？　なぜそんなことをいつまでも言い立てなければならないんだ？　ただ自分かってに話をでっちあげて——」

「あんたが悪いのよ！　わたしの心をめちゃめちゃにして……もうがまんできないわ、いいこと！　がまんしませんからね！　あいびきしようなんて！　かげでわたしのことを笑っているんでしょう！　わたしのことなんかぜんぜん思ってくれないんだから——一度だって思ってくれたことなどなかった。自殺するわ、わたし！　崖から飛びおりてやる——死んだほうがましだわ——」

「ジャネット――ジャネット――たのむから……」

太い声はとぎれた。はげしいすすり泣きが夏の空に向かって流れ出した。

グエンダはつま先立ちでこっそり立ち去るとまた車まわしに来た。彼女はちょっと思案したのち、玄関のベルを鳴らした。

「すみませんが」彼女は言った。「どなたか――あのう――この車を動かしてくださいませんか。わたしの車が出られないので」

召使いが家の中に入って行った。やがて一人の男が昔の家畜小屋のほうからやって来た。彼は帽子に手をやってグエンダに挨拶すると、オースティンに乗りこみ裏庭のほうへ運転して行った。グエンダは自分の車に乗りこむと、いそいでジャイルズが待っているホテルへ走らせた。

「ずいぶん手間どったね」ジャイルズは彼女を迎えた。「何かわかった？」

「ええ、もうすっかりわかったわ。ほんとにいたましいと言えそうなことよ。彼はただひたすらヘレンを愛していたの」

彼女はこの朝の出来事を話した。

「間違いないわ」彼女はしめくくった。「アースキン夫人はちょっと頭がおかしいのよ。まるで気が狂っているようだったわ。彼の言う嫉妬がどういうものかよくわかったわ。

あんな思いをするのは恐ろしいことよ、きっと。とにかく、これでアースキンがヘレンといっしょに行った男ではないし、ヘレンの死については何も知らないということがわかったわけね。彼が別れたあの晩にはヘレンは生きていたのよ」

「そうだろう」ジャイルズは言った。「少なくとも――それが彼の言い分だ」

グエンダは憤慨したように見えた。

「それが」ジャイルズはきっぱりとくり返した。「彼の言い分だ」

18 蔓草

ミス・マープルはフレンチ・ウィンドウの外のテラスにかがみこんで、知らないあいだにはびこってしまった蔓草の始末をしていた。それははかない勝利でしかなかった、蔓草は地面の下ではあいかわらずしぶとく残っているのだから。しかし少なくとも、ヒエンソウは一時的にせよ助かったという気がしているようだった。

コッカー夫人が居間の窓に姿をあらわした。

「おそれ入ります、奥さま、ドクター・ケネディがお見えですが。リードさまご夫妻がいつまでお留守なのか知りたいとおっしゃってます。わたしではは

っきり申しあげられませんが、あなたならご存じかもしれないとお話ししました。こちらへいらっしゃるようおねがいしましょうか？」

「ええ、ええ、そうね。そのようにおねがいするわ、コッカーさん」

コッカー夫人はまもなくドクター・ケネディをつれてあらわれた。

ややうろたえて、ミス・マープルは自己紹介をした。

「――でわたしはお留守のあいだここへ見まわりに来て、すこし草むしりでもしておきましょうとグエンダに約束しましたの。きっとあのお若い方たちは臨時雇いの庭師のフォスターにつけこまれているんですよ。週に二度来るんですが、お茶はたくさん飲むし、おしゃべりもたくさんするし、そのかわり――わたしの見る限りでは――仕事はそうたくさんやらないのですよ」

「ええ」ドクター・ケネディはいくらかぼんやりして言った。「そうですな。あの連中はみんな似たようなものです――みんな」

ミス・マープルは彼を値踏みするように見つめた。リード夫妻の話から考えていたよりはふけた男だった。早くふけすぎたようだ、と彼女は推測した。彼は悩みもあり、ふしあわせでもあるようだった。そこに立ったまま、彼はみるからにけんか好きらしい長いあごを指でなでていた。

「お二人はお出かけなんですね」彼は言った。「いつお帰りになるかご存じですか？」

「ええ、もう間もなくだと思いますよ。北部へお友だちを訪ねに行きましたの。若い人たちはほんとに落ち着いていないようですね、あっちこっちとびまわっていて」

「ええ」ドクター・ケネディは言った。「そう――おっしゃるとおりですな」

しばらく間をおいて彼はやや遠慮がちに言った。「ジャイルズ・リードが手紙でたのんで来たのです、ある書類をほしいと——というより——手紙ですが、もし見つかればということで——」

彼はためらい、ミス・マープルは静かに言った。「妹さんの手紙ですね？」

彼はすばやい、鋭い目つきを彼女に投げかけた。

「では——あなたは打ち明けられておいでなのですね？　ご親戚ですか？」

「ただのお友だちですよ」ミス・マープルは言った。「わたしは力の及ぶ限り忠告いたしました。でも忠告はなかなか受け入れられないもので……残念なことですが、でもそういうものなのでしょうね……」

「あなたのご忠告というのはなんでしたか？」彼は興味ありげにたずねた。

「眠れる殺人事件はねかせておけということです」ミス・マープルがきっぱりと言った。

ドクター・ケネディはすわり心地の悪い丸木づくりの椅子にどっかりと腰をおろした。

「なかなかいいことばですな」彼は言った。「わたしはグエニーが好きです。素直でいい子でした。あの子ならすてきな女性になるはずだと思っていました。それなのになにか面倒ごとにまきこまれるのではないかと心配なのですが」

「面倒なことはいろいろありますものね」

「え？　そう——そうです——まったく」

彼はため息をついて、「ジャイルズ・リードが手紙でたのんで来ました、家出した妹がよこした手紙を貸してもらえないだろうか——それに彼女の本物の筆跡の見本もいっしょにと」彼は鋭い一瞥をミス・マープルにくれた。「なんのことかおわかりでしょうな？」

ミス・マープルはうなずいた。「と思います」

「あの二人はケルヴィン・ハリデイが妻を殺したと言ったのは、事実だったにちがいないという考えをむしかえしている。そして妹のヘレンが家出後によこした手紙は本人が書いたものではない——偽筆だと思いこんでいるのです。妹は生きたままあの家を出なかったと信じているのですな」

ミス・マープルは穏やかに言った。「それであなたご自身、いまとなってはもう、あまりはっきりはしていらっしゃらないのですね？」

「当時ははっきり確信していました」ケネディはあいかわらず宙を見つめていた。「それはまったく明々白々なことに思われました。ケルヴィンの純然たる妄想だった。死体はなかったし、スーツケースや衣類がなくなっていた——ほかにどう考えられたでしょう？」

「それでは妹さんは——その頃——かなり——コホン」——ミス・マープルは上品に咳をした——「興味を——ある男の方に興味を持っていらしたのですか？」

ドクター・ケネディは彼女を見た。その目には深い苦悩の色があった。

「わたしは妹が好きでした」彼は言った。「だがこれは認めないわけにはいきません。ヘレンのそばにはいつも誰か男がいました。世間にはそういうふうに生まれついた女がいるのです——本人にはどうしようもないのです」

「その当時あなたにはまったく明白なことに思われた」ミス・マープルは言った。「ところがいまはあまり明白でない、なぜですか？」

「というのは」ケネディは率直に言った。「もしヘレンがまだ生きているとすれば、ここ何年も連絡をよこさないというのはわたしには信じられないのです。同様に、もし死んでいるとすれば、その事実がわたしのところに通知されないというのもまた不思議なことです。さて——」

彼は立ちあがり、ポケットから手紙の束をとり出した。

「これがわたしにできる精一杯のことです。ヘレンからの最初の手紙はなくしてしまったようです。跡かたもなかった。だが二番目のはとってありました——住所が局留になっているものです。それとこれが、ヘレンの筆跡です、これしか見つかりませんでした。

球根などの植物栽培のためのリストで、注文書のコピーを妹がとっておいたのです。注文書と手紙の筆跡はわたしにはそっくりに見えますが、専門家ではありませんから。ジャイルズとグエンダが帰ったときのためにこれをおいて行きましょう。わざわざ転送なさるほどのことはないでしょう」

「ええ、あの二人は明日か——明後日にはきっと帰ってくることでしょう」

ドクターはうなずいた。彼は立ってテラスを見ていたが、その目はやはりぼんやりしていた。彼は突然言った。「わたしが何を心配しているかおわかりですか？　もしケルヴィン・ハリデイが妻をほんとうに殺したのだとすれば、死体をかくしてしまったか、それともなんらかの方法で処分してしまったにちがいない——ということはつまり（わたしにはほかには考えられないのですが）彼がわたしにしてくれた話は、たくみにでっちあげた話だったということにほかならない——ヘレンが家出したというのをもっともらしく見せるために衣類をつめこんだスーツケースを前もってかくしておいた——外国から手紙が届くようなことまで前もって準備していた……それはつまり、実際のところ、冷血で、計画的な殺人であったということです。あのグエニーはいい子だった。父親が偏執狂であるとすれば彼女にはほんとうに気の毒なことですが、父親が計画的な殺人鬼であるとなるとそれより十倍もひどいことです」

彼は体を回してあいているフレンチ・ウィンドウのほうへ行こうとした。ミス・マープルのすばやい質問が彼を引きとめた。

「ドクター・ケネディ、妹さんは誰をこわがっていたのですか?」

彼はふり向いてじっと彼女を見つめた。

「こわがっていた? 誰もこわがっていませんでしたよ、わたしの知る限りでは」

「ただちょっと……ごめんなさいね、もしわたしが失礼な質問をしているのでしたら――でも若い男がいたでしょう――つまり、ちょっとしたごたごたが――妹さんのごくお若い時分に? アフリックとかいう男だと思いますが」

「ああ、あのことですか? 女の子なら誰でも経験するようなばかな話でした。好ましくない青年でした、あてにならない男で――もちろん身分もちがうし、妹とはまったく身分ちがいです。あとになってこの町で面倒を起こしましたが」

「わたしはただその青年がもしかしたら――復讐心の強い男ではなかったろうかと思いましたの」

ドクター・ケネディはやや懐疑的な微笑を浮かべた。

「いや、そんなに深刻なことではなかったと思いますよ。とにかく、いま言ったように、あの男は面倒を起こして、それきりこの町に帰ってきません」

「面倒を起こしたって、どのような？」

「ああ、べつに犯罪ではありません。ただの無分別です。雇い主が引き受けた事件をべらべらしゃべってしまったのです」

「その雇い主というのはウォルター・フェーンですね？」

ドクター・ケネディはすこし驚いたようだった。

「そう——そうです——あなたにいまそうおっしゃられてみると、思い出します。その男はフェーン・アンド・ウォッチマン事務所で働いていました。弁護士見習いではなく、ただの普通の事務員でした」

ただの普通の事務員？……ドクター・ケネディが立ち去った後、ミス・マープルはふたたび蔓草にかがみこみながら考えた……

19　ミスター・キンブル語る

「わかんないねえ、まったく」キンブルのおかみさんは言った。

彼女の夫は憤慨というより言いようのない感情にかられて口を開き、言葉を発した。

彼は自分のカップを前に押しやった。

「なに考えてんだ、リリー？」彼はなじった。「砂糖がねえぞ！」

キンブルのおかみさんはあわてて夫の憤慨をなだめると、またいまの話をくわしく述べはじめた。

「この広告のこと考えてたんだよ」彼女は言った。「リリー・アボットって書いてあるんだよ、はっきりと。それに〝もとディルマスのセント・キャサリン荘で小間使いをしていた方〟ってさ。これはあたしのことだよ、まちがいなく」

「ああ」ミスター・キンブルは同意した。

「こんな何年もたってから――おかしいと思わないかい、ジム」

「ああ」とミスター・キンブル。

「ねえ、いったいどうしたらいいだろうね、ジム？」

「ほうっとけ」

「もしお金のことだったら？」

ミスター・キンブルは長い話にとりかかる精神的努力のために自分を勇気づけようと、喉を鳴らして紅茶を飲みほした。彼はカップを押しやり、話の前置きとして簡潔に「もう一杯」と言った。そしていよいよ話にとりかかった。

「おまえはいっときセント・キャサリン荘の事件をしゃべりまくっていた。おおかたばからしいことだと思って、おれはあまり気に止めなかった、女のおしゃべりだと。ちがうらしいな。何か起こったらしい。それなら、それは警察の仕事であって、おまえがまきこまれたがることはない。みんなすんで、片が付いているんだろう？　ほうっておくんだ」

「そう言ってすむことなら結構だよ。でも遺言状の中であたしにお金が残されたのかもしれないだろう。もしかしたらハリデイ夫人はずっといままで生きていて、こんど死んだので遺言であたしに何か残してくれたのかもしれない」

「遺言でおまえに何か残した？　なんのために？　ああ！」ミスター・キンブルは軽蔑

をあらわすお得意の単音節を最後につけ加えた。

「もしかりに警察だとしてもさ……ねえ、ジム、殺人犯の逮捕に必要な情報を提供するものには、よくたいした賞金が出るんだよ」

「何を提供しようってんだ？　知っていることはみんな自分の頭の中ででっちあげたことばかりだろ！」

「あんたはそう言うけどねえ、でもあたしはずっと考えていたんだよ——」

「ああ」ミスター・キンブルはうんざりして言った。

「そうなんだよ。あたしは考えていたんだ。新聞で最初の広告を見てからというものずっとね。すこし考えちがいしてたのかもしれない。あのレオニーは、外国人はみんなそうだけど、あの娘もすこしたりなくて、言われたことをちゃんと理解できなかったんだよ——あの娘の英語はひどいものだった。もしあの娘が、あたしの理解したのとはちがうことを言ってたんだとしたら……あたしはあの男の名前を一所懸命思い出そうとしているんだけど……もしレオニーが見たのが彼だとしたら……あたしがあんたに話した映画のことおぼえてる？《秘密の恋人》っていうの。ほんと、わくわくしたわ。最後に車のことで追いつめられてしまう。彼はその夜ガソリンを補給したことを見なかったことにしてくれと自動車修理の男に五万ドル払ったんだよ。ポンドにしたらいくらになるかわかんないけどさ……もう一人の男もあそこにいた、夫は嫉妬で逆上していた。みんな彼女のことで気ちがいみたいになっていた。そして最後に——」

ミスター・キンブルは椅子をきしませながらうしろへ押した。彼はゆっくりと重々しい権威をもって立ちあがった。台所を去る前に彼は最後通告を言いわたした——ふだんは明瞭な言葉をしゃべらないにもかかわらず、ある洞察力をもっている男の最後通告を。「なにもかもほうっておくんだな、おまえ」彼は言った。「さもないと、まずまちがいなく、後悔することになるぞ」

彼は土間へ行き、長靴をはいて（リリーは台所の床の清潔にはいつもやかましかった）出て行った。

リリーはテーブルの前に腰かけていた。彼女の敏感だが、愚かな小さな頭脳はしきりに考えつづけていた。もちろん彼女は夫の言ったことにまっこうから反対することはできなかった。だがやはり……ジムはわからず屋で、ぐずなのだ。誰かほかに聞くことのできる人がいたらいいのだが——誰か報奨金とか警察とかこういうことの意味をすっかり知っている人がいたら。いいお金になりそうな機会を見送るのはなんとしても残念だ。

ラジオ……家庭用パーマ……ラッセルの店（スマートなものばかり）の桜色のコート……それに、できたら客間におくジェイムズ朝の応接セット……

熱心に、貪欲に、先が見えないまま、彼女は夢を見つづけた……何年も前にレオニーは正確にはなんと言っていたのだっけ？

それからある考えが浮かんだ。彼女は立ちあがるとインクつぼとペンと便箋を持って来た。

何をするかわかってるわ、と彼女はひとりごとを言った。あのドクター、ハリデイ夫人の兄さんに手紙を書いてみよう。あの人ならわたしが何をするべきか教えてくれるだろう——もしまだ生きていればだけど。とにかく、わたしは良心にかけてあの人にレオニーのことや——あの車のことをけっして話さなかったのだもの。

しばらくのあいだリリーが一生懸命ペンを走らせる音のほか何も聞こえなかった。彼女が手紙を書くことはめったにないことで、文章をつづるのにかなりの努力が必要だった。

しかし、とうとう仕事をやりとげると、彼女は手紙を封筒に入れ封をした。

だが、彼女は思ったほどの満足感は感じなかった。九分九厘、ドクターは死んでしまったか、ディルマスから引っ越してしまっているだろう。

誰かほかにいたかしら？

名前はなんと言ったっけ、あの男の名は——

それさえ思い出せれば……

20 少女ヘレン

ジャイルズとグエンダがノーサンバランドから帰った翌朝、ちょうど朝食をすませたときにミス・マープルの来訪がとりつがれた。彼女はちょっと申しわけなさそうに入って来た。

「ごめんなさいね、こんなに早くうかがって、いつもはこんなことしないのだけど。でもどうしても話しておきたいことがあったの」

「大歓迎ですよ」ジャイルズは彼女のために椅子をひきながら言った。「コーヒーを一杯いかがですか」

「いいえ、いいえ、いいのよ——結構なの。朝食はもうほんとうに充分すませて来たわ。ところで、話をさせてちょうだいね。あなたたちがお留守のあいだ、ご親切にわたしに来てもいいとおっしゃったのでちょっと雑草とりにうかがったのよ——」

「まあ、それはたすかりますすわ」グエンダは言った。

「そしてね、週に二日というのはこの庭の手入れにはとうていたりないことがつくづくわかったの。いずれにしても、フォスターはあなたたちが知らないのをいいことにつけこんでいると思うわ。お茶をたくさん、おしゃべりもたくさんでしょう。あの男にもう一日来てもらうのは無理だとわかったので、わたしは週に一度だけ別の男を雇うように決めてしまったのよ――水曜日に――つまり今日」

ジャイルズは好奇心をそそられて彼女を見た。彼はすこし驚いていた。親切心からかもしれなかったが、ミス・マープルの行為は、わずかにおせっかいのにおいがした。そしておせっかいは彼女には似つかわしくなかった。

彼はゆっくりと言った。「ぼくもフォスターは骨折り仕事には年を取りすぎていると思っていました」

「ごめんなさいね、リードさん、そのマニングという男はもっと年上なのよ。七十五歳と言ってたわ。でも、彼を二、三度臨時に雇うことは、とても好都合な方法かもしれないと思ったの、彼は何年も前にドクター・ケネディの家に雇われていたことがあったから。それはそうと、ヘレンがかかわりのあった若い男の名前はアフリックというんですって」

「ミス・マープル」ジャイルズは言った。「胸の中であなたに愚痴を言っていたんですよ。あなたは天才だ。ぼくがケネディからヘレンの筆跡の見本をもらったことはご存じですね？」

「知ってるわ。彼がそれを持って来たときわたしはここにいたの」

「今日それを郵送するつもりです。先週信頼できる筆跡鑑定家の住所がわかったんです」

「庭に行ってマニングに会いましょう」グエンダは言った。

マニングは腰の曲がった、気むずかしい顔つきの老人で、目やにの多いちょっとずる賢そうな目をしていた。彼が小道をかきならしている速度は雇い主たちが近づくにしたがって目立って速くなった。

「おはようございます、旦那さま、おはようございます、奥さま。こちらのご婦人が、水曜日にちょっとした臨時の仕事があるとおっしゃいました。あっしは大喜びでお受けしました。この庭ときたらひどい荒れようで」

「何年間も荒れるにまかせてあったのではないかしら」

「そうですとも。あっしはフィンデイスン夫人がいらした頃のこの庭をよくおぼえております。その頃はまるで絵のようでした。ほんとうにお庭をかわいがってらっしゃいました、フィンデイスン夫人は」

ジャイルズはゆったりとローラーによりかかっていた。グエンダはバラの芽をはさみで切っていた。ミス・マープルはすこし奥にひっこんで蔓草にかがみこんでいた。マニング老人は熊手を杖がわりにしていた。すべて昔ののんびりした朝の話し合いと古き良き時代の庭づくりに向いた道具立てであった。

「あなたはこのあたりの庭はほとんど知っているんだろうね」ジャイルズは励ますように言った。

「はあ、このへんのことはかなりよく知ってますよ。みなさん奇抜なものを好まれましたなあ。ご近所のユール夫人は、イチイの垣をリスの形に刈りこませたものでした。あっしはばかげていると思いましたがね、孔雀ならともかく、リスとはね。それからランパード大佐、あの人はベゴニアにかけちゃたいしたもんでした——いつもベゴニアのきれいな花壇をつくってましたよ。花壇づくりもいまじゃ流行おくれですがね。あっしがこの六年間、何度前庭の花壇を埋めちゃあ芝を植えたか話したくもありませんや。みんなもうゼラニウムやすてきなロベリアの縁どりなんかに見向きもしなくなったようでさあ」

「ドクター・ケネディのところで仕事をしていたんですって？」

「はあ。ずいぶん前のことです。一九二〇年かそこいらかな。あの人も引っ越してしまいました――引退して。いまはクロスビー・ロッジの若いドクター・ブレントの時代だ。この先生はおかしな考えをもってましてね――白い小さい錠剤とかなんか。ヴィタピンズってよんでますが」

「ミス・ヘレン・ケネディをおぼえているでしょう、前のドクターの妹さん」

「はあ、ミス・ヘレンならちゃんとおぼえてます。かわいいお嬢さんでした、長い黄色の髪をした。ドクターは妹さんをそりゃ大事にしてました。お嬢さんは結婚してからこの家にもどって来て住んだんです。インド帰りの陸軍の方と」

「ええ」グエンダは言った。「わたしたち知っているわ」

「はあ、うかがいました――土曜の晩だったが――なんでもあんたがたご夫婦は親類だってことを。はじめて学校からもどって来たときのヘレンお嬢さんは、絵のようにかわいい方でした。とっても楽しい方でした。どこへでも行きたがって――ダンスとかテニスとかなんでも。で、あっしはテニス・コートを整備しなければならなかったんで――二十年近くも使われていなかったやつをね。灌木がいっぱいしげっちゃってひどいもんでしたよ。それをみんな刈ったんですよ。それから石灰をたくさんもって来てラインを引く。いや、もうたいへんな仕事でしたが――結局テニスはあまりできなかったんです。あれはおかしな事件だったといつも思ってましたよ」

「おかしな事件ってなんだね?」ジャイルズは聞いた。

「テニス・ネットの事件でさあ。ある晩誰かがやって来て——ネットをずたずたに切っちまった。ただのひもになっちまった。恨み、と言っていいでしょうなあ。ほかに考えようがない——恨みによる犯行としか」

「でもいったい誰がそんなことを?」

「ドクターが知りたがったのもそこですよ。あの方はかんかんに怒ったが——無理もありませんや。代金を払ったばかりでしたからね。だけど誰がやったかあっしらにはぜんぜんわからなかった。まったく知らなかったんです。ドクターは新しいネットを買うつもりはないって言ったが——それもそうだ、なぜって恨みの犯行なら、一度あればもう一度あるかもしれませんからね。だがヘレンお嬢さんは、めったに怒らない人でした。ヘレンお嬢さんはついてなかったんです。最初があのネットで——次が足のけがだ」

「足のけが?」グエンダは聞いた。

「ええ——靴拭きマットかなにかそんなものの上に転んで切ったんです。ただすりむいたぐらいにしか見えなかったんだが、なかなかおらなかったんです。ドクターはずいぶん心配してましたね。包帯をまいたり、薬をぬったりしてあげたが、よくならなかった。ドクターがこう言ってたのをおぼえてますよ。『どうもわからない——きっと何かばい菌が——とか何かそんな言葉でしたが——あのマットについていたにちがいない。それにしても、いったいどうしてマットが車まわしのまん中に出ていたんだろう？』というのも、ヘレンお嬢さんが夜暗くなって歩いて帰るとき、車まわしにおいてあるマットで転んだんです。かわいそうにお嬢さんはダンスに行きそこなって、足をあげたまますわっているだけでした。まるでお嬢さんには不運がつきまとっているとしか思われませんでした」

潮時だとジャイルズは思った。彼はなにげなくたずねた。「アフリックとかいう男をおぼえているかい？」

「はあ、ジャッキー・アフリックのことでしょう？　フェーン・アンド・ウォッチマン事務所につとめていた？」

「そうだ。彼はミス・ヘレンの友だちだったのか？」

「ばかげた話でしたよ。ドクターが止めたのもあたりまえでした。ものの数にも入らない男でね、ジャッキー・アフリックは。どこかこう抜け目のなさすぎるような男でした。あの手合いは結局は自分で自分の首を絞めるようなはめになるんです。あの男はここに長くいませんでした。まずいことになったんです。いい厄介払いだった。ああいう男はディルマスにいてもらいたくないんでね。どこかよそへ行ってうまくやってくれってわけですよ。勝手にそうしましたがね、あの男は」

グエンダは聞いた。「そのテニス・ネットが切られたとき、彼はここにいたの？」

「はあ。奥さんが何を考えていらっしゃるかわかりますがね。だがあの男はあんなばかげたことはやりません。もっと利口者でしたからね、ジャッキー・アフリックは。あれをやったのが誰にせよ、恨みからってことはまちがいありません」

「ミス・ヘレンに恨みをもっている人が誰かいたの？　敵意を感じていそうな人が？」

マニング老人はそっと含み笑いをした。

「若いご婦人の中には敵意を感じた人がいたかもしれませんなあ。とてもヘレンお嬢さんのきりょうに及ばない人が。たいていの女はあの人にかないませんでしたからね。いや、あっしはあれはただのばかないたずらだったと言いたいですな。悪意をもった浮浪者か何かのしわざで」

「ヘレンはジャッキー・アフリックにだいぶまいっていたのかしら？」グエンダは聞いた。

「ヘレンお嬢さんが誰か若い男に関心を持っていたなんて考えられませんや。ただ自分で楽しみたいという、それだけで。男の中にはすっかり夢中になった人もいましたがね――ウォルター・フェーンもその一人でした。お嬢さんのあとを犬みたいに追っかけまわしていたものですよ」

「でも彼女はちっとも気がなかったのでしょう？」

「ヘレンお嬢さんのほうはぜんぜんなかったようですね。ただ笑っていた——それだけで。あの男は外地へ行ってしまいました。あとで帰って来たけど。いまじゃあの事務所の所長ですよ。一度も結婚しないままで。無理もありませんや。女ってものは男の人生にいろいろ面倒をひき起こすものだから」

「あなたは結婚しているの？」グエンダは聞いた。

「もう二人も先立たれましたよ」マニング老人は言った。「でも文句は言えませんや。いまじゃ好きなところで安心してパイプをくゆらせるってもんで」

あとはひっそりとなって、彼はまた熊手をとりあげた。

ジャイルズとグエンダは小道を家のほうへ歩いてもどり、ミス・マープルは蔓草にとりくむのをあきらめて二人に加わった。

「ミス・マープル」グエンダは言った。「ぐあいがよくないご様子ですけど、どうかなさいまして——」

「なんでもないのよ」この老婦人は一瞬、間をおいてから不思議な強調のしかたで言った、「ねえ、あのテニス・ネットの話は気に入らないわ。ずたずたに切ってしまうなんて……あの頃のことでも——」

彼女は話をやめた。ジャイルズが好奇心をもって彼女を見た。

「ぼくにはよくわかりませんが——」彼は言い出した。

「わからないの？　わたしには恐ろしいぐらいはっきりしてることに思われるわ。でもあなたにはわからないほうがいいのかもしれない。いずれにしろ——わたしがまちがっているのでしょう、きっと。さあ、ノーサンバランドではどんなぐあいに進んだか話してちょうだい」

二人は自分たちの活躍を話し、ミス・マープルは熱心に聞いた。

「それはもう、ほんとうに痛ましいぐらいでした」グエンダは言った。「悲劇的と言ってもいいぐらい」

「そう、まったくね。かわいそうに」

「わたしもそう感じたのです。どんなにかあの人は苦しんでいるにちがいない——」

「彼が？　ええ。そうね、もちろん」

「でもあなたのおっしゃるのは——」

「ええ、そう——わたしは彼女のことを考えていたの——その奥さんのことを。おそらくご主人のことをほんとうに深く愛しているのね。彼は彼女がふさわしい人だったから結婚したのでしょう、あるいは彼女を気の毒に思ったとか、実際にはひどく不公平なことだけど、男の人がよくいう思いやりと分別に満ちた理由のために結婚したのでしょう」

わたしは百もの恋の仕方を知っている、
そしてその一つ一つが恋人を悲しませる。

ジャイルズが小声で引用した。

ミス・マープルは彼のほうを向いた。

「そう、そのとおりだわ。嫉妬というものはね、ふつう原因があって生じるものではないのよ。それはもっと——なんて言ったらいいかしら——もっと深いところに根ざしている。自分の愛がむくいられないという認識にもとづいている……だから人は待ち、見守り、期待しつづける……恋人がほかの人に心を向けることを。それは、くり返し、同じようにして起こるのよ。だからこのアースキン夫人は夫のために人生を地獄にしてしまった、夫もまたそれをどうすることもできずに、彼女のために人生を地獄にしてしまった。でも一番苦しんでいるのは彼女だと思うわ。それでも、彼はほんとうは妻が好きなのではないかしら」

「そんなはずはありません」グエンダは叫んだ。

「まあ、グエンダ、あなたはまだまだ若いわ。彼はけっして妻を捨てなかった、それは意味のあることとよ」

「子供たちのためです。それが彼の義務だったからです」

「たぶん、子供たちのためね」ミス・マープルは言った。「でも男の人たちは妻に関する限りあまり義務に重きをおいてないように思えるわ——公けの仕事の場合は別だけど」

ジャイルズが笑った。

「あなたは驚くほど皮肉屋なんですね、ミス・マープル」

「まあ、リードさん、わたしはそうじゃないことを切に希望するわ。誰だって常に人間というものに希望を持ちますもの」

「わたし、やはりウォルター・フェーンではないという気がします」グエンダが考え深く言った。「そしてアースキン少佐でもないと確信します。わたしにはわかるんです、少佐ではないと」

「感情というものはいつもあてにならない案内人よ」ミス・マープルは言った。「一番やりそうもない人が実際にはやっている――わたしの住む小さな村でもたいへんな騒ぎがあったのよ、クリスマスのクラブの会計係が基金を残らず馬に賭けてしまったことがわかったの。彼は競馬にかぎらずありとあらゆる賭けごとを非難していたわ。彼の父親は馬券屋《ブックメイカー》をやっていて彼の母親にひどい仕打ちをしていたの――そのおかげで、というとインテリぶった言い方になるけど、彼はまじめ一方だったのよ。ところがある日彼はたまたまニューマーケットの近くに自動車で行く用があって何頭かの馬が調教されているのを見たのね。それからすべてが一変した――血は争えないものね」

「ウォルター・フェーンとリチャード・アースキンは双方とも血統からすれば疑念をはさむ余地はないように思われます」ジャイルズはいかめしく、だがいくらか面白がっているように口を曲げて言った。「だがまた殺人というものはしろうとの犯罪であることが多い」

「重要なことはね」ミス・マープルが言った。「二人ともそこにいたということよ。その現場に。ウォルター・フェーンはこのディルマスにいました。アースキン少佐は、彼自身の説明によれば、ヘレン・ハリデイが死ぬほんの少し前までほんとうにいっしょにいたことになります――そして彼はその夜しばらくのあいだホテルに帰らなかったの」

「でも彼はそれを率直に話したのです。彼は――」

グエンダは口をはさんだ。ミス・マープルはきつい目で彼女を見た。

「わたしはただ強調したかったのよ」ミス・マープルは言った。「現場にいたことの重要性を」彼女は順々に二人を見た。

それから彼女は言った。「ジャッキー・アフリックの住所を見つけるのはわけないと思うわ。ダッフォディル・バスの経営者だからすぐわかるはずよ」

ジャイルズがうなずいた。「ぼくがあたってみましょう。たぶん電話帳にあるでしょう」彼はちょっと間をおいた。「ぼくらが彼に会いに行くべきだとお思いですか？」

ミス・マープルは一瞬待ってから言った。「もし会うなら——充分用心してかからなければね。あの庭師の老人がさっき言ったことを思い出してちょうだい——ジャッキー・アフリックは利口者だと……どうか——どうか用心してね……」

21　J・J・アフリック

I

J・J・アフリックは、ダッフォディル・バス、デヴォン・アンド・ドーセット観光、その他の経営者として、電話帳に二通りの番号がのっていた。エクセターにある事務所とその町の郊外にある私邸の住所のものであった。

面会の約束は翌朝ということにきまった。

ジャイルズとグエンダが車で出発しようとしたとき、コッカー夫人が走り出てきて合図をした。ジャイルズはブレーキをかけて車を止めた。

「旦那さま、ドクター・ケネディからお電話です」

ジャイルズは車をおりてかけもどった。彼は受話器をとった。

「ジャイルズ・リードですが」

「おはよう。いまちょっとおかしな手紙を受けとったんだ。リリー・キンブルという女からだ。ずいぶん苦労して誰だったか思い出してみたんだがね。最初は行方がわからなくなっている患者の一人かと思った。だがどうやら昔お宅につとめていた娘にちがいなさそうだ。わたしが知っていた頃は小間使いだった。苗字のほうは思い出せないが、名前はたしかリリーといったと思う」

「リリーという娘はいたんです。グエンダがおぼえていましてね。猫にリボンをつけたそうです」

「グエニーは驚くべき記憶力を持っているんだね」

「ええ、そうなんですよ」

「ところで、この手紙のことであなたたちとちょっと話がしたいんだが――電話でなくて。わたしがうかがったらご在宅かな?」

「ぼくたちちょうどエクセターに行くところなんです。よろしかったら、お宅に立ち寄らせていただきましょうか。途中ですから」

「ああ、そうしていただければ非常にありがたい」

二人が到着すると、ドクターは説明した。「わたしは電話でこのことをあまりくわしく話したくなかったんだ。田舎の電話交換手は話を聞いているんじゃないかといつも思ってるんでね。これがその女の手紙だ」
彼はテーブルの上に手紙をひろげた。
それは安物の、罫《けい》のある便箋に無教養な筆跡で書かれていた。

拝啓（とリリー・キンブルは書いていた）

同封の新聞のきりぬきにつきまして、あなたさまがあたしにちゅうこくしてくださるなら、たいへんありがたいです。あたしずっとかんがえまして主人ともそうだんしましたが、あたし、どうしたらいちばんいいかわかりません。あなたさまはこれはお金かしょうきんのこととおもいますか、なぜかと言うにあたしお金はほしいけど、けいさつとかそんなものきらいなのです。あたしハリデイおくさまが家出したあのばんのことをしょっちゅうかんがえました、そしてあたしおくさまは家出しなかったとおもいます、なぜかと言うとあの服はまちがってました。あたしはじめだんなさまがやったとおもいましたが、いまはそうでもありません、なぜかと言うとまどからあたし車を見たのです。それはしゃれた車であたしまえにも見たのですが、しかしあたしまずあなたさまにだいじょうぶけいさつではないかどうかきかずになにごともしたくありませんでした、なぜかと言うにあたしけいさつざたにまきこまれたくはありませんし、主人もそれはきらいなのです。もしつぎの木よう日でよろしければ市のたつ日で主人はいないので、あたしあなたさまにおめにかかりにいけます。もしそうしてくださるならたいへんありがたいです。

敬具

リリー・キンブル

「ディルマスのわたしの昔の家に届いたんだ」ケネディは言った。「そしてここへ回送されて来た。新聞の切り抜きはあなたの出した広告なのだ」

「すてきだわ」グエンダは言った。「このリリーは――ほら――彼女はわたしの父がやったとは思っていないわ！」

彼女は大喜びで話した。ドクター・ケネディは疲れたような思いやりのある目で彼女を見た。

「よかったね、グエニー」彼は穏やかに言った。「あなたのいうとおりだといいね。さてわれわれはこうしたほうがいいと思うんだが。わたしは彼女に返事を書いて木曜日にここへ来るように言おう。汽車の連絡は非常に便利がいい。ディルマス駅で乗りかえれば四時半すこしすぎにはここへ着ける。あなたたちがその午後来られるなら、いっしょに彼女と話し合えるわけだ」

「素晴らしい」ジャイルズは言った。彼は時計をちらっと見た。

「さあ、グエンダ、いそがなくてはならないよ。ぼくたち約束があるので」彼は説明した。「ダッフォディル・バスのアフリックさんとなんです。忙しい人らしいんですよ」

「アフリック?」ケネディは眉をひそめた。「そりゃそうだ! 〝デヴォン観光はダッフォディル・バスで〟か。ぞっとするようなバター色の大きなばけものだ。だがその名前は別のことで聞いたような気がするが」

「ヘレンです」グエンダは言った。

「なんだって――まさかあの男では?」

「そうなんです」

「あの男はみじめな卑劣漢だったが。それじゃ彼は世間にのしあがって来たのか?」

「一つ教えてくださいませんか?」ジャイルズは言った。「あなたはあの男とヘレンとの出来事にけりをつけたそうですね。それはただ彼の――そのう、社会的地位のせいですか?」

ドクター・ケネディはそっけない目つきで彼を見た。

「わたしは古い人間なんだよ、きみ。現代の教義によれば、人間はみな等しく善ということになる。それがたしかに道徳を支えている。しかし実際には誰でも生まれついた階級があるとわたしは信じている――そしてその階級にとどまっていることが一番幸福なのだ。その上」彼はつけ加えた。「あの男は悪いやつだと判断したのだ。それはあとではっきりした」

「彼は正確に言うと何をやったのですか？」

「いまはもうよくおぼえていないが。思い出せる限りでは、あの男がフェーンのところに雇われているあいだに入手した情報で金をもうけようとした。事務所の顧客の一人に関するある秘密の問題で」

「彼は――クビになったことを怒っていましたか？」

ケネディは鋭い目つきで彼を見ると簡単に言った。「そうだ」

「彼が妹さんと付きあうのをおきらいになった理由は、ほかにはなにもなかったのですか？　彼が――そのう――なんらかの点で異常だと思ったことはありませんか？」

「きみがその問題を持ち出して来たので率直に答えよう。わたしにはどうも、とくに彼が仕事をクビになったあと、不安定な気質の徴候をいくつか見せたように思われたのだ。はっきり言えば、被害妄想狂の初期の徴候だ。だがその後の彼の出世ぶりから見ると、それはいつまでもつづかなかったらしい」

「誰が彼をクビにしたのですか？　ウォルター・フェーンですか？」

「ウォルター・フェーンが関係していたかどうかはわからない。とにかく事務所からクビにされたのだ」

「それで彼は自分が犠牲になったと不平を言ってましたか？」

ケネディはうなずいた。

「わかりました……さあ、ぼくたち風のように車を走らせなければ。では、ドクター、木曜日に」

II

その家は新築だった。雪のような白堊《はくあ》で、大きく曲線を描き、広々とした窓があった。二人はぜいたくなホールを通って書斎に案内された。書斎の半分は大きなクローム張りの机で占められていた。

グエンダは神経質にジャイルズへつぶやいた。「ほんとうに、ミス・マープルがいらっしゃらなかったら、わたしたち何をしていたかわからないわね。何かあるたびにいつでも彼女にたよっているわ。最初はノーサンバランドの彼女のお友だち、そして今度は彼女の村の牧師さんの奥さんのボーイズ・クラブの年中行事の遠足のことでしょ」

ドアがあいたのでジャイルズは気づかせるように手をあげた。J・J・アフリックが大波のようにゆったりと部屋に入って来た。

彼はがっしりとした中年の男で、強烈な感じのチェックのスーツに身を包んでいた。その目は黒く機敏そうで、顔色は赤く愛想がよかった。彼は成功したブックメイカーの典型のように見えた。

「リードさんですね？　おはようございます。よくいらっしゃいました」

ジャイルズはグエンダを紹介した。彼女は自分の手がすこし大げさな熱意をこめてにぎられるのを感じた。

「で、ご用はなんでしょうか、リードさん？」

アフリックは大きな机の向こうに腰をおろし、しまめのうの箱から煙草をとり出してすすめた。

ジャイルズはボーイズ・クラブの遠足の話をきり出した。彼は古い友だちがその世話人になっているので、二日間のデヴォン観光旅行をぜひしたくしてやりたいのだ、と。

アフリックは事務的な態度で即座に答え——費用の見積りをし、いくつかの思いつきをのべた。しかしその顔にはかすかに当惑の表情が浮かんでいた。

彼は最後に言った。「この件はこれで充分でしょう、リードさん、あとで確認書をお送りしましょう。だがこれはまさしく会社の仕事ですね。うちの事務員から、あなたがわたしの家で個人的に面会したいとのぞんでいらっしゃると聞いていましたが？」

「そうなんです、アフリックさん。ぼくたちがお目にかかりたいと思った用件はじつは二つあります。一つはいま片づけていただきました。もう一つはまったくの個人的な用件です。ここにいる妻は自分の継母と連絡をとりたいと心から願っています、何年間もその人と会っていないのです。それでもしかしたらあなたにご協力いただけるかもしれないと思いまして」

「それはもう、その方のお名前を教えていただければ——わたしがその方を知っているというわけなんですね？」

「かつてご存じでした。ヘレン・ハリデイという名前です、結婚前はミス・ヘレン・ケネディでした」

アフリックはじっとすわったままだった。目を細め、それから椅子をゆっくりうしろへ傾けた。

「ヘレン・ハリデイ――思い出せないな……ヘレン・ケネディ」

「昔はディルマスにいました」ジャイルズは言った。

アフリックの椅子の脚が急におりた。

「わかりました」彼は言った。「そうそう」彼のまるい赤ら顔は嬉しそうに輝いた。「ヘレン・ケネディお嬢さん！　ええ、おぼえてますよ。だがずいぶん前のことだ。二十年にはなるだろう」

「十八年前です」

「そうですか？　諺にもあるが光陰矢のごとしだ。だが、申しわけないがあなたを失望させることになると思いますよ、リード夫人。わたしはあのときからヘレンにはまるっきり会っていませんし、噂を聞いたことさえないんです」

「まあ」グエンダは言った。「それはほんとにがっかりですわ。あなたならお力になっていただけると思ってましたのに」

「何か面倒なことでも？」彼の目はすばやくきらめいて二人の顔を次々に見た。「争いごと？　家出？　お金の問題ですか？」

グエンダが言った。「継母は出て行ったのです――突然――ディルマスから――十八年前――誰かといっしょに」

ジャッキー・アフリックは面白がっているようだった。「彼女がわたしといっしょに出て行ったかもしれないと思われたのですね？　それはまたなぜですか？」

グエンダは思いきって話してみた。「わたしたちが聞いたところでは、あなたと――彼女は――以前――そのう――おたがいに好きでいらしたということなので」

「わたしとヘレンが？　ああ、しかしあれはなんでもなかったのですよ。ただの少年と少女のお話でね。二人ともそのことをまじめに考えてはいませんでした」彼はそっけなくつけ加えた。「わたしたちのことをひどく不躾《ぶしつけ》だとお思いでしょうが」グエンダが言いかけたが、彼はそれをさえぎった。

「そんなことどうでもいいじゃありませんか？　わたしは気にしませんよ。あなたがたはある人を見つけたいと思って、わたしが力になれるかもしれないと考えたのでしょう。どうぞなんでも聞いてください――何もかくしたりしませんから」彼は考えこむようにグエンダを見つめた。「ではあなたがハリデイのお嬢さんですか？」

「はい。父をご存じでしたか？」

彼は首をふった。

「わたしは仕事でディルマスに出かけた折に一度ヘレンに会いに行ったことがあります。

彼女が結婚してそこに住んでいると聞いていたのです。彼女は丁重に迎えてくれました」彼は言葉をとぎらせた。「しかしわたしに夕食までとどまれとは言わなかった。そういうわけで、あなたのお父さんにはお会いしなかったのです」

グエンダは考えた、その「わたしに夕食までとどまれとは言わなかった」という言葉には恨みの口調がこめられていただろうか？

「彼女は——もしおぼえていらっしゃるなら——しあわせそうに見えましたか？」

アフリックは肩をすくめた。

「ええ、それはもう。だがそれこそずいぶん昔のことです。もし彼女がふしあわせに見えたのだったらおぼえているはずです」

彼はごく当然の好奇心にかられてつけ加えた。「あなたは十八年前のディルマス以来彼女のことは何一つ聞いていないとおっしゃるのですか？」

「ええ、何も」

「手紙も——来なかったんですか？」

「手紙は二通来たそうです」ジャイルズは言った。「だが、彼女がそれを書いたのではないと思えるふしもあるのです」

「彼女がそれを書いたのではないと思うんですか？　なんだかミステリ映画みたいに聞

こえますね」アフリックはすこし面白がっているようだった。

「ぼくたちにもそう思えます」

「彼女のお兄さんはどうなんです、医者の。彼はヘレンのいるところを知らないんですか？」

「ええ」

「なるほど。まぎれもないミステリじゃありませんか？　たずね人の広告を出したらどうですか？」

「広告は出しました」

アフリックはなにげなく言った。「まるで彼女は死んでしまっているようだ。あなたがたの耳に入らなかっただけで」

グエンダは身ぶるいした。

「寒いんですか、リード夫人？」

「いいえ。ヘレンの死を考えたからです。彼女が死んでいるなんて考えたくないのです」

「あなたのいうとおりだ。わたしだってそんなこと考えたくありませんよ。あんな素晴らしい美人が」

グエンダは衝動的に言った。「あなたは彼女をご存じでした。よくご存じでした。わたしにはほんの子供のときの記憶しかないのです。彼女はどんな様子でしたか？　みんなは彼女のことをどう思っていましたか？　あなたはどう思っていらしたのですか？」

彼はしばらくグエンダを見つめた。

「正直に言いましょう、リード夫人。それを信じるか信じないかはあなたの自由ですよ。わたしはあの子をかわいそうに思っていました」

「かわいそうに？」彼女は当惑したまなざしを彼に向けた。

「それだけです。あのとき彼女は——学校を出て家に帰ってきたところでした。どの女の子もそうであるようにちょっとした楽しみを求めていました。ところがあのかたくるしい中年のお兄さんというのが、女の子というものはこれはしてもいいがこれはしてはいけない、というふうに決めてかかっていました。だからあの子はなんの楽しみも持てなかったのです。そこで、わたしはほんのちょっと彼女をつれ出して——ほんのちょっと彼女に人生というものを見せてやりました。わたしはほんとうに彼女に夢中になっていたわけではなく、彼女のほうもわたしに夢中になってはいませんでした。彼女はただ大胆なことをして楽しむのが気に入っていたのです。そのうちにわたしたちが会っていることは当然人に知られ、ドクターに止められてしまいました。彼を非難しているのではありません。身分ちがいでしたからね。わたしたちは何も婚約とかそんなことはしていなかった。いずれはわたしも結婚するつもりだった――だがもうすこし大人になるまでは無理だと思っていた。それにわたしは成功したいと思っていたし、成功するのに力になってくれる妻を見つけるつもりだった。ヘレンにはぜんぜん財産はなかったし、どのみち似合いの縁組にはならなかったでしょう。わたしたちはただの良い友だちで、すこしばかり恋愛めいた気持ちをもっていただけなんです」

「あなたはさぞお怒りになったでしょうね、ドクターが――」

「たしかに腹は立ちましたよ。おまえはだめな人間だなんて言われたら、誰だって面白くないでしょう。だが腹を立ててみてもなんの役にも立ちません」

「それから」ジャイルズは言った。「失業なさったんですね」

アフリックの表情はあまり愉快そうでなかった。

「クビになったのですよ。フェーン・アンド・ウォッチマン事務所を。わたしにはそれが誰のせいだったかよくわかっていましたがね」

「え?」ジャイルズは思わず問いかけるような口調になったが、アフリックは首をふった。

「わたしは何も言うつもりはありません。わたしだけわかっていればいい。わたしはぬれぎぬをきせられた——それだけです——そして誰がたくらんだのか充分見当もついています。それに、その理由も！」彼の頬は紅潮した。「きたないやり方だ」彼は言った。「人をスパイしたり——わなをしかけたり——嘘を言いふらしたり。ああ、たしかにわたしには敵がいたんだ。だがわたしはけっして彼らにやっつけられたままではいなかった。借りは必ず返して来た。それに忘れもしなかった」

彼はだまった。急に態度がもとにもどり、またにこやかになった。

「そんなわけで申しわけないがお役に立てません。わたしとヘレンとのちょっとした遊び——それだけのことでした。深入りしたわけじゃない」

グエンダはじっと彼を見つめた。話ははっきりしていた——だが真実だろうか？　彼女は考えてみた。何かひっかかるものがあった——その何かが彼女の心の表面に浮かびあがって来た。

「それでもやはり」彼女は言った。「その後ディルマスにいらしたときは、彼女を訪問なさったのですね」

彼は笑った。

「一本やられましたな、リード夫人。たしかに、わたしはたずねました。たぶんわたしがぶっちょうづらをした弁護士に事務所からつき出されたというだけで、打ちのめされ、だめになってはいないことを彼女に見せたかったのでしょう。わたしはいい仕事についていたし、しゃれた車を乗りまわし、自分の力で結構うまくやっていましたからね」

「彼女を一度ならず訪問なさったのですね？」

彼は一瞬ためらった。

「二度——もしかしたら三度です。ただ立ち寄っただけでした」

彼は突然きっぱりとうなずいた。

「すみませんね、お役に立てなくて」

ジャイルズは立ちあがった。

「お忙しいところおじゃましてたいへん申しわけありませんでした」

「どういたしまして。昔話をするのも気分が変わっていいものです」

ドアがあき、一人の婦人が中をのぞくとあわてて弁解した。

「まあ、ごめんなさい——お客さまがいらしているとは知らなかったので——」

「いいから、おはいり。妻に会ってください。こちらリードご夫妻だよ」

アフリック夫人は握手した。背が高く、やせて、ものさびしげな表情をした婦人で、驚くほど仕立てのいい服を着ていた。

「ごいっしょに昔話をしていてね」ミスター・アフリックが言った。「きみに会うずっと前のことだよ、ドロシー」

彼は二人のほうを向いた。

「妻とは旅行中に知り合ったんです。このあたりの出身ではありません。ポルテラム卿のいとこなんですよ、彼女は」

彼は誇らしげに言った——やせたこの婦人は赤くなった。

「旅行というのはほんとにいいものですね」ジャイルズは言った。「非常に教育的ですよ。まあ、わたしはこれといった教育は受けなかったが」

「いつも主人に言ってますのよ、ぜひあのギリシャ旅行の観光団に加わるべきだって」アフリック夫人は言った。

「時間がないよ。わたしは忙しいんだ」

「いつまでもお時間をとらせてはいけませんね」ジャイルズが言った。「では失礼します、どうもありがとうございました。遠足の見積りはお知らせいただけますね？」

アフリックは玄関まで二人を送って来た。グエンダは肩ごしにちらっとふりかえった。アフリック夫人は書斎の戸口に立っていた。彼女の顔は夫の背中に向けられたまま、不思議そうな、そしてやや不愉快そうな気づかいを見せていた。

ジャイルズとグエンダはもう一度別れの挨拶をすると自分たちの車のほうへ向かった。

「困ったわ、スカーフをおいてきちゃった」グエンダは言った。

「きみって人はいつも何かおいてくるんだね」

「そんな殉教者のような顔をしないで。とってくるわ」

彼女は家にかけもどった。あいたままの書斎のドアからアフリックが大声でこう言っているのが聞こえた。「なぜ出しゃばって入ってきたがるんだ？　非常識だよ」

「ごめんなさい、ジャッキー。知らなかったのよ。あの人たちはどなたなの、なぜあなたをそんなに動揺させたの？」

「動揺してなんかいないさ。おれは――」グエンダが入り口に立っているのを見て彼は口をとざした。

「まあ、アフリックさん、わたしスカーフを忘れませんでしたかしら？」

「スカーフ？　いや、リード夫人。ここにはありませんな」

「なんてわたしばかなのでしょう。きっと車の中ですわ」

彼女はふたたび外へ出た。

ジャイルズは車の向きを変えていた。歩道の縁石にそって大きな黄色のリムジンがとめてあった、クロームでピカピカに光っていた。

「すごい車だ」ジャイルズが言った。

「しゃれた車だわ。おぼえている、ジャイルズ？　イーディス・パジェットがリリーの言ったことを聞かせてくれたでしょう？　リリーはアースキン大佐に賭けたって、〝ピカピカの車に乗ってやってくるあたしたちの謎の男〟にではなく。ねえ、ピカピカの車に乗ってやってくる謎の男ってジャッキー・アフリックだったと思わない？」

「そうだね。リリーはドクターに出した手紙の中でも〝しゃれた車〟のことを言っていたな」

彼らは顔を見合わせた。

「彼はあそこにいたのよ――ミス・マープルが言う〝その現場に〟――あの晩。ああ、ジャイルズ、リリー・キンブルがなんと言うか聞きたくてわたし木曜日までとても待ちきれないわ」

「もし彼女がおじけづいてしまって結局姿をあらわさなかったらどうする？」

「いいえ、彼女は来るわ。ジャイルズ、もしこのピカピカの車があの晩あそこにあったのだったら――」

「そのときの車がこんな黄色の化物だったと思うかい？」

「わたしのリムジンがお気に入りましたか？」ミスター・アフリックの親切そうな声がして二人はとびあがった。彼は二人のまうしろのきちんと刈りこんだ生垣から身をのり出していた。「小さなキンポウゲ、わたしはこの車をこうよんでいるんですよ。いつも車体の装飾にこるのが好きでしてね。お目にとまりましたか？」

「たしかにきれいですね」ジャイルズは言った。

「わたしは花が好きでしてね。水仙《ダッフォディルズ》、キンポウゲ、キンチャクソウ——みんなわたしの好みの花です。リード夫人、ほらスカーフですよ。テーブルのうしろにすべり落ちていました。ではこれで。お会いできて嬉しく思います」

「彼はわたしたちがあの車を黄色の化物ってよんでいるのを聞いたかしら？」走り出る車の中でグエンダはたずねた。

「さあ、そうは思わないが。とっても愛想がよかったじゃないか？」

ジャイルズはすこし心配そうな顔をしていた。

「うーん、そうねえ——でもそれはあまりあてにならないと思うわ……ジャイルズ、あの奥さんは——彼をこわがっているわ。彼女の顔を見てそう思ったの」

「ほんとかい？　あの陽気で愉快そうな男を？」

「たぶん彼の内面はそんなに陽気でも愉快そうでもないのよ、きっと……ジャイルズ、わたしはミスター・アフリックを好きになれそうもないわ……彼はわたしたちの話をどのぐらいうしろで聞いていたのかしら……わたしたちがなんと言ってたときかしら？」

「あまり聞いていなかったろう」

しかし彼は依然として心配そうな顔つきだった。

22　リリー、約束をまもる

I

「ちえっ、ばかばかしい」ジャイルズが叫んだ。

彼は午後の便で届いた手紙の封を切ったところで、その中身をひどく驚いた様子で見つめていた。

「どうしたの？」

「筆跡鑑定家の報告なんだ」

グエンダは熱心に言った。「じゃあ外国から手紙を書いたのは彼女じゃなかったのね？」

「本物なんだよ、グエンダ。彼女が書いたんだ」

彼らは顔を見合わせた。

グエンダは信じられないように言った。「ではその手紙は偽造じゃなかったのね。本物だったのね。ヘレンはあの晩この家から出て行った。そして外国で手紙を書いた。つまり、彼女は絞め殺されはしなかったってわけね？」

ジャイルズはゆっくりと言った。「そうらしい。だがこれじゃまったくめちゃくちゃだ。ふに落ちないよ。あらゆるものが別の方向を指しているように見えるのに」

「もしかしたらその鑑定家がまちがっているんじゃないの？」

「それも考えてみた。だが鑑定家はまったく信頼のおける人たちらしいよ。ぼくは実際この事件については何一つ理解できないんだ。ぼくたちはとんでもないばかなまねをしていたんだろうか？」

「みんな劇場でのわたしのおろかな振舞いのためだって言うの？　そうだわ、ジャイルズ、ミス・マープルのところに寄り道して行きましょうよ。四時半にドクター・ケネディのところに行くまでにまだ時間があるわ」

しかし、ミス・マープルは彼らが予期していたのとは別の反応を示した。彼女は、ほんとによかったと言ったのだ。

「でも、ミス・マープル」グエンダは言った。「どういう意味ですの？」

「つまりね、ある人が思っていたほどには利口でなかったということなのよ」

「でもどうして——どの点がですか？」

「上手の手から水がもれたのよ」ミス・マープルは満足げにうなずいて言った。

「だがどういうふうにして？」ジャイルズがたずねた。

「さあ、リードさん。あなたならきっとこのことがどんなに調査範囲をせばめてくれたかわかるでしょう」

「ヘレンがほんとうにその手紙を書いたという事実を認めた上で——それでもなお彼女は殺されたかもしれないとおっしゃるのですか？」

「つまりその手紙はほんとうにヘレンの筆跡でなければならないということが、ある人にとって非常に重要に思われたということなの」

「わかりました……少なくともわかるような気がします。ヘレンがその手紙を書くようにそそのかされたと考えられる状況があったにちがいない……そのことが事件のまとをしぼることになるのでしょう。だが正確にはどんな状況だったのかな？」

「さて、そこよ、リードさん。あなたはまだ本気になって考えていないようね。非常に単純なことなのに」

ジャイルズはいらだち、反抗的になっているようだった。

「ぼくにははっきりしませんね、どうしても」

「ほんのちょっとよく考えたら——」

「さあ、ジャイルズ。おそくなるわ」

彼らは一人ほほえんでいるミス・マープルをその場に残していった。

「あのおばあさんにはときどきいらいらさせられるよ」ジャイルズは言った。「彼女がいったい何をするつもりなのかさっぱりわからない」

彼らはちょうどぴったりの時間にドクター・ケネディの家に着いた。

ドクターが自分でドアをあけてくれた。

「家政婦は昼から外出させておいた」彼は説明した。「そのほうがいいだろう」

ドクターは客間に案内した。部屋にはカップと受皿をのせたお茶のトレイがおいてあり、バター付きパンやケーキが用意してあった。

「お茶というのはいい手だと思うが？」彼は自信なさそうにグエンダにたずねた。「キンブル夫人をくつろいだ気分にさせられるだろう」

「まったくそのとおりですわ」

「ところでお二人はどうなさるかな？　いきなりお二人を紹介しようか？　それでは彼女が尻ごみするかな？」

グエンダはゆっくり言った。「田舎の人はたいへん疑り深いのでしょう。あなたがお一人で出迎えてあげたほうがいいと思いますわ」

「ぼくもそう思います」

ドクター・ケネディは言った。「あなたがたには隣りの部屋で待っていただくとして、この仕切りのドアをすこしばかりあけておけば、こちらの話が聞こえるだろう。場合が場合なだけにそうしてもかまわないと思うんだが」

「盗み聞きになりますけど、かまいませんわ」

ドクター・ケネディはかすかに微笑して言った。「べつに道徳の問題ではないと思うが。いずれにしろ、わたしは秘密を守るという約束をするつもりはない——ただ求められたら喜んで助言してやるだけで」

彼は時計をちらっと見た。

「汽車は四時三十五分にウッドレイ・ロードに着くことになっている。もう二、三分で到着するはずだ。それから丘を歩いてくれば五分はかかるだろう」

彼は落ち着かずに部屋を行ったり来たりした。その顔はしわが目立ち、やつれていた。

「わたしにはわからない」彼は言った。「いったいどういうことなのかさっぱりわからない。ヘレンがあの家から出て行かなかったとしたら、あの手紙が偽物だったとしたら」グエンダはすばやく体を動かした——しかしジャイルズが頭をふって制した。ドクターはつづけた。「気の毒なケルヴィンが妹を殺さなかったとしたら、いったい何が起こったのか？」

「誰かほかの人が殺したのでしょう」グエンダは言った。

「だが、もしほかの者が殺したとすれば、ケルヴィンはなぜ自分でやったと言い張らなければならなかったのだろう？」

「父は自分でやったと思ったからでしょう。父はベッドでヘレンを発見し自分が殺したと思った。それはありうることでしょう？」

ドクター・ケネディはいらだたしげに鼻をこすった。

「わたしにどうしてわかる？　心理学者でもないのに。ショックか？　神経の状態がすでにおかしかったのか？　その可能性はあるだろう。だが何者がヘレンを殺したいと思ったりしたのだろう？」

「わたしたちは三人のうちの誰かだと思っています」グエンダは言った。

「三人？　三人とは誰だ？　ヘレンを殺す理由が考えられるようなものは誰もいなかったはずだ――完全に頭がおかしいのでなければ。妹には誰も敵はいなかった。みんなに好かれていた」

彼は机の抽斗《ひきだし》に行って中をまさぐった。

「このあいだこんなものがみつかったんだよ——例の手紙をさがしているときに」

彼は一枚の色あせたスナップ写真を差し出した。背の高い体操着姿の一人の女学生が写っていて、髪をうしろで束ねたその顔は輝くように美しかった。彼女の隣りにケネディが——若き日の、しあわせそうな顔をしたケネディが——テリアの子犬を抱いて立っていた。

「わたしはこの頃妹のことばかり考えている」彼はぼんやりと言った。「何年ものあいだちっとも考えたことはなかった——なんとかして忘れようとつとめていた……いまはしょっちゅうあの子のことばかり考えている。あなたがたのせいでね」

その言葉はほとんど非難しているように聞こえた。

「わたしは妹さんのせいだと思いますけど」とグエンダは言った。

彼はキッとグエンダのほうに向きなおった。

「どういうつもりだね？」

「ただそれだけですわ。説明はできません。でもたしかにわたしたちのせいではありません。ヘレン自身のせいです」

哀愁をおびたかすかな汽笛がみんなの耳に入って来た。ドクター・ケネディはフレンチ・ウィンドウから外に出て、二人もあとにつづいた。一筋の煙がゆっくりと谷間にそって後方にたなびいていくのが見えた。

「あの汽車だ」ケネディは言った。

「駅に着くところですか?」

「いや、出て行くところだ」彼は間をおいて言った。「彼女は数分後にはここへ来るだろう」

しかし、その数分がたったが、リリー・キンブルは来なかった。

II

リリー・キンブルは乗換え駅のディルマスで汽車をおり、陸橋をわたって、小さなローカル線の汽車が待っているホームに出た。乗客はまばらで——せいぜい五、六人ぐらいだった。午後のすいている時間であったが、いずれにしてもその日はヘルチェスターで市のたつ日だった。
まもなく汽車は発車した——曲がりくねった谷間にそい、ポッポッともったいぶった音をたてながら進んで行った。終点のロンズベリー・ベイまでのあいだに三つ駅があった。ニュートン・ラングフォードとマッチングズ・ホールト（ウッドレイ・キャンプ場方面）とウッドレイ・ボルトンと。

リリー・キンブルは窓から外を見ていたが、みずみずしい緑の田園風景は目に入らずに、淡い緑の布で張ったジェイムズ朝の応接セットばかり目に浮かんでいた……

小さなマッチングズ・ホールト駅でおりたのは彼女ひとりだけだった。切符をわたして改札口を出た。通りをしばらく行くと〈ウッドレイ・キャンプ場方面〉と書いた道標が立っていてけわしい丘へつづく小道を示していた。

リリー・キンブルは小道に入ると、元気よくのぼり坂を歩いた。道の片側には林がつづき、もう一方の側はヒースとハリエニシダにおおわれた急斜面になっていた。

何者かが林の中から急にとび出して来て、リリー・キンブルはとびあがった。

「まあ、驚いた」彼女は叫んだ。「こんなところでお会いするとは思いもかけませんでしたよ」

「驚いたかね？　だがもっと驚かせることがある」

木立の中は非常にさびしかった。叫びや格闘の物音を聞くものは誰もいなかった。実際には叫び声一つなく格闘はすぐに終わった。

一羽の山鳩がびっくりして林の中から飛び立った……

III

「いったいあの女はどうなってしまったというのだろう?」ドクター・ケネディがいらいらして言った。

時計の針は五時十分前を指していた。

「駅から来る道をまちがってしまったのではないでしょうか?」

「はっきりわかるように教えてやったのだが。いずれにしろ簡単な道だ。駅を出たら左に曲がり最初にぶつかった道を右に曲がる。くり返し言うが、歩いてほんの五分だ」

「もしかしたら気が変わったのかもしれませんね」ジャイルズは言った。

「そうらしいな」

「それとも汽車に乗りおくれたのかしら」

ケネディはゆっくりと言った。「いや、それより結局彼女は来ないことに決心したのではないかな。おそらく彼女の亭主が止めたのだろう。こういう田舎の人間というのは、みんなあてにならないものだ」

彼は部屋を行ったり来たりした。

それから電話のところに行き、番号をたずねた。

「もしもし、駅かね？　こちらはドクター・ケネディだ。四時三十五分の汽車で到着する人を待っているのだが。中年の田舎の婦人を。誰かわたしのところへ来る道を聞かなかったかね？　それとも――え、なんだって？」

ほかの二人も電話のすぐそばにいたので、ウッドレイ・ボルトンの駅員のやわらかくのんびりした口調が聞こえた。

「あなたをたずねていらした方はどなたもいなかったと思いますよ、ドクター。四時三十五分の汽車には知らない客はいませんでした。メドウズからのミスター・ナラコッツ、それからジョニー・ロウズとベンスンさんのお嬢さん。それだけでほかに客はいませんでした」

「では彼女の気が変わったのだ。となると、あなたがたにお茶をおすすめしていいわけだ。ヤカンはかけてある。ちょっとお茶をいれてこよう」

彼がティーポットを持ってもどって来ると、二人はすわった。

「なに、一時的に行きづまっただけだ」彼は前よりずっと快活に言った。「彼女の住所はわかっている。そこへ行けばおそらく彼女に会えるだろう」

電話が鳴った、ドクターは立ちあがって受話器をとった。

「ドクター・ケネディですか？」

「そうです」

「こちらはロングフォード警察署のラースト警部です。リリー・キンブルという婦人をお待ちでしたか――ミセス・リリー・キンブルです――今日の午後あなたを訪問する予定とか？」

「待っていました。どうしたのですか？　事故でもあったのですか？」

「正確には事故と言えませんな。死んだのです。遺体からあなたの出した手紙が見つかりました。それであなたにお電話したのです。できるだけ早くロングフォード警察署にいらしていただけませんか？」

「すぐに行きます」

Ⅳ

「では事情をはっきりさせましょう」ラースト警部は言った。

彼はケネディからジャイルズとグエンダに目をうつした。二人はドクターといっしょについて来たのだった。グエンダはまっ青になり、両手をギュッとにぎりしめていた。

「あなたはこの婦人が乗換え駅のディルマスを四時五分に出る汽車で来るのをお待ちだったのですね？　ウッドレイ・ボルトン駅に四時三十五分に着く汽車で？」

ドクター・ケネディはうなずいた。

ラースト警部は死んだ婦人が身につけていた手紙を見つめた。それは非常にはっきりしていた。

親愛なるキンブル夫人（ドクター・ケネディは書いていた）

わたしは喜んであなたにできるだけの助言をさせていただきましょう。この手紙の住所を見ればおわかりだろうが、わたしはもうディルマスには住んでいません。クームベレー三時半発の汽車に乗って、ディルマスで乗りかえ、ロンズベリー・ベイ行きの汽車でウッドレイ・ボルトンに来てくだされば、わたしの家は駅から歩いてほんの数分のところです。駅を出たら左へ行き、最初にぶつかった道を右へ曲がってください。わたしの家はその道の一番奥の右側にあります。門に表札が出ています。

敬具

ジェイムズ・ケネディ

「彼女がもっと早い汽車でくるということは考えられなかったのですか？」

「早い汽車で？」ドクター・ケネディはひどく驚いた様子であった。

「つまり彼女がそうしたからなんですよ。この人はクームベレーを三時半ではなく一時半発の汽車で立って――ディルマスでは二時五分の汽車に乗りかえ、おりたのはウッドレイ・ボルトンではなく、一つ手前のマッチングズ・ホールトでした」

「だがそれはおかしい！」

「彼女は医学上の相談にくることになっていたのですか、ドクター？」

「いいや。わたしは数年前から診察はやめている」

「わたしもそう思いました。彼女をよくご存じだったのですか？」

ケネディは首をふった。

「もう二十年近くも彼女に会っていませんでした」

「しかしあなたは――そのう――いましがた彼女を確認できましたね？」

グエンダは身ぶるいした。だが死体というものは医者にはなんでもなかったのだろう。

ケネディは考え深げに答えた。

「状況によっては彼女だと確認できたかどうか、自信がありませんな。彼女は絞殺されたようですね？」

「絞殺されたのです。死体はマッチングズ・ホールトからウッドレイ・キャンプへ行く道をすこし入った雑木林で発見されました。キャンプからおりてきたハイカーが四時十分前頃発見したのです。検死の医師は死亡推定時刻を二時十五分から三時までのあいだと言っています。おそらく彼女は駅を出てからまもなく殺されたと思われます。マッチングズ・ホールトでほかにおりた乗客はいません。そこでおりたのは彼女一人でした。ところで、どうして彼女はマッチングズ・ホールトで下車したのでしょう？　駅をまちがえたのでしょうか？　わたしにはそうは思えませんが。いずれにしろ、彼女はあなたとの約束より二時間も早く来た、あなたの指示した汽車では来なかったのです、あなたの手紙を持っていたのにもかかわらず。

で、彼女の用件というのはなんだったのですか、ドクター？」

ドクター・ケネディはポケットを探ってリリーの手紙をとり出した。

「これを持って来ました。同封の新聞の切り抜きはこのリード夫妻が地方紙に掲載した広告です」

ラースト警部はリリー・キンブルの手紙と同封の切り抜きを読んだ。それから彼はドクター・ケネディからジャイルズとグエンダに目をうつした。

「この裏の話をしていただけませんか？　きっと、ずいぶん昔のことにさかのぼるのでしょうね？」

「十八年前です」グエンダは言った。

すこしずつ、つけ加えたりあいだに挿入したりしながら、その話があきらかにされた。ラースト警部は上手な聞き手だった。彼は前にいる三人のものにそれぞれ好きなように話をさせた。ケネディは淡々と事実をのべた。グエンダはやや一貫性をかいていたが、その語り口は想像力をかきたてる力を持っていた。ジャイルズは、おそらく、もっとも貴重な貢献をした。彼は明快で要点をつき、ケネディよりも遠慮するところがなく、グエンダよりも一貫性があった。話は長い時間かかった。

やがてラースト警部はため息をつき要約した。

「ハリデイ夫人はドクター・ケネディの義妹で、あなたの継母であったというのですね、リード夫人。彼女は十八年前に現在あなたが住んでいる家からいなくなった。リリー・キンブル（結婚前の姓はアボット）は当時その家の召使い（小間使い）をしていた。リリー・キンブルはある理由のため（何年かたったあとも）犯罪がおこなわれたという説にかたむいている。当時ハリデイ夫人はある男（正体不明の）といっしょに逃げたものと推測された。ハリデイ少佐は十五年前にある精神病院で亡くなった、ずっと自分が妻を殺したという妄想——もし妄想であるとすれば——を抱きつづけたまま」

彼は間をおいた。

「以上の事実はすべて興味はありますが、あまり関係のないことのようです。肝心な点はハリデイ夫人が生きているか死んでいるかということらしい。もし死んでいるとすれば、彼女はいつ死んだのか？　そしてリリー・キンブルは何を知っていたのか？　表面的には、彼女は何かよほど重要なことを知っていたにちがいないようです。彼女がしゃべると困るので口ふさぎに殺さなければならなかったほど重要なことを」

グエンダは叫んだ。「だけどどうして、彼女がそのことをしゃべろうとしていたか、わかったのでしょう——わたしたち以外の誰かに？」

ラースト警部はその思慮深い目を彼女に向けた。

「重大な点はですね、リード夫人、彼女がディルマス駅で四時五分発の汽車のかわりに二時五分発に乗ったことです。それには何か理由があったにちがいない。彼女はまた、ウッドレイ・ボルトンの手前の駅で下車した。なぜか？　わたしにはこういうこともありうると思われます。ドクターへの手紙を書いたあとで彼女は誰かほかの者に手紙を書き、おそらく、ウッドレイ・キャンプで会う約束をした。そして彼と会ったあとでもし不満があればドクター・ケネディのところへ行き助言を求めようと計画していたのではないでしょうか。彼女がある特定の人物に疑いをもち、その人物に自分の知っていることをほのめかして会いたいという手紙を書いたかもしれないということは充分ありうることでしょう」

「ゆすりだな」ジャイルズはぶっきらぼうに言った。

「彼女自身はそのようには思っていなかったでしょう」ラースト警部は言った。「彼女はただ欲張りで期待をもっていて――そうすることによってどれだけのものを引き出せるかという考えですこし頭が混乱していたのでしょう。ま、いまにわかります。たぶん彼女の夫がもっと多くのことを話してくれるでしょうから」

V

「用心しろって言ったんです」ミスター・キンブルは重苦しく言った。「『そんなことにかかわりあっちゃだめだぞ』そう言ったんです。かくれて行ったんだ、あいつは。自分は一番わかっていると思っていたんだ。いかにもリリーらしいやり方だ。ちっとばかし才走りすぎた」

尋問の結果ミスター・キンブルはほとんど関与していないことが明らかになった。リリーは、ミスター・キンブルが彼女と会っていっしょに外出したりするようになる前、セント・キャサリン荘につとめていた。彼女は映画が大好きで、自分がもといた家ではおそらく殺人事件があった、と彼に話していた。

「たいして気にも止めなかったんです。みんな想像だと思ってました。平凡な事実では満足しない女でした、リリーは。とりとめない長話で、旦那さんが奥さんをやっちまって死体を地下室に埋めたとか――フランス娘が窓から外を見てて、何かだか誰かだか見たって話を。『外国人には気をつけなければだめだぞ、おまえ』っておれは言いました。『そろいもそろってうそつきだ。おれたちとはちがうんだ』ってね。それでリリーがしゃべりまくってるあいだ、おれは聞いてなかった。どうせ何もないのに自分ででっちあげた話ですから。犯罪が好きだったんですよ。リリーは。《日曜ニュース》をとってました、〈有名殺人犯〉の連載がのってたもんだから。頭がそれでいっぱいだったんですよ、あいつは。殺人のあった家にいた、と思ってリリーが喜んでいたとしても――ま、思ってる分には誰も傷つけない。だがこの広告に返事を出すってんでおれに相談したときは——『そんなことはほうっておけ』とおれは言ったんで。『面倒を起こしたってなんにもならねえだろう』ってね。おれの言ったとおりにしてたら、いまだって生きてられたのに」

彼はしばらく考えていた。

「ああ、あいつはいまもちゃんと生きていたのに。ちっとばかし才走りすぎていたんです、リリーってやつは」

23　彼らのうちの誰か？

ジャイルズとグエンダは、ラースト警部とドクター・ケネディがミスター・キンブルを訪問するのについて行かなかった。二人は七時頃帰宅した。グエンダは顔色が青ざめ、気分がわるそうだった。ドクター・ケネディはジャイルズに言っていた。「彼女にブランデーをすこし飲ませ、何か食べさせるといい、それからベッドに休ませることだ。ひどいショックを受けている」

「ほんとに恐ろしいことね、ジャイルズ。ほんとに恐ろしい。あの愚かな女性が、殺人犯と会う約束をして、信頼しきって出かけて行ったなんて——殺されるために。まるで屠所へ引かれる羊のように」

「さあ、そのことは考えないで、グエンダ。結局、ぼくたちには何者かの存在がわかったのだ——殺人者の」

「いいえ、わからないわ。こんどの殺人者ではなくて。わたしの言うのは当時の——十八年前の殺人者のこと。あれはなにか、まったく現実ではなかった――みんなまちがいだったのかもしれない」

「いや、こんどの件であれがまちがいでなかったことは明らかになったよ。きみの考えは最初から正しかったのだ、グエンダ」

ミス・マープルがヒルサイド荘にいたのでジャイルズは喜んだ。彼女とコッカー夫人は二人で大さわぎしてグエンダの世話をやいた。グエンダはブランデーを飲むといつも海峡の汽船を思い出すからと言って断わり、その代りにレモン入りのホット・ウィスキーを飲み、それから、コッカー夫人にときふせられて、腰をおろしオムレツを食べた。ジャイルズはなんとかほかの話にもっていきたかったが、ミス・マープルはジャイルズが高等戦術として認めている例の穏やかな、超然とした態度でこんどの犯罪について語った。

「ほんとに恐ろしいことだったわね、グエンダ」彼女は言った。「そしてたしかに大きなショックよ、でも興味深いということも認めざるをえないわ。当然だけどわたしは年をとっているから死というものにあなたたちほどの大きいショックを受けないのよ――わたしを悩ませるのはガンのようにだらだら長引いて苦しいものだけ。肝心なことは、こんどの事件がいかなる疑いをもはさむ余地なく、気の毒な若いヘレン・ハリデイは殺されたのだということを決定的に証明していることね。わたしたちはずっとそう考えて来ていまやっとわかったのよ」

「あなたの説によれば、ぼくたちは死体のありかを知らなければなりません」ジャイルズは言った。「地下室でしょうか」

「いいえ、ちがうわ、リードさん。イーディス・パジェットの言ったことをおぼえてるでしょう、彼女は翌朝リリーの言ったことが気になって地下室へ行ってみた、でもそのような痕跡は何も見あたらなかったって――痕跡はきっとあるはずでしょう――もし誰かが本気になってさがせば」

「では死体はどうなったというのです？　車ではこび出されて断崖から海の中に投げこまれたのですか？」

「いいえ。さあ、いいこと、あなたがこの家に来たとき最初に驚いたことは何だったかしら――驚いたことがたしかあったわね、グエンダ？　客間の窓から海までの見晴らしがきかなかったという事実。あなたが当然、芝生におりる段々があるだろうと思ったところには――その代りに灌木の植込みがあった。あとになってあなたにわかったことは、そこにはもともと階段があったけれど、いつのまにかテラスのはしに移されてしまっていた。いったいなぜ階段が移されたのかしら？」

グエンダはだんだんわかって来たように彼女をじっと見つめた。

「つまり、そこだと――」

「模様替えするには理由があったはずなのに、はっきりした理由と思われるものはなにもない。率直に言ってあそこは芝生におりる階段には変なところね。でもあのテラスのはしはたいへん静かな場所で――家のどこからも見おろせないところよ、ただ一つの窓――二階の子供部屋の窓以外は。いいこと、もし死体を埋めたいと思えば、土を掘り返すでしょう、土を掘り返すためには理由がなければならない。その理由が、つまり段々を客間の真正面からテラスのはしに移すことにきめたということだったのよ。わたしは前にドクター・ケネディからヘレン・ハリデイもご主人も庭のことにたいへん熱心で庭仕事をよくしていたと聞いたことがあるの。だから庭師がやって来て、その模様替えがもう進められ、敷石のいくつかが移されているのを見たら、彼はただハリデイ夫妻が自分のいない間にその仕事にとりかかったのだと思ったでしょう。もちろん死体はそのどちらの場所にも埋めることができたはずだけど、実際に埋められているのは客間の真正面でなくテラスのはしだと思うわ」

「なぜそう思うのですか？」グエンダはたずねた。

「だってかわいそうなリリー・キンブルが手紙の中で言ってたでしょう——リリーはレオニーが窓から外を眺めていたときに見たというものを聞いて、死体が地下室にあるという考えを変えたのよ。それではっきりわかるでしょう？　あのスイス娘は子供部屋の窓からその夜中のある時間に死体のために墓が掘られているのを見たのよ。おそらく彼女は掘っている人も実際に見たのでしょう」

「それで警察には何も言わなかったのかしら？」

「でも、そのときは犯罪がおこなわれたということは問題になっていなかったのよ。ハリデイ夫人は恋人と逃げてしまった——レオニーに理解できたのはそれだけだったでしょう。いずれにしろ彼女は英語をあまりよく話せなかったし。リリーにだけは話したでしょう、そのときでなく、もっとあとで、その晩自分のいる子供部屋の窓から見た不思議な光景を。そしてそのことは犯罪がおこなわれたというリリーの確信をいよいよ強めたでしょう。でもきっとイーディス・パジェットがばかなことを言ってとリリーをしかりつけたのね。スイス娘もその意見を入れて警察沙汰にはまきこまれたくないと思ったにちがいないと思うわ。外国人は慣れない国にいるときにはいつも警察に対して特別神経質になっているように思われるの。だから彼女もスイスにもどって、あのことについては二度と考えないようにしたにちがいないわ」

ジャイルズは言った。「もしレオニーがいまも生きているなら——そしてさがしあてることができるなら——」

ミス・マープルはうなずいた。「おそらくね」

ジャイルズはたずねた。「どうやってそれにとりかかったらいいでしょう？」

ミス・マープルは言った。「警察があなたよりずっとうまくやってくれるでしょう」

「ラースト警部は明朝ここへ来ることになっています」

「来たら彼に言わなければね——階段のことを」

「わたしの見たことも——あるいは見たと思っていることもですか——ホールで？」グエンダが神経質に言った。

「そうよ。あなたがいままであのことを誰にも言わなかったことは非常に賢明だったわ。だけどもうそのときが来たと思うの」

ジャイルズがゆっくりと言った。「ヘレンはホールで絞め殺された、それから殺人者は彼女を二階にはこびベッドにおいた。ケルヴィン・ハリデイが帰って来て、麻薬の入ったウィスキーを飲み意識を失った、そして彼のほうも二階の寝室にはこばれた。彼は意識をとりもどし、自分がヘレンを殺してしまったと考えた。殺人者はすぐ近くのどこかで見張っていたにちがいない。ケルヴィンがドクター・ケネディの家へ行っているあいだに、殺人者は死体を持ち去り、おそらくテラスのはしの植込みの中にかくし、家じゅうのものがベッドに入り眠っただろうと思われるまで待ってから墓穴を掘って死体を埋めた。ということはつまり、殺人者がずっとここにいたにちがいないということになりますね、ほとんど一晩じゅう家のまわりをうろついて？」

ミス・マープルはうなずいた。

「彼はかならず——その現場にいたはずだ。ぼくはそれが大事なことだとあなたに言われたのをおぼえています。ぼくたちの考えた三人の容疑者のうちで誰が一番必要条件を満たしているかしらべなければ。まずはじめにアースキンを考えてみよう。さて彼はたしかにその現場にいた。彼自身の認めるところによればほぼ九時頃彼はヘレン・ケネディといっしょに浜辺からここまで歩いて来た。彼は彼女に別れを告げた。しかし彼ははたして別れを告げたのだろうか？　たとえばその代りに彼女を絞め殺したとしてみよう」

「でも二人のあいだのことはすべて終わっていたのよ」グエンダは叫んだ。「ずっと前に。彼はヘレンと二人きりになることはほとんどなかったと言ってたわ」

「だが、いいかい、グエンダ、いまぼくたちがしらべていく上に必要な方法は、誰かが言ったことにたよることはできないということなんだ」

「まあ嬉しい、あなたがそういうのを聞くと」ミス・マープルは言った。「だってすこし心配だったのよ、あなたたちがどうかすると人から聞いた話をすべて実際に起こったこととしてすぐに受けとるように見えたものだから。わたしは自分がひどく疑り深い性質ではないかと気にしているのよ、でも、とくに殺人事件の場合には、人から聞いたことをそのまま事実として受けとらないきまりにしているの、確認した上でなければね。たとえば、スーツケースにつめられて持ち去られた衣類はヘレン・ハリデイ自身が持って行ったのではないとリリーが言っていたわね。それはほんとうにたしかだと思われる、というのはイーディス・パジェットがリリーから聞いたとわたしたちに言ったばかりでなく、リリー自身ドクター・ケネディへの手紙に書いていたでしょう。だからそれは一つの事実なのよ。ケルヴィン・ハリデイが妻からひそかに麻薬を飲ませられていると信じていたことは、ドクター・ケネディもわたしたちに言ったことだし、ケルヴィン・ハリデイ自身、日記の中でそのことを確証している——だからこれもまた一つの事実——それでもずいぶん奇妙な事実だと思わない？　でもいまのところはそのことに深入りしないでおきましょう。

ただわたしはあなたたちの考えた仮説の多くが他人から聞いた——おそらく非常にもっともらしい話として聞いたことにもとづいているということを指摘したかったの」

ジャイルズは熱心に彼女を見つめた。

グエンダは、顔色ももとにもどって、コーヒーをすすり、テーブルに身をのり出していた。

ジャイルズは言った。「では三人の男がぼくたちに言ったことを一つ一つ確認して照らし合わせてみよう。まずアースキンからだ。彼の言っていることは——」

「あなたはあの人が嫌いなんでしょう。彼のことをこれ以上つづけても時間の無駄よ、だっていまとなっては彼は明らかに圏外だもの。彼にリリー・キンブルを殺せたはずがないでしょう」

ジャイルズは冷静につづけた。「彼の言い分はこうだ。インドへ行く船の上でヘレンと会い、二人は恋をした、だが彼は妻と子供たちを捨てる気にはなれなかった、そして二人は別れを言わなければならないことに同意した。もしそれがまるっきり逆だったらどうだろう。もし彼が命懸けでヘレンに恋をしたとしたら、そして彼といっしょに逃げるのをいやだと言ったのが彼女のほうだとしたら。もしほかの誰かと結婚したら彼女を殺すぞ、と脅迫していたとしたらどうだろう」

「もっともありえないことよ」

「そういうことはよく起こるんだ。あの奥さんが彼になんと言っていたか、立ち聞きしたことを思い出してごらん。きみはそれをみんな嫉妬のせいにしてたが、もしかしたら事実だったかもしれないよ。彼女は女性のことでずっと彼につらい目にあわされて来たのかもしれない——彼はすこしばかり色情狂かもしれない」

「そんなこと信じないわ」

「いや、彼は女性には魅力的だからね。アースキンという男はすこし変わったところがあるとぼくは思うな。まあいいや、彼に対するぼくの言い分をつづけよう。ヘレンはフェーンとの婚約を解消し、帰国してきみのお父さんと結婚し、ここに落ち着いた。そこへ突然、アースキンがあらわれる。彼は表面上は妻と夏の休暇をすごしにやって来た。これはおかしなことだよ、まったく。彼はふたたびヘレンに会いに来たことを認めているんだから。さてアースキンがヘレンといっしょに居間にいた男だと考えてみよう、リリーが奥さんのこわがっている言葉を立ち聞きしたというあの日に。『あなたがこわいわ——長いあいだあなたがこわかった——あなたは気が狂ってるわ』

彼女はこわい、だからノーフォークに引っ越す計画を立てる、だがそれをごく内密にしておく。そのことを知るものは誰もいない。誰もいない、と言っても夫妻がディルマスを立つまではだ。そこまではぴったりだ。そしてあの運命の夜のことだ。ハリデイ夫妻があの夜の早い時間に何をしていたのかわからないが——」

ミス・マープルは咳払いをした。

「じつは、わたしイーディス・パジェットにもう一度会ったのよ。彼女はおぼえていたわ。あの夜は早目に夕食をすませた——七時頃——というのは、ハリデイ少佐がある会合に出かけることになっていたの——ゴルフ・クラブか教区の集まりだったそうだわ。ハリデイ夫人は夕食後出かけたのですって」

「それで話が合います。ヘレンは約束どおりアースキンと会う、たぶん浜辺です。アースキンは翌日出発することになっているが、おそらく行くのはいやだと言う。そしてヘレンにいっしょに逃げようと迫る。彼女はここへもどり、アースキンはついて来る。とうとう激情にかられて彼はヘレンを絞め殺す。次のくだりはすでにぼくらの意見が一致しているとおりだ。彼はいささか逆上している、そしてケルヴィン・ハリデイに妻を殺したのはハリデイ自身だと思いこませようとする。夜おそく、アースキンは死体を埋める。おぼえてるでしょう、彼はディルマス中歩きまわって深夜までホテルには帰らなかったとグエンダに話したのです」

「おかしいと思えるのは」ミス・マープルは言った。「彼の妻がそのあいだ、何をしていたかということね」

「きっと嫉妬に狂っていたのだわ」グエンダは言った。「そして彼が帰ってくるとさんざんにあたりちらしたでしょう」

「以上がぼくの復元してみたすじがきです。ありうることだと思います」

「でも彼はリリー・キンブルを殺せなかったはずよ」グエンダは言った。「ノーサンバランドに住んでいるんだもの。だから彼について考えるのは時間の無駄になるだけよ。ウォルター・フェーンをとりあげてみましょう」

「よし。ウォルター・フェーンは抑圧されたタイプだ。彼はおとなしくてやさしくて人のいいなりになるように見える。だがミス・マープルが貴重な証言を一つもたらしてくれた。ウォルター・フェーンはかつて猛烈に怒ってもうすこしで兄さんを殺しそうになったことがある。もちろんそのとき彼は子供だった、しかし常におとなしく寛大な性質と思われていたので、それはひどく驚くべきことであった。ともかく、ウォルター・フェーンはヘレン・ハリデイに恋をする。ただの恋ではなく、彼女を熱愛したのだ。彼女のほうは受け入れようとしない、そこで彼はインドへ出かける。その後彼女は自分も出かけて行って彼と結婚しようという手紙を書き、出発する。そして第二の打撃だ。彼女は到着してすぐに彼をふってしまう。〝ある人に船で出会った〟からだ。彼女は帰国してケルヴィン・ハリデイと結婚する。おそらくウォルター・フェーンは、ケルヴィン・ハリデイこそ自分が彼女にふられたそもそもの原因だと思う。彼はくよくよ考え、はげしい嫉妬に満ちた憎しみを育てていき、帰国する。彼は非常に寛大な友人としての態度でふるまい、しょっちゅうヘレンの家に行き、見かけは飼いならされた猫となり、忠実な僕《しもべ》となる。だがおそらくヘレンはそれが真実でないことをさとる。彼女はその内面の動きをちらっと見てしまう。たぶん、ずっと昔に、彼女はおとなしいウォルター・フェーンの中に不穏なものがあることを察していたのだ。彼女は彼に向かって言う、『あなたのことをずっとこわがっていた』彼女はひそかに計画を立て即刻ディルマスを離れノーフォークに住むことを考える。なぜか？　ウォルター・フェーンを恐れていたからだ。

さて、またもやあの運命の夜のことだ。こんどはあまりたしかな根拠がない。その夜ウォルター・フェーンが何をしていたかわからないし、わかる見込みもまずない。だが彼が歩いてほんの二、三分のところにある家に住んでいたとすれば、ミス・マープルの〝その現場に〟いたという必要条件をある程度満たしている。彼は頭痛がして早めにベッドに入ったとか、調べものがあって書斎にとじこもっていたとか――そのようなことを何か言うかもしれない。だが、彼は殺人者がやってのけたと判断されるすべてのことをやることができたはずだ、ぼくには三人の中で彼が一番スーツケースに服をつめるときのまちがいをしそうに思えるんだ。彼は女の人がそういうときにどんなものを身につけるかなんてことはてんで知らないだろう」

「おかしな事があったのよ」グエンダが言った。「事務所で彼に会った日に、わたしは彼がブラインドをすっかりおろした家みたいだという奇妙な感じがしたの……そしてとっぴょうしもない考えさえ浮かんだわ――その家の中には誰か死んだ人がいるという」

彼女はミス・マープルを見た。

「こんな考え、ばかげているとお思いでしょう？」

「いいえ、おそらくあなたの言うとおりだと思うわ」

「ではこんどは、アフリックの番よ。アフリック観光。いつも抜け目のなさすぎるジャッキー・アフリック。まず第一に彼に不利なことは、ドクター・ケネディが彼を初期の被害妄想狂だと信じていたことね。つまり――彼はけっして正常ではなかったということでしょう。彼は自分とヘレンのことについて話してくれた――でもいまはそれがみんな嘘のかたまりであったということにしてみましょう。彼はヘレンをただのかわいい女の子と思ったのではなかった――狂ったように、情熱的に彼女に恋をした。でも彼女のほうは恋をしなかった。ただ楽しんでいただけだった。彼女はミス・マープルがおっしゃるように男狂いだった」

「いいえ、ちがうわ、わたしはそう言いませんでしたよ。そのようなことは何も」

「まあ、では色情狂、もしこの言葉のほうがよければ。ともかく、彼女はジャッキー・

アフリックと恋愛沙汰を起こし、それからすてたいと思った。彼のほうはすてられたくなかった。彼女の兄さんは妹を窮地から救い出した、けれどジャッキー・アフリックはけっして許しも忘れもしなかった。彼は職を失った――彼の言うことによればウォルター・フェーンにぬれぎぬを着せられて。このことは被害妄想狂のあきらかな徴候を示しているわ」

「そうだな」ジャイルズは賛成した。「だが一方、もしそれが事実だったら、それはフェーンにとっても一つの不利な点になる――非常にたいせつな点だね」

グエンダはつづけた。

「ヘレンは外国に行き、彼はディルマスを去る。だがけっして彼女を忘れてはいない、そして彼女がディルマスにもどり、結婚すると、彼は訪問にやって来る。彼は最初、彼女の家に一度行ったと言ったけれど、あとになって二度以上行ったことを認めているわ。それに、そうだ、ジャイルズ、おぼえている？　イーディス・パジェットは〝ピカピカの車に乗ってやってくるあの謎の男〟という言葉を使っていたわ。だから、彼は召使いたちの噂になるくらいしょっちゅう来ていたのよ。でもヘレンはなんとかして彼を食事によばないようにしていた――彼をケルヴィンに会わせないようにしていた。おそらく彼女はアフリックがこわかったのよ。おそらく――」

ジャイルズがさえぎった。

「これにはもう一つの考え方が成り立つかもしれない。つまり、ヘレンも彼に恋をしていたと考えてみたら――彼女の初恋の男というわけだが、そしてずっとその恋がつづいていたとしたらどうだろう。おそらく彼らは情事をもっただろうし、彼女は誰にも気づかれないようにしただろう。しかし彼が彼女に駆け落ちしてほしいと思うようになると、その頃までに彼女のほうは彼にあきてきて行こうとはしない、そこで――彼は殺してしまった。あとは例のとおりだ。リリーはドクター・ケネディあての手紙の中であの晩門の外にしゃれた車がとめてあったと言っていた。ジャッキー・アフリックの車だったのだ。ジャッキー・アフリックもまた〝その現場に〟いたわけだ」

「一つの仮説だが」ジャイルズはつづけた。「ぼくには合理的なものに思える。だがヘレンの手紙をぼくらの復元したすじがきの中に書きこむことが残っている。ぼくは、ミス・マープルのおっしゃった、ヘレンがあの手紙を書くことをそそのかされるようになった〝状況〟についてずっと頭を悩ませていた。それを説明するためには、彼女がたしかに恋人をもっていて、その男と駆け落ちしようと思っていたことを認めざるをえないように思われる。もう一度三人の候補者をしらべてみよう。まずアースキン。かりに彼は依然として妻をすてたり、家庭をこわしたりする気にはなれなかったとする。しかしヘレンはケルヴィン・ハリデイと別れ、どこかアースキンがときどきやって来ていっしょにすごせるようなところに行くことに同意したとする。第一の仕事はアースキン夫人の疑いをとりのぞくことだろう、そこでヘレンは誰かと外国に行ってしまったと見えるようにあとで兄さんのところに届けられる二通の手紙を書く。このことは彼女が問題の男の正体を謎めかしていることとうまく一致する」

「でも彼女が彼のために夫と別れるつもりだったとすれば、なぜアースキンはヘレンを殺したの？」グエンダはたずねた。

「おそらく突然彼女の気が変わったからじゃないのかな。結局自分がほんとうに愛しているのはやはり夫だとわかった。アースキンはカッとなり彼女を絞め殺した。それから服とスーツケースを持ち出しあの手紙を利用した。これはすべてのことに当てはまる完全な説明だ」

「同じことがウォルター・フェーンにも当てはまるかもしれないわよ。スキャンダルが田舎の弁護士にとってまったく悲惨なものであることは想像できるでしょ。ヘレンはフェーンが訪ねてこられるような近くのどこかへ行き、誰かほかのものと外国へ行ってしまったと見せかけることに同意した。それから、あなたがさっき言ったように、気が変わった。ウォルターは気が狂ったようになって彼女を殺してしまった」

「ジャッキー・アフリックについては？」

「彼の場合、手紙の理由を見つけることはもっとむずかしいわ。スキャンダルが彼に影響することもあまり考えられないし。ことによるとヘレンは彼をでなく、わたしの父を恐れていたのではないかしら――だから外国へ行ってしまったように見せかけるほうがいいと思った――あるいは当時アフリックの妻がお金を持っていて、彼は自分の事業に投資するためにそのお金がほしかった。そうだわ、手紙については可能性はたくさんあるのね」

「あなたは誰だとお思いになりますか、ミス・マープル？　わたしはどうしてもウォルター・フェーンとは思わないのですが――でもそうなると――」

コッカー夫人がちょうどコーヒーカップを片づけに入って来た。

「そうでしたわ、奥さま」彼女は言った。「すっかり忘れていました。なにしろかわいそうに女の人が殺され、奥さまも旦那さまもまきこまれておしまいになりましたでしょう、こんなときに奥さまにはほんとお気の毒なことだと思いますけど。じつはミスター・フェーンが今日の午後訪ねていらしたのです、三十分もお待ちになっていらっしゃいました。なんでもお二人が待っていらっしゃるとお思いのごようすでした」

「おかしいわね。何時に？」

「四時をちょっとすぎていた頃と思います。それから、そのあとでもう一人男の方が見えました、大きな黄色い車に乗っていらして。その方はお二人がぜったいに自分を待っていると信じていらっしゃいました。ちがいますとお返事してもお聞きにならず、二十分ほどお待ちになっていました。わたしはあなたがたがティー・パーティーでもなさるおつもりでお忘れになったのかと思いました」

「まさか。変ねえ」

「フェーンに電話してみよう。まだ寝てはいないだろう」

彼はそのことばを実行にうつした。

「もしもし、フェーンさんですか？　こちらジャイルズ・リードですが。今日午後家にいらしてくださったそうで——なんですか？——いえ——ちがいますよ。ぜったいに——ぼくではありません、まったく変ですね。はい、ぼくもおかしいと思います」

彼は受話器をおいた。

「変だよ、これは。今朝彼の事務所に電話があったらしい。今日の午後ぼくたちに会いに来るようにとの伝言がおいてあったそうだ、重要な用件で」

ジャイルズとグエンダはじっと顔を見あわせた。それからグエンダは言った。「アフリックに電話してみて」

ジャイルズはふたたび電話のところへ行き、番号をしらべ、電話をかけた。すこし時間がかかったが、まもなく通じた。

「アフリックさん？　ジャイルズ・リードですが、ぼくは――」

そこで彼はあきらかに相手のせきをきったような話ぶりに何も言えなくなってしまった。

最後にやっとこう言えただけだった。「しかし、ぼくたちはけっして――いえ、ほんとうです――そんなことは何も――ええ――ええ、あなたがお忙しいことはわかってます。ぼくはそんなこと夢にも――ええ、しかしですね、電話をかけて来たのはどんな人です？――男の声？――いいえ、ぼくじゃありません。ええ――ええ、なるほど。そうですね、まったく異常だと思います」

彼は受話器をおくと、テーブルにもどって来た。

「こういうわけだ。何者か、ぼくだと名のった男がアフリックに電話してここへ訪ねて来るようにたのんだそうだ。緊急の用で――多額の金の問題だとか言って」

彼らはたがいに顔を見あわせた。

「二人のうちどちらでもありえるわけね」グエンダは言った。「どちらもリリーを殺してからアリバイのためここへ来ることができたわけよ」

「アリバイにはまずならないんじゃないかしら、グエンダ」ミス・マープルが口をはさんだ。

「完全なアリバイという意味ではないんです、でも彼らが事務所を留守にする口実にはなるでしょう。つまり彼らのうち一人は真実を言ってるし、もう一人は嘘を言ってると思います。その一人がもう一人のところへ電話してここに来るようたのむ——疑いを相手にかぶせようとして——どちらかはわからないけど。これでこの二人のどちらかだということははっきりしたわ。フェーンかアフリックか。わたしの考えでは——ジャッキー・アフリックよ」

「ぼくはウォルター・フェーンだと思うな」

二人はミス・マープルを見つめた。

彼女は首をふった。

「もう一つ可能性があるわ」

「そうでした。アースキンですね」

ジャイルズは走るようにして電話のところへ行った。

「何をするの？」

グエンダは聞いた。

「ノーサンバランドに長距離電話を申し込むんだ」

「まあ、ジャイルズ――あなたまさかほんとうに――」

「どうしても知らなくちゃ。もし彼が向こうにいれば――今日の午後リリーを殺せるはずはないからね。自家用飛行機とかそんなとてつもないものを持たない限りは」

彼らが黙って待っていると、ついに電話のベルが鳴った。

ジャイルズは受話器をとりあげた。

「アースキン少佐に個人電話をお申し込みになりましたね。どうぞお話しください。アースキン少佐がお待ちです」

神経質に咳払いしてからジャイルズは言った。「ああ――アースキンさんですか？こちらはジャイルズ・リードですが――リードです、はいそうです」

突然彼は「いったいなんと言えばいいかな？」という意味をせいいっぱい示す困りきった目つきでグエンダを見た。

グエンダは立ちあがり受話器をとった。

「アースキン少佐でいらっしゃいますか？ わたくしミセス・リードです。わたしどもが聞いた――家のことなんですが。リンスコット・ブレーク荘という。あの――そこは――何かその家についてご存じでいらっしゃいますか？ お宅の近くと思いますが」

アースキンの声が言った。「リンスコット・ブレーク？　さあ、聞いたことがないようですな。郵便の町名はどうなってます？」

「それがひどく印刷がよごれていて」グエンダは言った。「不動産屋の送ってよこすひどいタイプ印刷だものですから。でもそれにはデイスから十五マイルと書いてありますの、それでご存じではないかと――」

「残念ながら、聞いたことはありません。誰が住んでいるのですか？」

「はあ、いまは空き家なんです。でもご心配なく。じつはもう――わたしたちじつはある家にきめておりますの。おさわがせしてすみませんでした。お忙しいところでしたでしょうに」

「いや、ちっとも。ただ家事に追われているだけですよ。家内は留守ですし。うちのコックは母親のもとに行く用がありまして、それでわたしが家の雑用に追われているんです。どうもこれが苦手でしてね。庭仕事のほうがまだましです」

「わたしもいつも家事よりお庭のことをしたいほうですわ。奥さまおかげんでも悪いのでなければよろしいですけれど」

「いやいや、妹のところへよばれて行ったのです。明日は帰るでしょう」

「そうですか、ではおやすみなさい、おさわがせしてほんとうに申しわけありませんでした」

彼女は受話器をおいた。

「アースキンは圏外よ」彼女は勝ちほこったように言った。「奥さんがお留守で彼は家の雑用に追われているんですって。だから残りの二人ということになるわ。そうですね、ミス・マープル？」

ミス・マープルは深刻な顔つきをしていた。

「わたしはね、あなたたちがまだ充分とことんまで考えていないと思うの。ああ――ほんとうに心配だわ。わたしが何をしたらいいかはっきりわかってさえいれば……」

24 猿の前肢

I

グエンダはテーブルに両ひじをついてあごをのせ、目は大いそぎですませた昼食の跡をぼんやりながめ回していた。まもなく彼女はこれを台所の流しにはこび、洗い、片づけ、そのあと、夕食の用意に何をしたらいいか考えなければならなかった。

しかし、そうむやみにいそがなくてもよかった。彼女は事情をのみこむのにすこし時間がほしいと思った。すべてがあまりにも急に起こってしまった。

いま思いかえしてみるとその朝の出来事は混沌として、ありえないことのように思われた。すべてがあまりにもはやくあまりにも嘘のように起こってしまった。

その日早く——九時半頃、ラースト警部がやって来た。彼といっしょに本署からプライマー警部、それに州の警察本部長も来た。本部長はあまり長くいなかった。リリー・

キンブル殺人事件とそれに関連するいっさいの問題を担当することになったのはプライマー警部だった。

グエンダに、部下がお庭をすこし掘りかえしてもご迷惑ではないかとたずねたのは、見かけによらずやさしそうな物腰と穏やかで恐縮したような声の持ち主の、プライマー警部だった。

彼の声の調子は、まるで十八年間も埋まっていた死体をさがすことよりむしろ、健康によい運動を部下にさせてやりたいとたのんでいるように聞こえた。

そのときジャイルズが思いきって声をかけた。「たぶんお役に立つような話ができると思いますが」

そして彼は芝生におりる階段が移されていたことを警部に話し、テラスに警部をつれて行った。

警部は二階の角の手すりのある窓を見あげて言った。「あれは子供部屋だったのでしょうね、きっと」

ジャイルズがそうですと言った。

それから警部とジャイルズは家の中にもどり、二人の部下が鋤《すき》を持って庭に出て行った。ジャイルズは警部が質問にとりかかる前に切り出した。「警部さん、じつはぼくの妻がこれまでぼくと——そして——そのう——もう一人のひと以外には誰にも話さなかったあることをあなたに聞いていただきたいと思うんですが」

穏やかな、それでいてうむを言わさぬような警部の目がグエンダにそそがれた。その目は何かを考察しているようだった。グエンダは思った、この人は心の中でたずねているのだわ、これは信頼できる女かそれとも空想家かと。

彼女はあまり強くそれを感じたので、弁護する口調で話をはじめた。

「わたしの想像だったのかもしれません、たぶんそうだったのでしょう。でも恐ろしいほど実際あったことのように思われるのです」

プライマー警部はやさしくなだめるように言った。「けっこうですよ、リード夫人、うかがいましょう」

そしてグエンダは説明したのであった。彼女がはじめてこの家を見たとき、よく知っているように思われたこと。あとになって、彼女が子供のとき実際にここに住んでいたことがわかったこと。子供部屋の壁紙や、仕切りのドアをおぼえていたこと、そして芝生におりる階段がどうしてもそこにあるはずだと感じたこと。

プライマー警部はうなずいた。彼はグエンダの子供っぽい思い出などとくに興味はないとは言わなかったが、グエンダは彼がそう考えているような気がした。

それから彼女は勇気をふるって最後の話をした。彼女が劇場にすわっていたとき、突然、ヒルサイド荘の階段の手すりのあいだからホールで死んでいる女の人を見たことを思い出したという話を。

「まっ青な顔をして、絞め殺され、金髪で――それはヘレンでした――でもほんとうにばかげてました、わたしはヘレンが誰だったのかぜんぜん知らなかったのです」

「ぼくたちはこう思います――」ジャイルズが言い出した、しかしプライマー警部は思いがけぬ権威をもって制止する手をあげた。

「どうか奥さんご自身の口から聞かせてください」

そしてグエンダが口ごもって、顔をあからめると、プライマー警部はグエンダには高度の専門技術だとわからないような手ぎわのよさで、やさしく助けの手をさしのべた。

「ウェブスターの作品ですね？」彼は考え深く言った。「フム、《マルフィ公爵夫人》か。猿の前肢ですって？」

「でもそれは悪夢だったかもしれません」ジャイルズは言った。

「どうか、リードさん」

「みんな悪夢だったかもしれません」グエンダは言った。

「いや、わたしはそうではなかったと思いますね」プライマー警部は言った。「リリー

・キンブルの死を究明することはひじょうにむずかしい、もしこの家で殺された女の人がいたと仮定しなければ」

その言葉はたいへん理にかない、励ます力さえ持っていたので、グエンダはいそいで先をつづけた。

「ヘレンを殺したのはわたしの父ではありませんでした。ほんとうにそうではなかったのです。ドクター・ペンローズでさえ、父はそんなことをするタイプではないし、人を殺せるはずがないと言っています。ドクター・ケネディも父は殺さなかった、ただ殺したと思いこんでいただけだと確信していました。ですからほんとうの犯人は、父がやったと見せかけたいと思った人ではないでしょうか、そしてわたしたちはそれが誰なのかわかると思います――少なくとも二人のうちの一人だと――」

「グエンダ」ジャイルズは言った。「ぼくたちはまだ――」

「すみませんが、リードさん、庭に出て部下たちがどのぐらいはかどっているか見ていただけませんか。わたしにたのまれたと言ってください」

彼はジャイルズの出たあとフレンチ・ウィンドウをしめて錠をかけると、グエンダのところにもどって来た。

「さあどうかあなたのお考えをすっかり話してください、リード夫人。つじつまが合わなくてもちっともかまいませんから」

そこでグエンダは彼女の考えとジャイルズの憶測や推理をすっかりぶちまけた。ヘレン・ハリデイの生涯に登場したと思われる三人の男について、できるだけのことを見つけ出すためにとった手段と、彼らが到達した結論も——そしてウォルター・フェーンとJ・J・アフリックが二人ともジャイルズからと見せかけた電話を受け、前日の午後ヒルサイド荘によびだされたということも。

「でも警部さん、あなたならおわかりになるでしょう——二人のうちどちらかが嘘をついているかもしれないと？」

穏やかな、やや疲れをおびた声で警部は言った。「それはわたしのような仕事をするものがよく出会う困難の一つです。ひじょうに多くの人が嘘をついているかもしれない。ひじょうに多くの人がふつう嘘をついている……あなたが考えるような理由のためとは限りませんがね。そして自分が嘘をついていることさえわかっていない人もいるのです」

「わたしもそうだとお思いですか？」グエンダは心配そうに言った。

警部は微笑して言った。「あなたはたいへん正直な証人だと思いますよ、リード夫人」

「では殺人犯人についてのわたしの考えは正しいとお思いですか？」

警部はため息をついて言った。「それはどう思うかという問題ではありません――われわれにとっては。それは照合確認していく問題です。一人一人がどこにいたか、一人一人が自分の行動をどう理由づけるか。われわれにはまず正確に、前後十分ずつぐらいの時間幅にまで、リリー・キンブルの殺された時刻がわかっています。二時二十分から二時四十五分のあいだです。誰だって昨日の午後彼女を殺してそのあとここへ来ることができたでしょう。その電話がなんのためにかけられたのかわたし自身にはわかりません。それはあなたの言われた二人のどちらにも殺人の犯行時間のアリバイとはなりませんからね」

「でもあなたはいずれさぐり出すのでしょう、その時間に彼らが何をしていたのか。二時二十分から二時四十五分までのあいだに。彼らに尋問するのでしょう」

プライマー警部は微笑した。

「われわれは必要な尋問はすべてすることになるでしょう、リード夫人、それはたしかだと思ってくださって結構です。いい時期を見て。あわてても無駄です。先を見通さなければ」

グエンダには突然、忍耐のいる静かで地味な仕事がかいま見えた。いそがずに、容赦せずに……

「わかりましたわ……ほんとに。だってあなたは専門家ですもの。ジャイルズとわたしはただのしろうとにすぎません。ときどきまぐれ当りでうまく当るかもしれませんけど――でもどのようにそれを追及していけばいいかよくわからないのです」

「そんなものですよ、リード夫人」

警部はまた微笑した。彼は立ちあがってフレンチ・ウィンドウの錠をあけた。そして、窓から出ようと足を踏み出した瞬間、立ちどまった。獲物を見つけた猟犬に似ていると、グエンダは思った。

「失礼ですが、リード夫人。あれはミス・ジェーン・マープルという方ではありませんか？」

グエンダは彼の隣りに来て立った。庭の奥のほうでミス・マープルが蔓草との見こみのない戦いをまだやりつづけていた。

「ええ、ミス・マープルです。彼女は庭のことでご親切に手伝ってくださいますの」

「ミス・マープルですか。なるほどね」

そして、グエンダがいぶかしげに彼を見つめ、「彼女はとっても大事な方なんです」と言うと、彼は答えた。

「たいへん有名なご婦人ですよ、ミス・マープルは。少なくとも三つの州の警察本部長を手のうちに押さえているんです。うちの本部長はまだですがね、しかしいずれそうなるでしょう。なるほどねえ、ミス・マープルがこの事件に手をつけているんですな」

「彼女はいろいろ役に立つ助言を与えてくれました」

「そうでしょうな。どこをさがせばハリデイ夫人の死体が見つかるかというのもミス・マープルの助言ですか？」

「ジャイルズとわたしは、どこをさがせばいいかちゃんとわかっているはずだと彼女に言われました。もっと前にそれを思いつかなかったなんて、わたしたちまるでばかみたいに思えました」

警部はやさしく小声で笑った。そして下におりて行きミス・マープルのそばに立って言った。「ミス・マープル、まだご紹介にあずかっていないと思いますが。以前メルローズ大佐に、あれがミス・マープルだと教えられたことがありまして」

ミス・マープルは立ちあがった、顔をあからめ、手に一杯のまといつく青草をにぎりしめたままだった。

「まあそうでしたか。なつかしいわ、メルローズ大佐は。いつもたいへんご親切にしていただいて。いつ以来かしら——」

「牧師館の書斎で教区委員が射殺された事件以来です。ずいぶん前のことでした。しかしあなたはあれからほかにもいろいろ成功なさった。リムストックの近くで起こった小さな中傷の手紙事件《ポイズン・ペン》だの」

「わたくしのことをよくご存じのようですね、警部さん――」

「プライマーと申します。ここでもだいぶお忙しくすごしていらっしゃったようですね」

「ええ、この庭でできるだけのことをやろうとしておりますの。ひどくほったらかしにされて。たとえばこの蔓草ですが、それはやっかいなしろものですよ。この根は」ミス・マープルは熱心に警部を見つめて言った。「地中にどこまでものびて行ってます。たいへん深くまで――土の下にはびこるのです」

「おっしゃるとおりだと思います。ずっと深く、ずっと昔……つまりこの殺人のことですが。十八年間も」

「おそらくその前から」ミス・マープルは言った。「地中にはびこり……おそろしく有害なんですよ、警部さん、成長しようとする花の命を奪うのです……」

警官の一人が小道をやって来た。汗をかき額には泥がついていた。

「見つかりました――なにかが。たしかに彼女のように思われます」

II

グエンダは思いかえしていた、その日が悪夢のような様相をおびて来はじめたのは、そのときからであった。ジャイルズが入って来た、顔はやや青ざめていた。「あれは――彼女だ、まちがいないよ、グエンダ」

それから警官の一人が電話をかけ、背の低い忙しそうな警察医が到着した。

コッカー夫人が、あの冷静で沈着なコッカー夫人が庭に出て行ったのはそのときだった――残忍な好奇心にかられてと思われるかもしれないが、じつはそうではなく、ただ昼食のために用意していた料理のつけ合わせに青い葉っぱがほしいと思ってとりに行ったのだ。コッカー夫人は、前日の殺人のニュースに対して、驚きに満ちた非難と、グエンダの健康に及ぼす影響への気づかいをあらわしていたが（と言うのは、コッカー夫人はしかるべき数カ月がたてば二階の子供部屋がふさがるはずだとはっきり決めていたのである）、このときはまっすぐ気味の悪い発見物のところへ歩いて行った。そしてたちまち心配になるほど〝気分が変に〟なってしまった。

「もう恐ろしくて、奥さま。骨なんてわたしぜったいがまんできません。いわゆる骸骨なんてものは。しかもこのお庭に、ハッカの葉や何かのそばにあったなんて。心臓がこんなにはやく——ドキドキしています——息が止まりそうです。あつかましいお願いですが、ほんの一口ブランデーを……」

コッカー夫人のあえぎと土気色の顔に仰天して、グエンダは食器棚に走って行き、ブランデーを少しついで持って来るとコッカー夫人に飲ませた。

「これで助かります、奥さま——」そのとき突然、彼女の声が弱まり、いまにも倒れそうな様子を見せたので、グエンダは悲鳴をあげてジャイルズをよび、ジャイルズは大声で警察医をよんだ。

「わたしがその場にいあわせたのは幸運だった」とあとになって警察医は言った。「ともかくあぶないところだった。医者がいなければ、あの婦人はあのままぽっくり死んでしまったでしょう」

それからプライマー警部はブランデーのびんをとり、医師とひそひそ相談しはじめた。そしてプライマー警部はグエンダに彼女とジャイルズが最後にそのびんのブランデーを飲んだのはいつかとたずねた。

グエンダは何日も前から飲んでいないと思うと言った。彼らは家をあけ——北部へ行っていたし、最近二、三回お酒を飲んだときは、ジンを飲んだのであった。「でも昨日わたしはもうすこしでブランデーを飲むところでした。ただそれを飲むと海峡の汽船を思い出してしまうからやめたので、ジャイルズがウィスキーの新しいびんをあけてくれました」

「それはまったく幸運でしたな、リード夫人。もし昨日ブランデーをお飲みになっていたら、あなたは今日生きていたかどうかわかりません」

「ジャイルズもあやうく飲みそうになったのです——でも結局わたしといっしょにウィスキーのほうを飲みましたの」

グエンダはぞっとした。

罐詰だけのあわただしい昼食(コッカー夫人は病院へはこばれた)をすませ、警察の人たちが帰り、ジャイルズもいっしょに行ってしまって、家の中にひとりきりとなったいまになっても、グエンダには今朝起こった騒動が信じられないくらいだった。

一つのことがくっきりと浮かびあがっていた——昨日この家にジャッキー・アフリックとウォルター・フェーンがいたということが。二人のどちらもブランデーに手をふれることができたはずである。それにあの電話のよびだしの目的は、もし彼らのどちらかにブランデーのびんに毒を入れる機会を与えるものでなかったとすればいったいなんだったのだろう？　グエンダとジャイルズはあまりに真相に近づきすぎていたのだ。あるいは彼女とジャイルズがドクター・ケネディの家でリリー・キンブルが約束どおり来るのを待っているあいだに、第三の人物が外から、おそらく客間のあいている窓から、入って来たのだろうか？　疑惑を他の二人に向けるために電話でよびだすことをたくらんだ第三の人物が？

でも第三の人物というのは理屈にあわない、とグエンダは思った。というのは第三の人物というものがいれば、きっと二人のうちただ一人にしか電話をかけなかったろうから。第三の人物にとって必要なのは一人の容疑者で二人ではないだろう。それに、誰がいったい第三の人物になりうるか？　アースキンはまちがいなくノーサンバランドにいた。とすれば、ウォルター・フェーンがアフリックに電話して自分も電話を受けたように見せかけたのか。あるいはまたアフリックがフェーンにかけて、同様によびだしを受けたと見せかけたのか。あの二人のうちの一人だ、そして、彼女とジャイルズよりもっと巧妙でもっと多くの手段を持っている警察がどちらであるか見つけ出すことになるだろう。その間あの二人は見張りを受けるだろう。あの二人はもう——もう二度とところみることはできないだろう。

グエンダはふたたびゾッとした。慣れるまでにはしばらく時間がかかった——何者かが自分たちを殺そうとしたのだという意識に。「危険なことよ」とミス・マープルはずっと前に言っていた。だがグエンダとジャイルズは危険という考えをほんとうに重大に受けとってはいなかった。リリー・キンブルが殺されたあとでさえも、誰かが自分とジャイルズを殺そうとするだろうという考えはまだ浮かんでこなかった。ただ自分とジャイルズが十八年前に起こったことの真相に近づきすぎたというだけで。あのとき何が起こったか——誰がそれをたくらんだか、という謎をとき明かそうとしただけで。

ウォルター・フェーンとジャッキー・アフリック……

「どっちかしら？」

グエンダは目をとじ、自分が新たに得た知識に照らしてあらためて彼らを見なおそうとした。

おとなしいウォルター・フェーン、事務所にすわっている——巣の中央にいる青白いクモ。あまりにもおとなしく、あまりにも悪意のない顔つき。ブラインドをおろした家。その家の中で誰か死んだ人がいる。十八年前に死んだ誰か——だがまだそこにいる。おとなしいウォルター・フェーンがいまはなんと不吉に見えることだろう。ウォルター・フェーン、かつて殺さんばかりに自分の兄におそいかかった人。ウォルター・フェーン、ヘレンが軽蔑的に、一度はここで、もう一度はインドで、結婚を断わった人。二重の拒絶。二重の恥辱。ウォルター・フェーン、あまりにもおとなしくあまりにも無感動、おそらく突然の残忍な暴力によってしか自分というものをあらわすことのできない人——きっとおとなしいリジー・ボーデンがかつてそうであったように……

グエンダは目をあけた。自分はウォルター・フェーンこそその男だと確信してしまったのではないだろうか。

おそらくアフリックのことだって考えられるかもしれないのだ。目はあけたまま、とじないで考えれば。

彼のけばけばしいチェックのスーツ、いばっているような態度——ウォルター・フェーンとは正反対の——アフリックには抑圧されたところもおとなしいところもまるでなかった。だが彼はきっと劣等感のせいでそういう態度を身につけたのだ。専門家に言わせれば、劣等感はそのようにあらわれるものだから。自分に自信のない人間は、かならず自慢し、自己主張し、いばっているものだ。ヘレンにとってふさわしい男でなかったから彼は拒絶された。傷はますます膿んでいき、忘れられなかった。立身出世の決意。被害妄想。みんなが彼に背を向けた。一人の〝敵〟によってでっちあげられたぬれぎぬのせいでつとめをクビになった。たしかにそれはアフリックが正常ではないことを示していた。そういう男は殺すということから力を持ったような気持ちを引き出すのではないだろうか。彼のあの人のよさそうな陽気な顔は、じつは残忍な顔であった。彼は残忍な男であった——やせて青白い彼の妻はそれを知っていて彼をおそれていた。リリー・キンブルは彼を脅迫し、そしてリリー・キンブルは死んだ。グエンダとジャイルズはおせっかいなことをした——それならグエンダとジャイルズもまた死ななければならない、そして昔彼をクビにしたウォルター・フェーンをまきぞえにすればいい。話はひじょうにうまく合っていた。

彼女は身ぶるいして、想像からぬけ出し、実際的なことにもどった。ジャイルズが帰宅してお茶をほしいと言うだろう。昼食の後片づけをして洗いものをしなければ。

彼女はお盆を持って来て食器を台所へはこんだ。台所は素晴らしくきちんとしていた。コッカー夫人はまったく重宝な人だった。

流しのわきに外科用のゴム手袋が一組あった。コッカー夫人は洗いものをするのにいつもそれを両手にはめていた。彼女の姪が病院につとめていて、割安で買って来たのだった。

グエンダは両手にそれをはめて皿を洗いはじめた。手はきれいなままにしておきたかった。彼女は皿を洗ってラックに立て、そのほかのものも洗ってふき、みんなきちんと片づけた。

それから、まだ考えごとにふけったまま、彼女は二階にあがった。靴下とかジャンパーを一、二枚洗っておいたほうがいいと思った。手袋ははめたままであった。

こういった雑用が彼女の頭の中の最前線にあった。しかしどこか、その下で、あることがたえずぶつぶつ言って彼女を悩ませていた。

ウォルター・フェーンかジャッキー・アフリック、と彼女は言った。彼らのうちのどちらかだ。そして彼女は彼らのうちのどちらにでも当てはまる、かなり適切な説明を考えついていた。おそらくそれこそ彼女をほんとうに悩ませることであった。と言うのは、厳密に言って、彼らのうちのこちらだという決め手を考えつくことさえできれば、ずっと満足のいくものになるからだ。いま頃までには当然どちらかわかっていなければならないはずだが。グエンダはまだわかっていなかった。

もしほかに誰かがいれば……しかし誰もいるはずはなかった。リチャード・アースキンは圏外にいた。リリー・キンブルが殺されたときも、びんの中のブランデーに何か入れられたときもリチャード・アースキンはノーサンバランドにいたのだから。たしかに、リチャード・アースキンは圏外に去った。

彼女はそれが嬉しかった、リチャード・アースキンには好意をもっていた。リチャード・アースキンは非常に――魅力的であった。あの疑り深い目と太い低音の声を持った巨石のような女と結婚している彼はなんて気の毒なのだろう。まるで男のような声をした……

男のような声……

その考えは奇妙な不安をともなって彼女の心をよぎった。男の声……あれは夫のほうでなく、アースキン夫人であったのだろうか、昨夜電話でジャイルズに応答したのは？

いや、まさか、ぜったいにちがう。そんなことはありえない。グエンダとジャイルズならわかったはずだ。それに、第一、アースキン夫人が出たとしても誰から電話がかかったか知っていたはずはないだろう。そうだ、もちろん、アースキンが出たのだ、そして彼の妻は、彼が言ったとおり留守だったのだ。

彼の妻は留守だった……

まさか——そんな、不可能だ……アースキン夫人がやったなんてありえるだろうか？アースキン夫人が嫉妬で逆上して？　アースキン夫人にリリー・キンブルが手紙を書いて？　レオニーがあの晩窓から外をながめたとき庭で見たというのは女だったのだろうか？

突然下のホールでバタンと戸のしまる音がした。誰か玄関のドアから入って来たのだ。グエンダはバスルームから踊り場へ出て行って階段の手すりの上から見おろした。それがドクター・ケネディだとわかって彼女はホッとした。彼女は下に向かってよびかけた。

「ここにおりますわ」

彼女は両手を目の前に差しのべていた――ぬれて、光っている、変にピンクがかった灰色――それは何かを思い出させた……

ケネディは、手を目の上にかざして見あげた。

「グエニーかい？　顔が見えないんだ……目がくらんで――」

そのときグエンダは悲鳴をあげた……

見たのはあのなめらかな猿の前肢、聞いたのはホールのあの声――

「あなただったのね……」彼女はあえいだ、「あなたが彼女を殺したんだわ……ヘレンを殺したんだわ……わたし――わかったわ。いま。あなただったのね……ぜんぶ……あなたが……」

彼は階段を彼女に向かってのぼって来た――ゆっくりと――彼女を見すえたまま。

「なぜわたしをほうっておけなかったんだ？」彼は言った。「なぜよけいな手出しをしなければならなかったのだ？　なぜおまえは――あの子を――思い出させたのだ？　やっとわたしが忘れかけ――忘れかけたのに、おまえはあの子をまた思い出させたのだ――ヘレンを――わたしのヘレンを。またあのことをぜんぶ持ち出して来て。わたしはリリーを殺さねばならなかった——こんどはおまえを殺さねばならないのだ。ヘレンを殺したように……そう、ヘレンを殺したように……」

彼はいまや彼女のすぐそばにいた——両手を彼女に向かってのばし——のどに向かってだと彼女にはわかった。その親切そうな風変わりな顔——その人のよさそうな平凡な、中年の顔——それはいままでと同じだ、だが目だけは——正気でなかった……

グエンダはゆっくりあとずさりした。悲鳴はのどの奥で凍りついてしまった。さっきは悲鳴をあげた。こんどは悲鳴が出なかった。それにもし悲鳴をあげたとしても、誰にも聞こえなかったろう。

家の中には誰もいなかった——ジャイルズも、コッカー夫人も、ミス・マープルさえ庭に出ていた。誰もいなかった。隣りの家は離れすぎていて叫んでも声が届かなかった。いずれにしても、彼女は叫ぶことができなかった……恐ろしさのあまり声が出なかった。迫りくる恐るべき両手におびえて……

彼女があとずさりすると彼は追いかけ、とうとう子供部屋のドアに背中をつけて彼女は立ちどまった、ちょうどそのとき——あの両手が彼女の喉をまいて絞めつけようとした……

あわれなかぼそい、息のつまりそうなすすり泣きが彼女の唇のあいだから洩れた。

そのとき、突然、ドクター・ケネディは手をはなしうしろへよろめいた。目のあいだに石けん水の噴射をくらったのだ。彼はあえぎ、目をしばたたき、両手で自分の顔をおおった。

「ほんとに運がよかったわ」ミス・マープルの声がそう言った。彼女は裏手階段をものすごい勢いでかけのぼって来たので、やや息をはずませていた。「ちょうどお宅のバラの油虫を噴霧器で退治していたところだったの……」

25　トーキイでのあとがき

「でも、もちろん、グエンダ、あの家にあなた一人を残して出かけたりしようとは夢にも考えなかったわ」ミス・マープルは言った。「わたしは非常に危険な人物があの家に自由に出入りできることを知っていたのよ、それで庭から目立たないように見張りをつづけていたの」

「あなたはそれが——彼だと——前から知っていらしたのですか？」グエンダはたずねた。

彼ら三人——ミス・マープルとグエンダとジャイルズ——は、トーキイのインペリアル・ホテルのテラスにすわっていた。

「舞台を変えましょう」ミス・マープルがそう提案し、ジャイルズもそれがグエンダのために一番いいことだろうと賛成し、プライマー警部も同意してくれたので、彼らはただちにトーキイまでドライブして来たのであった。

ミス・マープルはグエンダの質問に答えて言った。「そうね、そう暗示しているように見えたわ、不幸にもそれをうらづける証拠となるようなものは何もなかったけれど。ただ暗示だけで、それ以上何もなかったのよ」

彼女を不思議そうに見て、ジャイルズが言った。「しかしぼくにはなんの暗示も見えませんでしたが？」

「まあ、ジャイルズ、考えてごらんなさい。まず第一に彼はその現場にいたのよ」

「その現場に？」

「しかも確実にね。ケルヴィン・ハリデイがあの夜ケネディの家に行ったとき、彼はちょうど病院から帰って来たところだった。当時その病院は、何人かの人が言っていたようにヒルサイド荘、当時の名前で言えばセント・キャサリン荘の隣りにあった。だから、わかるでしょう、彼はまさにその時まさにその場所にいられたの、それからまたたくさんのこまかい重要な事実があったわ。ヘレン・ハリデイはリチャード・アースキンに、自分はしあわせな家庭生活を送っていなかったのでウォルター・フェーンと結婚しに出て来たと言ったのでしょう。つまり兄さんといっしょに暮らしていてしあわせでなかったのね。でも兄さんはどう考えても非常に彼女を愛していた。それなのにどうしてしあわせでなかったのでしょう？　ミスター・アフリックはあなたたちに『気の毒なあの子がかわいそうだった』と話したのでしょう。彼がそう言ったのはまったく本心からだったと思うわ。アフリックは彼女をかわいそうに思っていた。ヘレンはなぜそんなにこそこそしたやり方でアフリックに会いに行かなければならなかったのかしら？　彼女がアフリックを夢中になって恋したりしていなかったことは明らかなのに。それは彼女が普通の方法で若い男たちとつきあうことができなかったからではないかしら？　彼女の兄さんは〝厳格で〟〝古風だった〟。そのことはなんとなく〈ウィンポール街のミスター・バレット〉を思い出させるでしょう？」

グエンダは身ぶるいした。

「彼は狂人です、狂人よ」

「そうね。彼は正常ではなかったわ。彼は自分の異母妹を熱愛した、そしてその愛情は独占的で不健全なものだった。そういうことはあなたたちが考えているよりずっとひんぱんに起こるものなのよ。娘が結婚するのを――若い男に会うことさえいやがる父親。ミスター・バレットのように。わたしはあのテニス・ネットの話を聞いたときにそれを思いついたの」

「テニス・ネット？」

「そう、あれは非常に意味の深いものに思われたわ。あの少女、ヘレンのことを考えてごらんなさい。学校を出たばかりで、若い女の子が人生から求めたいと思うすべてのものを熱望し、若い男に会い――恋愛ごっこをしたくてたまらないと思っている――」

「少し浮気性だったし」

「そうじゃないわ」ミス・マープルは力をこめて言った。「そう思わせたことがこの犯罪の一番ひどい点の一つなのよ。ドクター・ケネディはヘレンを肉体的に殺しただけでなく精神的にも殺したわけね。注意深く思い返してみれば、ヘレン・ケネディが男狂いであったとか、ほとんど――あなたの使った言葉はなんでしたっけね、グエンダ？――あ、そうだ、色情狂同然であったということの唯一の証拠は、ドクター・ケネディ自身の口から出ただけのことがわかるでしょう。わたし自身は彼女がまったく普通の若い女で、愉快なことをして楽しくすごし、すこしは男の子とも付き合って、最後に自分の選んだ男性と結婚して落ち着くことを望んでいた――それだけだったと思うわ。あの兄さんのとった手段を見てごらんなさい。最初は彼女の自由を認めないという厳格で古風な手段。それから、彼女がテニス・パーティーをしたいと思ったとき――ごく正常で害のない望みなのに――彼は認めるふりをしておいて、ある夜こっそりテニス・ネットをずたずたに切ってしまった――非常に意味深い、病的なまでに残酷な行為よ。それでも、彼女がまだテニスやダンスをしに出かけることができるので、彼は足のすり傷を利用した、つまり治療するふりをして、じつは傷がなおらないように黴菌を感染させた。そう、そうしたのだと思うわ……ほんとうに、そう確信するわ、わたしは。

ただね、ヘレンはこういうことには何一つ気づかなかったと思うの。兄さんが自分に深い愛情をもっていることは知っていたでしょう、でもなぜ家にいることが不安でふしあわせに思えるのかわかっていたとは思えない。でも彼女はそのようなことを感じてはいた、そしてついにただ逃げ出すためにだけ、ウォルター・フェーンと結婚しにインドまで行くことを決意した。何から逃げ出すために？　彼女にはわからなかった。彼女はまだ若く正直でありすぎたからわからなかった。そしてインドへ出発し、途中でリチャード・アースキンに出会い、恋をした。そこでもまた彼女は浮気女のようでなく、たしなみのある立派な若い女性のようにふるまった。彼女はアースキンに奥さんと別れるよう迫ったりしなかった。そうしないように主張した。でもウォルター・フェーンに会ってみると、フェーンとは結婚できないことがわかった。そしてほかにどうしたらいいかわからないので、兄さんに電報で帰国の費用をたのんだ。

帰国の途中、彼女はあなたのお父さんに出会った——もう一つの脱出の道が見えた。今度は充分しあわせの見こみのある道だった。

彼女があなたのお父さんと結婚したのは自分の気持ちを偽ってではなかったのよ、グエンダ。お父さんは愛する妻の死から立ちなおりつつあった。彼女は不幸な恋愛を克服しつつあった。二人はおたがいに助けあうことができた。彼女とケルヴィン・ハリデイがロンドンで結婚し、それからディルマスに行ってドクター・ケネディにそのニュースを打ち明けたのは重要なことに思えるわ。そのほうがディルマスに行ってから結婚するより賢明だろうと彼女には本能的にわかっていたのじゃないかしら、ディルマスで結婚するほうがあたりまえだったでしょうに。でもまだわたしは彼女がどんな困難にぶつかっていたか知らなかったと思うの——ただ彼女は不安だった、それで兄さんには結婚を既成事実として出したほうが安全だと感じていた。

ケルヴィン・ハリデイはケネディと親しくつきあい、好意をもった。ケネディのほうは苦労してこの結婚をよろこんでいる様子を見せた。夫妻はそこで家具付きの家を借りた。

そしていよいよあのひじょうに重要な事実につき当るのよ——ケルヴィンが妻から麻薬を飲まされていたというあの考えだわ。これについては二つの説明しかありえないと思うの——そんなことをする機会を持てる人は二人しかいなかったから。一つはヘレン・ハリデイが夫に麻薬を飲ませていたということ、もしそうなら、なぜか？　もう一つはその麻薬がドクター・ケネディから与えられていたということ。ケネディはハリデイが診察を受けたことで明らかなようにハリデイの医師だった。ハリデイはケネディの医学的知識を信頼していた――そして妻が彼に麻薬を飲ませているという考えは、たいへん巧妙にケネディから暗示されたのでしょう」

「しかし麻薬で自分の妻を殺すというような幻覚を起こさせることができるものでしょうか?」ジャイルズはたずねた。「つまりそういう特殊な効果をもつ麻薬なんてないだろうと思うのです」

「ジャイルズ、あなたはまたもや罠におちいっているわ――自分に言われたことを信じこむという罠に。ハリデイがそのような幻覚をもっていたという証拠はケネディの言葉があるだけでしょう。ハリデイ自身は日記の中でもけっしてそうは言っていないわ。たしかに彼は幻覚をもった、だがどんな性質のものかということは告げていない。ケネディはケルヴィン・ハリデイの経験しているような段階をへたあとで自分の妻を殺した男たちがいるとハリデイに話したのではないかしら」

「ドクター・ケネディってほんとうにひどい人ね」グエンダは言った。

「わたしはね」ミス・マープルは言った。「彼はその時までにあきらかに正気と狂気の境界線を越えていたのだと思うの。そして、かわいそうなヘレンはそれに気づきはじめた。リリーに立ち聞きされた日に彼女が話していた相手というのは兄さんだったにちがいないわ。『わたしはずっとあなたのことがこわかった』これは彼女が言ったことの一つね。そしてこのことは非常に重要なことだった。だから彼女はディルマスを離れる決心をした。彼女はノーフォークに家を買うよう夫を説きふせた上、そのことを誰にも言わないよう納得させた。そのこと自体が、非常に奇妙な点でしょう。秘密にしておいたということは問題の解明にたいへん役立つわ。彼女は明らかに何者かがそれを知ることを恐れていた――しかしそのことはウォルター・フェーン説にもジャッキー・アフリック説にも当てはまらない――もちろんリチャード・アースキンが関係する場合にも。そうじゃなくて、それはもっと家庭に近いところを指していたのよ。

ところが結局、ケルヴィン・ハリデイは、当然その秘密が重荷になり、無意味なことと思っていたので、義兄に話してしまった。

そうすることで、彼は自分の運命と妻の運命を決定してしまったのね。ケネディはヘレンが夫とともに遠くで幸福に暮らすことを許すつもりはなかった。おそらく最初彼はただ麻薬によってハリデイの健康を衰えさすことが目的だったのでしょう。ところがその犠牲者とヘレンが彼から逃げようとしていると知って、彼はまったくとり乱してしまった。彼は病院からセント・キャサリン荘の庭を通りぬけた、外科用の手袋を一組持って。ホールでヘレンをつかまえ、彼は彼女を絞め殺した。誰も彼を見ていなかった、そこには目撃者はいなかった、少なくとも彼はそう思った。だから愛情と狂気に責めさいなまれていた彼は、あのあまりにもぴったり当てはまる悲劇的なセリフを引用した」

ミス・マープルはため息をつき舌を鳴らした。

「わたしはばかだったわ――わたしたちみんなほんとうにばかだったわ。すぐに気がつかなければいけなかったのよ。《マルフィ公爵夫人》のあのセリフこそまさしく事件全体の手がかりだった。あの言葉は妹が愛する男と結婚したことへの復讐に、彼女を謀殺した一人の兄の言った言葉でしょう。そう、わたしたちはばかだったわ――」

「で、それから?」ジャイルズは聞いた。

「それから彼はあの悪魔のような計画いっさいをやりとげたのよ。死体を二階へはこび、スーツケースに衣服をつめ、あとでハリデイに信じこませようと書き置きを書いてくずかごにほうりこんだ」

「でもわたしにはこうも思えるのですが」グエンダは言った。「彼の立場からすれば実際に父に殺人の罪をきせたほうがよかったのではないでしょうか」

ミス・マープルは首をふった。

「いいえ、彼にはそんなあぶないことはできなかったわ。彼は抜け目のないスコットランド人的な常識をいっぱい持っていたから。警察に対しては健全な敬意をはらっていた。

警察は一人の人間が殺人の罪をおかしたと信じるまでにたくさんのことを確認するでしょう。警察沙汰になればいろいろぐあいの悪い質問をされたかもしれないし、時間とか場所についてもぐあいの悪い調査をされたかもしれない。そうではなく、彼の計画はもっと単純だった、そしてわたしはもっと悪魔的なものだったと思うわ。彼はハリデイに信じこませるだけでよかった。はじめは自分が妻を殺したのだと。次に自分は気が狂っているのだと。彼はハリデイに精神病院に入ることをすすめた、でも彼はほんとうにすべてが妄想であるとハリデイに信じこませたかったのではないと思うわ。あなたのお父さんはその説を、おもに、グエニー、あなたのために受け入れたのだとわたしは考えずにはいられないの。お父さんは自分がヘレンを殺したのだと信じつづけていた。彼はそう信じながら亡くなったのよ」

「ひどい人だわ」グエンダは言った。「ひどい――ひどい――ひどいわ」

「そう。まったくほかには言いようがないわね。わたしはね、グエンダ、だからこそあなたの見たものへの子供っぽい印象があれほど強く残っていたのだと思うの。あの夜、空中にただよっていたものは真の悪だったのね」

「だが手紙は、ヘレンの手紙は？　あれは彼女の筆跡で書いてあった。だからあれが偽筆だったということはありえないでしょう」

「もちろんあれは偽筆よ！　だけど彼が策を弄《ろう》しすぎて失敗したのもそこのところだったのよ。彼はあなたとジャイルズが調査をすすめるのを非常に心配していた。彼はたぶんヘレンの筆跡をかなりうまく真似することができたでしょう——でも専門家の目をごまかすことはできないわ。だから彼が手紙といっしょにあなたに届けたヘレンの筆跡の見本もじつは彼女の筆跡ではなかったのよ。彼はそれを自分で書いた。だから当然ぴったり符合したわけ」

「そうだったのか。そうとは思いつかなかった」

「そう」ミス・マープルは言った。「あなたは彼の言ったことを信じていた。人を信じることはたいへん危険なことよ。わたしはけっしてそうはしないわ」

「ではブランデーは？」

「ヘレンの手紙をヒルサイド荘に持って来て、庭でわたしと話した日に彼はやったのでしょう。コッカー夫人が庭に出てきて彼の来訪をわたしに伝えているあいだ、彼は家の中で待っていたわ。あれはほんのわずかの時間でやれたでしょうからね」

「ああ。だからリリー・キンブルが殺されて警察署によばれたあと、彼はぼくにグエンダを家につれて帰りブランデーを飲ませろとしきりにすすめたんだな。彼はどうやってリリーと早目に会う約束をしたのでしょう？」

「それはとても簡単なことよ。彼がリリーに出したもとの手紙には、ウッドレイ・キャンプで会うからディルマス発二時五分の汽車でマッチングズ・ホールトに来るようにと書いてあったのでしょう。彼は雑木林の中からあらわれたのね、きっと。そしてリリーが小道をのぼってきたところを呼び止め——絞め殺した。あとはただ、リリーが持っていた手紙（地図が書いてあるから持ってくるようにと彼に言われていた）をあなたたちが見た手紙ととり替えただけ。そして家に帰りあなたたちを迎える準備をし、リリーを待つという茶番劇を演じ通したのでしょう」

「で、リリーはほんとうに彼を脅迫していたのでしょうか？ そのようには思えませんでしたが。あの手紙では彼女がアフリックを疑っていたように思えました」

「そうだったかもしれないわね。でもスイス娘のレオニーはリリーに話していた、レオニーはケネディにとって危険な存在だった。だって彼女は子供部屋の窓から外を見て、ケネディが庭を掘っているところを見たのだから。朝になって彼はレオニーに話しかけ、あからさまに言ったのでしょう、ハリデイ少佐が夫人を殺した——ハリデイ少佐は気が狂っている、そして彼、ケネディ自身は、子供のために事件をもみ消そうとしているのだと。それでももし、レオニーが警察へ行くべきだと思ったなら、そうするがいい、だが、警察でひどく不愉快な目にあうかもしれんぞ、とかなんとかいろいろと。

レオニーは警察と聞くだけですぐおびえてしまった。彼女はあなたを非常にかわいがっていたし、医学博士の考えが最善だと絶対的に信じていた。ケネディは彼女にかなり多額のお金を払って無理矢理スイスへ帰した。でも彼女は去る前リリーにあなたのお父さんが妻を殺したのだということについて何かほのめかし、自分はその死体が埋められるところを見たと言った。それはそのときリリーの考えていたことと一致した。リリーはレオニーが見た墓を掘っていた人というのはもちろんケルヴィン・ハリデイだと思った」

「しかしケネディはもちろんそんなことは知らなかった」ジャイルズが言った。

「もちろん知らなかったでしょう。彼がリリーの手紙を受けとったとき、彼をおびやかしたのはレオニーが窓から見たものをリリーに話したということと外にとめてあった車のことだった」

「車？　ジャッキー・アフリックの車ですか？」

「それがもう一つの誤解よ。リリーはジャッキー・アフリックのような車が外の道路にとめてあったことをおぼえていた、あるいはおぼえていると思っていた。すでに彼女はハリデイ夫人に会いにくる謎の男のことをあれこれ想像していた。隣りに病院があったので、その道路には当然たくさんの車が駐車していたでしょう。しかしその夜病院の外にドクターの車が実際にとめてあったことを思い出さなければ——だからドクターはきっとリリーが彼の車のことを言ったのだとたちまち結論してしまったのでしょう。しゃれたという形容詞は彼にとっては無意味だったのよ」

「なるほど。たしかに良心のやましさから、あのリリーの手紙は脅迫状のように見えたのかもしれませんね。でもどうしてあなたはレオニーのことを何もかもご存じなのですか？」

唇をすぼめてミス・マープルは言った。「彼もとうとう——観念したのね。プライマー警部の残して行った部下たちがかけつけ、彼を逮捕するやいなや、犯行のいっさいをくり返し自供したらしいわ——自分のやったすべてのことを。レオニーはスイスへ帰るとすぐに、死んだそうよ。睡眠薬を飲みすぎて……そう、彼は万全を期したのね」

「ブランデーでわたしたちを毒殺しようとしたように」

「あなたとジャイルズは、彼にとってたいへん危険な存在だったのよ、さいわいなことにあなたはホールでヘレンが死んでいるのを見た記憶のことを彼には話さなかった。彼は目撃者がいたことをまったく知らなかった」

「フェーンとアフリックにかかったあの電話は、あれも彼がかけたのですか？」

「そうよ。もしも誰がブランデーにさわることができたかということになったら、彼ら二人のどちらもりっぱな容疑者になるでしょうから。そしてもしジャッキー・アフリックが一人きりで車に乗ってくれれば、そのことがリリー・キンブル殺害と結びつくかもしれないでしょう。フェーンにはまずアリバイがありそうだったし」

「彼は、わたしのことをかわいがってるように見えましたが」グエンダは言った。「小さなグエニーを」

「彼は自分の役割を演じなければならなかったの。彼にとってどういうことだったか想像してごらんなさい。十八年後に、あなたとジャイルズがやって来て、いろいろ質問し、過去のことをしらべ、死んだと思っていたのにじつはただ眠っているだけだった殺人事件をゆり起こそうとしている……回想の中の殺人を……おそろしく危険なことだったのよ。わたしはひどく心配したわ」

「気の毒なコッカーさん。彼女はまったく九死に一生を得たのね。彼女がすっかり元気になりそうで嬉しいわ。またわたしたちのところへもどって来てくれるかしら、ジャイルズ？　こんな事件のあったあとでも？」

「子供の世話が必要になればもどってくれるだろう」ジャイルズはまじめに言った。グエンダはパッとあかくなり、ミス・マープルはちょっとほほえんでトー湾のかなたに目をやった。

「あんなふうになったのはなんて奇妙なことだったのでしょう」グエンダは感慨をこめて言った。「わたしがあのゴム手袋をはめていて、それを見ているとき、彼がホールに入って来てあのセリフそっくりに聞こえるような言葉を言ったなんて。〝顔が〟……とか、〝目がくらんで〟とか――」

彼女は身ぶるいした。

「女の顔をおおえ、目がくらむ、彼女は若くして死んだ……それはわたしのことだったかもしれないのね……もしミス・マープルがあのときいらっしゃらなければ」

彼女はことばを切ってそれから静かに言った。「かわいそうなヘレン……かわいそうな美しいヘレン……彼女は若くして死んだ……ねえ、ジャイルズ、彼女はもうあそこにいないのね――あの家に――ホールに……わたしたち昨日家を出る前にそれを感じたわ……ただ家だけがあるのだと。そしてあの家はわたしたちを気に入ってくれてるわ。わたしたち帰ることができるのね、帰りたければ……」

回想と予感

小説家
恩田　陸

私は、ポアロ物よりはミス・マープル物のほうが好きだし、大技を繰り出し続けた戦前のクリスティーの作品よりは戦後の作品のほうが好きである。

それは恐らく、最初に自分で買ったクリスティーの作品が『書斎の死体』と『鏡は横にひび割れて』だったということが決定的に影響しているものと思われる。この二作品は今でも好きな作品だし、私がクリスティーの作品で一番好きなのは『葬儀を終えて』だ。

そもそも数々の有名作品は、かつて無防備に読んだ子供向けミステリ・クイズの類で臆面もなくトリックがバラされていたり、先に読んだ友人たちにネタを明かされてしまっていた。言い換えれば、『アクロイド殺し』や『オリエント急行の殺人』などの超有名トリック作品というのは、たったの一行でネタが割れてしまうということなのだ。それって、結構凄いというか、恐ろしいことだと思う。

そこへ行くと、後期の作品は、どれもひとことでは説明できない。読みどころが、トリックではなく人間の心の綾のほうに移っているからだ。そのせいか、派手ではないが不思議な味わいのある作品が多い。

『スリーピング・マーダー』は、とても私好みの作品として記憶に残っていた。章のタイトルにもズバリ出てくるが、「回想の中の殺人」というのが昔から好きだったのだ。いつもと変わりない、平穏な日常。そこに、ふとした偶然から裂け目が出来て、過去の亡霊が滲み出てくる。そんなつもりではなかったのに、過去の影は徐々に濃く、大きくなっていく――

私が個人的に「セピア色の殺人」と読んでいるミステリの典型だ。クリスティーには、それがとてもよく似合う。歳月を経た犯罪は、生々しさがないので、どこか優雅で余裕がある。そのエレガントなところがクリスティーの作品世界とぴったり重なるのだ。私が自分でも好んで「回想の中の殺人」を書くのも、当然クリスティーの影響なのである。

今回久しぶりに読み返してみて、ゴシック・ロマン的手法を使いながら、過去の記憶に眠る殺人が掘り起こされていく過程をじっくり堪能した。私はクリスティーはホラー作家としても一流だという自説を持っているのだが、『スリーピング・マーダー』でもそのセンスはおおいに発揮されている。ヒロインがふと思い浮かべたものと同じ壁紙を発見するところなど、前に読んだ時も怖かった覚えがあったが、やはりぞくっとさせられる。

ミス・マープルという存在も、「セピア色の殺人」にふさわしい。『スリーピング・マーダー』は彼女の最後の事件だが、終盤思い切った行動力を見せており、まだまだ余力ありと思わせる状態での退場は、クリスティーの思い入れのせいだろうか。

すっかり犯人を忘れていたが、最後のほうで、自分が書いた小説の一場面を、知らず知らずのうちにここから拝借していたことを発見してとっても驚いた。

恐るべし、刷り込まれた記憶。まさに記憶の中の犯罪である。

クリスティーを読む時、子供の頃から懐かしさを感じたことを覚えている。クリスティーのミステリ自体が、既に「セピア色」の手触りを持っていたのだ。

今読んでみても、その懐かしさは変わらない。手触りは「セピア色」でも、心地よさは全く色褪せない。むしろ、中学生の頃来る日も来る日もクリスティーを読んでいた自分、何も心配せずにどっぷりミステリに浸っていられた幸福な日々への愛惜も加わって、ますます懐かしさは募るばかりだ。冬休みの午後、炬燵に入り、緑茶をすすり、マクビティの胚芽チョコレートビスケットを食べながら、クリスティーを読み耽る愉しみ。私の中で、クリスティーのミステリは幸福な読書の象徴である。そしてまた、クリスティーを楽しむには、平和な日常が必要なのだ。

私の好きな小説は、「予感」のある小説だ。そして、今回読み返してみて発見したのだが、クリスティーの小説には「予感」がある。

「予感」という言葉がふさわしいのかどうか分からないが、他に言葉が思いつかない。小説を読んでいても心は自由でいられて、行間に、小説の世界と重なりあって、異なる自分の内側の世界が広がっていると感じられる小説。ふとした瞬間に、ざわざわとした胸騒ぎを覚える小説。ゆったりとした、語られぬ部分を余白として感じられる小説。

クリスティーの小説は、そんな「予感」に満ちている。本を手にした時から、ゆったりと寛がせてくれる安心感は比類がない。謎解きの楽しさも約束されているし、文章はシンプルですらすら読める。それでいて、どこかに不穏さとひんやりした真実を隠し持っていて、時々ページをめくる手を休めて後ろを振り返ってみたり、窓の外が気になってそっとカーテンを開けてみたくなる。

クリスティーを読む理由は、小説を読む理由だ。今もなお、クリスティーの本を手に取る時間がある幸福を思う度、ただ読みたいから読まれる小説とはなんと素晴らしいのだろうとしみじみ思う。

訳者略歴　慶應義塾大学卒，英米文学翻訳家

スリーピング・マーダー

〈クリスティー文庫46〉

二〇〇四年十一月三十日　発行
二〇二二年　十　月二十五日　九刷

（定価はカバーに表示してあります）

著　者　アガサ・クリスティー
訳　者　綾《あや》川《かわ》梓《あずさ》
発行者　早川　浩
発行所　株式会社　早川書房

東京都千代田区神田多町二ノ二
郵便番号一〇一 - 〇〇四六
電話　〇三 - 三二五二 - 三一一一
振替　〇〇一六〇 - 三 - 四七七九九
https://www.hayakawa-online.co.jp

乱丁・落丁本は小社制作部宛お送り下さい。
送料小社負担にてお取りかえいたします。

印刷・信毎書籍印刷株式会社　製本・株式会社フォーネット社
Printed and bound in Japan
ISBN978-4-15-130046-2 C0197

本書は活字が大きく読みやすい〈トールサイズ〉です。